JN051153

講談社文庫

凍原

桜木紫乃

講談社

目次

凍原

1

一九九二年　七月二十四日

風のない夜、釧路《くしろ》署生活安全課に捜索願が届いた。

『小学校四年、水谷貢《みずたにみつぐ》、男児、失踪《しっそう》時は青いTシャツとジーンズ姿、黒の運動靴を着用』

市内の小学校が夏休みに入った日だった。

両親と姉、少年以外の家族がそろったのが午後七時半。両親は手分けして近所を探し、友人宅へは姉が電話をかけた。友人たちはみな帰宅しており、誰も貢少年と行動を共にしていなかった。市内各所、立ち寄りそうな場所は夜のうちに浚《さら》ったが、少年はどこにもいなかった。

少年の父親はハウスメーカーの営業社員、母親は市立病院勤務の助産婦、三つ年上の姉比呂《ひろ》は中学一年生だった。水谷家は市の東側に位置する春採《はるとり》地区の借家に住んでいた。

一夜明けても水谷貢少年は家に戻らなかった。釧路署に配属されて三ヵ月の片桐周平《かたぎりしゅうへい》は、家族と友人関係の聞き込みにあたることになった。

昨夜に引き続き水谷家を訪ねた片桐は、先輩刑事の横に座り前日の状況を角度を変えながら訊《たず》ねていった。

オープンな台所のすぐそばに食卓テーブルがある。ベンチ型の椅子《いす》は、詰めれば十人くらいは楽に座れそうだった。片桐は水谷家に比較的裕福な家庭という印象を持った。片桐と角を挟むように父親が座る。父親の向かい側に、母親と少年の姉が座っていた。質問には父親が答えた。

「貢君は行き先について直接誰にも言っていなかったということでしたね」

「いつも遊びに行くのは、小学校の校舎周りか春採湖の周辺だったそうです。昼間は私も家内も仕事にでておりますので、息子の行き先などについてはこの姉娘が聞いたり聞かなかったりという状態でした」

か細い少女が青白い顔を上げる。片桐を見据える瞳《ひとみ》には、微《かす》かな怒りが含まれている。

「午前授業で帰ってきたところに、遊びに行く貢君とすれ違ったって言ってたよね」

少女は肩先で切りそろえた髪を大きく前後に揺らした。茶色がかった細い髪が頰《ほお》の白さを引き立てる。弟を最後に見たのは彼女だった。片桐はできるだけ優しく問いかけた。

「お母さんが仕事に行く前に握っておいてくれたおにぎり、五つのうち貢君は三つ食べて出掛けたんだよね」

「はい」

母親の水谷凜子《りんこ》が、子供たちが午前授業のときは何かしらの支度をしてから出かけるのだと言った。食の細い姉に比べ、弟はよく食べるほうだったという。

「お腹《なか》が空《す》くまで戻らないつもりで腹ごしらえしたんだね」

姉はうなずかない。

「最近何か変わったこと、興味とか新しい友達とか、本とか音楽とか、弟さんのことで何か気づいたことや思いだしたことがあったら何でもいいから教えて欲しいんだ」

水谷比呂は片桐に向けていた視線をテーブルの上に落とし、首を横に振った。

「貢君とは玄関の前ですれ違ったんだよね」

「はい」

片桐は手帳に目を落とした。昨日のうちに聞き出してあった数行を目でなぞる。

外に出たところで、貢少年は帰宅した姉の比呂とすれ違った。どこへ行くのかと訊ねた姉には探検と答えている。「姉ちゃん、でかい獲物捕って帰ってくるから楽しみにしてろ」という言葉を残し、少年は自転車をこぎ出した。弟の背に向かって彼女は「暗くなる前に帰っておいで」と声をかけた。

「この、でかい獲物って何だろう。比呂さん、なにか思い浮かばないですか。このあたりで貢君が探検に使っていたような場所とか。昨日言っていた春採湖以外で、他に思い当たるところはないですか」

水谷家から五分ほど歩いた場所にS字を描く坂がある。坂の下にはヒブナの生息で知られる春採湖があり、周囲は緑の多い湖畔の散策路になっていた。少年たちの探検遊びに格好の場所だ。初日の捜索は主にこの春採湖周辺の聞き込みと目撃情報に絞って行われていた。

ひと晩経《た》って周辺を洗いだしているうちに、誘拐の線は薄くなりかけていた。片桐が再度貢少年の家族と交友関係をあたることになった。片桐は水谷宅を後にする際、もう一度貢少年の交友関係を確認した。少年の交友リストにはクラスの内外を問わず何人もの名前が並んでいた。

春採湖を浚うことが検討され始めた矢先、ひとりの母親から連絡が入った。

片桐はリストにも名前のある杉村純《すぎむらじゅん》の家へと向かった。

杉村純の自宅は、プロパンガス販売会社の事務所二階にあるアパートだった。周囲は事務所や古い個人商店がシャッターを閉めたままになっている、ひと昔前の商業地域だ。部屋に一歩入っただけで母ひとり子ひとりの生活に経済的な余裕がないことがわかる。

ふたりの住まいは台所続きの小さな居間と勉強部屋兼寝室の二間だった。家財道具は安っぽい合板の戸棚がひとつとテレビとテーブル、タンスと学習机。水谷家との違いが、片桐の気持ちを湿らせた。

片桐はちいさなテーブルを挟んで母子と向かい合った。母親の杉村波子《なみこ》は頭のかたちがわかるくらいの短髪で、はっきりとした目鼻立ちが男っぽい印象を与える。ちいさな炉端焼屋を開いているということだった。

「粗末なところで申し訳ありません」

目元に四十にしては深すぎる皺《しわ》が寄った。彼女は息子が水谷貢少年の失踪について何か知っているようだ、と電話をかけてきた。

杉村波子の横に正座する純少年はうつむいたままだ。波子が息子の肩に手を置き挨拶《あいさつ》を促す。少年は不安そうに頭を下げた。

「一学期の成績はどうだった」

首を横に振る。得意な教科を訊ねるとちいさな声で「体育」と答える。

「あぁ、それなら俺とおんなじだ」

くだけた調子でそう言ったときだけ、彼は上目遣いで片桐を見た。波子は横で辛抱強く、息子の口が開くのを待っていた。彼女は苛立《いらだ》つ様子も見せず片桐の前に置かれた湯飲み茶碗《ぢゃわん》にお茶を注《つ》いだ。

「保育園からずっと貢君と一緒だって聞いたんだ。貢君の行きそうなところとか学校以外の友達とか、心当たりがあったらどんなことでもいいから教えてくれないかな」

少年の肩が持ち上がる。道路を行く大型車が部屋を揺らした。杉村波子はじっと傍らの息子を見ている。せっついて引きだした言葉の正否を疑うくらいなら、ここはやはりじっと待つべきだった。

「俺さ、君と貢君が一日も早く一緒に遊べるように頑張るから。最近ふたりで話したこととか貢君が興味を持っていたこととか、ちょっとしたことでいいから教えてくれないかな」

少年の呼吸が荒くなり、母の手が彼の背に添えられた。

「キタサンショウウオ」

言葉はそこで途切れた。

「キタサンショウウオが、どうかしたの」

瞳が怯《おび》えていた。片桐は声を小さくして「キタサンショウウオ」とつぶやいた。頭にその生きものを思い浮かべる。体長はせいぜい十一センチから十二センチだったはずだ。日本では釧路湿原にしか生息しておらず、市の天然記念物に指定されている。

再び沈黙が続いた。床から細かな振動が伝わる。部屋は大型車が通るたびに、その大きさに合わせて揺れた。壁に彼が描いた街の絵が貼《は》られている。色使いが素直だ。片桐は絵を褒めた。純少年の目がみるみる赤くなっていった。

「キタサンショウウオの卵、取りに行くって。理科の勉強で卵が青く光るっていう話を聞いたから」

「キタサンショウウオって言ったら、この辺じゃないよね。貢君、どこに取りに行くって言ってたのかな」

肩に力を入れて泣くのをこらえている少年にこちらの緊張が伝わらないよう努めた。波子の視線は息子の頰に向けられていた。眉《まゆ》が不安そうに寄っている。少年は決して母親のほうを見ようとしなかった。純少年は長い沈黙のあと唇を震わせながら言った。

「湿原」

片桐の脳裏に青白い霧が広がった。少年は失踪当日ひとりで湿原に行った。それが本当ならば、帰ってくることのできない状況になっているということだ。少年の命に関《かか》わってくる。腋《わき》の下に嫌な汗が流れた。

「湿原って、どの辺の湿原かわかるかい。どこもそんなに近くないよね」

湿地帯は宅地造成された地域を取り囲むように広がっているが、いちばん近いところでも五キロは離れている。子供がひとりでそんな場所へ行こうと思うだろうか。片桐は首を傾《かし》げた。

「ねえ、誰かと一緒に行くって言ってなかったかい。純君も誘われなかったの。俺もよく湿原歩くんだけど、キタサンショウウオがごっそりいるところはなかなか見つけられなくてさ。どこら辺にいるんだろう。貢君は純君にその場所を教えてくれなかったのかな」

引き結ばれていた少年の唇はいつの間にか半開きになっており、視線が細かく左右に揺れていた。

「雪里《せつり》の、ちっちゃい川にいるはずだって」

母親の体が前後に揺れたのを見た。片桐が揺れたのかもしれなかった。ここから先の質問を、ひとつふたつと脳裏に浮かべてみる。重苦しい気配を振り払うように天井を仰いだ。襖《ふすま》の上の小壁にも、少年が描いた絵が並んでいた。画用紙いっぱいの母の顔。絵の右上には小さな銀色の紙が貼られている。息子の絵の中で、短髪で眉のしっかりした杉村波子は薄い紅をさしていた。片桐は意を決し訊ねた。

「それを聞いたのは、いつだったのかな」

「終業式の日の帰り」

波子が息子の肩に手を回した。片桐は彼女の、きっちりと切りそろえられた爪《つめ》と水仕事でかさついた指先を見た。

その日、雪里方面へと捜索場所が移され、午後二時には小学校のグラウンド横で、貢少年の自転車が発見された。

学校関係者、教師、有志、消防団、そして警察が自転車のあった場所を起点にして扇状に湿原を捜索した。その中には波子の姿もあった。

釧路湿原にはさまざまな噂《うわさ》があった。

春先、数人でタラの芽を採りに行ったら帰りにひとり減っていたという話や、仲間の返事がないのでふり返ったらどこにも姿が見えなかったという話。研究者、学者などが奥まで入りこんだまま戻ってこないという報告もいくつかあった。無事に見つかった話はほとんどない。行方不明のままだ。谷地にぽっかりと口を広げている穴は、谷地眼《やちまなこ》と呼ばれていた。失踪した貢少年が暗い穴の底に漂っている姿を想像するたび、片桐の背筋に冷たい汗が流れた。

湿原の捜索は長靴も靴下も一日で駄目になった。二日経《た》ち三日経っても何の手がかりも発見されない。五日目、とうとう湿原の捜索は打ち切りとなった。

捜索が打ち切りになると告げた際、少年の家族は誰も泣かなかった。片桐が頭を下げると、同じように頭を下げる。感情を添わせることを拒絶されているのだった。いたたまれない気持ちが、片桐の胸に深い傷を作った。

2

一九四五年　八月十二日

長部《おさべ》キクは土埃《つちぼこり》の中に横たわっていた。

煙る上空を爆音が遠ざかってゆく。海側からソ連兵が上陸してきたという噂は本当なのだろう。みんな逃げる準備をしていた矢先のことだった。樺太《からふと》の短い夏に戦渦が広がっていた。

キクはソ連機が戻ってこないのを確かめ、立ち上がった。

「お母ちゃん、ゆり」

自分の声が聞こえない。耳がどうにかなっているようだ。

軒先に立て掛けてあった梯子《はしご》が通り側へと倒れた。土埃が舞い上がる。何の物音もしなかった。梯子が乾いた土の上で一度跳ねる。また土埃が立つ。

梯子の横に母の姿を見つけた。

すり減った下駄の底が、空に向かって花のように咲いていた。父が炭鉱の落盤事故で死んでから常にきつく結わえていた長い髪が、夏の空の下で乱れていた。

「お母ちゃん」

母の腹の下から、日焼けした細い脚が二本はみ出している。妹のゆりだ。倒れ込む前に見た光景が目の奥でゆっくりと蘇《よみがえ》った。母はソ連機の爆音が聞こえた途端、妹の名を呼びながら店先に飛びだしたのだった。

折り重なり息絶えている母と妹を土の上で仰《あおむ》向けにする。動いているのは事態を把握しようとするキクの心臓と土埃だけだ。

土の上に、母と妹の体を貫いた弾の痕《あと》がある。ふたりの血が、軒先の乾いた土に黒く染み込んでいた。妹を抱き上げた。ひとまわり年の違う妹の体は、八つになるというのに小さく軽かった。亡骸《なきがら》を店の中へと運び込む。三坪ほどの洋裁店に、瞬《また》く間に血の臭《にお》いが満ちていった。

爆撃音によって麻痺《まひ》していた耳がようやく音を取り戻したのは、半時ほど経ってからだった。母が営む洋裁店ではミシンが倒れ、窓ガラスも粉々になって土間に積もっていた。薄暗い店内から通りへと視線を移す。視界に入る何もかもに霞《かすみ》がかかっていた。近所の子供たちの声も聞こえない。

キクは母と妹の亡骸に視線を戻した。

生まれ育った土地は、ソ連軍の手に落ちるのを待つばかりになっていた。

南樺太は北緯五十度線を境にして面積三万六千平方キロメートルの土地で、ロシアと地続きだった。南北四百六十キロ、日ソ国境正面の幅員は百三十キロあり、九州本島とほぼ同じ広さを持つ最北端の「日本」である。島の中央には北から南へ山脈が走っていた。日本海とオホーツク海に挟まれて豊饒《ほうじょう》な海を保《も》ち、日本でも有数の炭鉱が点在していた。

空襲が始まったのは八月九日の宣戦布告からだった。ロシアとの国境にほど近い北端の恵須取《ウグレゴルスク》地区では三万人を越える住民が街を出る支度をしていた。本土は原爆によって虫の息と化していた。正確な情報は北の端まで届かず、攻め込んでくるソ連軍に容赦はなかった。十一日の昼、爆弾ひとつと焼夷弾《しょういだん》で街が焼かれた。翌日から機銃掃射が始まった。

ソ連兵が上陸してくるという噂が街を駆けめぐったのは数日前。長部キクも母と妹と三人、日暮れ前に家をでることになっていた。

遠くから足音が近づいてくる。耳を澄ました。

「キク、大丈夫か」

勢いがついたまま店内に飛び込んできた耕太郎《こうたろう》の、甲高い声が辺りに響く。視線が店内をひとまわりする。耕太郎は並んだ遺体を見下ろし、数秒黙ったあと低い声で言った。

「逃げるぞ」

耕太郎はキクより五つ年上の従兄《いとこ》だった。召集令状がこなかったのは、右脚が左より一寸ほど短いせいだ。ふたりの父親は同じ炭鉱で同じ落盤事故によって死んでいた。

「耕太郎さんのところは、大丈夫だったの」

「みんなやられた」

汗の染み込んだシャツを見上げた。むせかえるような体臭が漂ってくる。幼いころから知ってはいるが、耕太郎が人並み外れた正義感や勇敢さを持っているという印象はなかった。どちらかと言えば、体を使うよりも読み書きや算盤《そろばん》の方が性に合っているという印象だ。

父が死んでからずっと、仕立て物や染色で生計を立ててきた母を見てきた。惹《ひ》かれる男はいつも頑丈な体を持った父に似ていた。数えで二十歳、好いた男は思いを伝える暇も与えず出征した。キクはなぜ耕太郎が自分を迎えに来たのかわからなかった。

ふらつきながら立ち上がる。作業台に置かれた三つの風呂敷《ふろしき》包みを解いた。母の包みの一番下にあった藍《あい》色のかい巻きを自分のほうへと移す。耕太郎に背を向けて、下着やさらし木綿も詰めた。妹の包みからは、彼女がこっそり入れた小豆入りのお手玉を三つ手に取った。キクはそれらをひとまとめにして、背中に括《くく》りつけた。腕やシャツの腹は母と妹を運んだ際に血だらけになった。

着替えるより先にこの場を離れなければ。どうやって逃げるつもりかと、耕太郎の暗く光る目に問うた。

「ひとつは、上恵須取《クラスノポリエ》まで南下して、内恵道路《ないけい》からオホーツク海側の内路《ガスチエロ》へと抜けるルートだ」

間宮海峡側からオホーツク海へ抜ける街道は、距離にしておよそ百キロあった。中間に標高千メートルの峠も立ちはだかっていた。

「もうひとつは、上恵須取まで南下してそのまま珍恵道路《ちんけい》を更に南下し、珍内《クラスノゴルスク》、久春内《イリンスキー》に続く鉄道予定線。だけど、こっちはソ連軍が待ちかまえてるだろうな」

胸の前で指を折りながら耕太郎が舌打ちをした。

どちらを選んだとしても、峠のある山道を通らねばならない。それでもまだ、宗谷海峡への最短航路を持つ真岡《ホルムスク》や大泊《コルサコフ》には遠い。西部海岸線の道はソ連軍が待ち構えている。

樺太庁長官と陸海軍の間で緊急疎開の実施が決まったのが三日前だった。対象は六十五歳以上と十四歳以下の男女、四十歳以下の女性、計十八万人のみ。

耕太郎の母親とキクの母親はもともと反りが合わなかった。耕太郎が、足手まといになるとわかりきっている自分を急き立てている理由もわからない。

「とにかく逃げるんだ。早く」

たとえ引揚船のある街へ逃げおおせても、二十五の耕太郎は船に乗ることができない。キクは彼が何を考えているのか問うのをやめた。母と妹の亡骸を見下ろす。どこからもまだ、哀《かな》しみは湧《わ》いてこない。

「内路か久春内に行けば、鉄道がある。鉄道を使えば豊原《ユジノサハリンスク》まで行けるし、港までたどりつけば船で北海道へ渡ることもできる」

樺太脱出という言葉がうまく胸に落ちてこない。そもそも、なぜ生まれた土地を追われるのかがわからなかった。

足下に横たわる母と妹に、カラフトイバラで染めた薄紅色の一反風呂敷を掛けた。キクが染めた一枚だった。初めて母が褒めてくれたものだ。四角い布の中央で、花が開くように血の染みが広がってゆく。染色用の道具をすべて置いて出ていかねばならないのが心残りだった。

八月、樺太の太陽は午後八時を過ぎてようやく沈む。太陽が沈めばすぐにソ連兵がやってくる。ここに留《とど》まっていても、待っているのは陵辱と死だった。

耕太郎の荷物は肩から提げたズック鞄《かばん》ひとつ。キクも背中に括りつけた風呂敷包みひとつ。食べ物は握り飯と干鮭《とば》、お手玉の中の小豆だけだった。

米屋の軒先に、中学時代の同級生が転がっていた。母親を早くに失《な》くした彼女の側《そば》に、幼い弟と妹が捻《ねじ》れた体を横たえている。骸《むくろ》の上を数匹の蠅《はえ》が飛んでいた。キクは耕太郎が止めるのも構わず店の奥に入った。背中の風呂敷の中から手のひら大の巾着《きんちゃく》袋を取りだし、木箱の隅に残っていた米を入れた。集めた生米は握り拳《こぶし》ふたつぶんあった。

「西の海岸はソ連軍がいる。俺たちは内恵道路から内路へ入ろう」

「内路にソ連兵がいないって保証はあるの」

「保証なんてどこにあるんだ。行ってみるしかないだろう」

耕太郎の瞳が再び暗く光る。

道の真ん中を若い女が走っていった。背負った赤ん坊の首が後ろに折れ曲がっていた。キクは先を急ぐ耕太郎の背を追った。二十キロも歩くと、足の裏にできたまめが潰《つぶ》れた。皮がずれる。生き残った人間はみな東へ向かっていた。

こんなに歩くのは生まれて初めてだった。中学校の遠足だって、これほどの距離を歩かされたことはない。午後八時過ぎまで陽《ひ》が落ちない樺太の夏を、握り飯ひとつで歩き続けた。

もう、月明かりしか頼るものがなくなったころ、ふたりは街はずれで無人の小屋を見つけた。耕太郎が「ここで夜が明けるのを待つことにする」と言った。窓から入り込む月明かりを頼りに、ランプに火を入れた。食べられそうなものは何もなかったが、瓶に半分水があった。ランプにもわずかだが油が残っている。キクはひしゃく一杯の水を飲んだあと木綿を裂き、足の手当を始めた。

顔や首、手足を拭《ふ》いた耕太郎はこざっぱりとした表情でランプの火を細くする。

ひと晩、息を潜めて過ごさねばならない。耕太郎とは恵須取から歩き始めて、ほとんど言葉を交わしていなかった。途中、座り込んで動けなくなっている老人や道ばたにほ乳瓶ごと捨てられた赤ん坊を見た。キクは彼らから漂う情念を背負うのがいやで、ひたすら口を噤《つぐ》んで先を急いだ。無言で札の束を差しだす老人もいた。金など何の役に立つものか。そのことを誰よりも知っているのは、恨めしげに耕太郎とキクを見ていた彼自身だ。

先へ、一分でも早く峠の向こうへ。そして港へ。とにかく今は休まねばならない。屋根のあるところで休めるだけましなのだ。

「明日は峠道だ、今のうちに眠っておけ」

キクは無言でうなずいた。わずかな握り飯と水で腹をなだめ、ランプを消す前になにか蒲団《ふとん》代わりになるものを探そうと奥の木戸を開けた。木戸の向こうからごろりとなにか転がってきた。人間だと気づくまでに少しかかった。吸い込んだキクの息が、細い悲鳴に変わる。

乏しい灯《あか》りのなかで髪の毛と皮膚が白く浮きあがった。子供と間違うくらいちいさく枯れ細った老人だった。性別はわからない。耕太郎が遺体の襟首を摑《つか》み、裏木戸の外へと引きずっていった。納戸の奥から嗅《か》いだことのない臭いが漂ってくる。キクは急いで戸を閉めた。ぼろぼろの畳の上にへたり込む。

「なんだってんだ、ちくしょう」

戻った耕太郎は、床の上になにも残っていないのを確かめたあとランプの火を消した。

小屋を取り巻く雑木林では、蛙《かえる》の鳴き声や虫の羽音が絡まり合いながら夜の穴を進んでいた。耕太郎はごろりと横になった。キクも老人が落ちてきた木戸の近くを避けて、少しでも彼から遠い畳の縁に寝転がった。

足の裏は皮がよれて血が出ていた。明日までに少しでも快復していなければ、山越えがつらい。体は泥のように重いのに、眠気はやってこなかった。目を閉じる。土に吸い込まれてゆく血が黒々と目の前に広がってゆく。不思議と母と妹の死に顔は浮かばなかった。骸に寄せる感情は、ふたりから流れだした血のように、乾いた意識の裏側へと吸い込まれていった。

耕太郎が寝返りをうった。まだ眠っていないようだ。畳を擦る音がして、耕太郎の手がキクの肩にかかる。反射的に手足を腹の方へ折り込む。湿った声で耕太郎が言った。

「俺たち、助け合わなくちゃいけない」

その言葉が果たして自分に向けられたものか、耕太郎が己に言い聞かせたものかはわからない。彼は丸まって体を硬くするキクを引き寄せ、貧相な乳を乱暴に摑んだ。

抵抗はしない。意識はとうに諦《あきら》めていた。嫌悪も恐怖も感じられぬままこの時間が通り過ぎるのを待つ。両脚の間で耕太郎が欲望の行き先を探している。煩《わずら》わしいと思う間もなく、重たい痛みがキクの底に残る感情を殺した。男の体が重くなる。重みに耐えきれなくなったころ、肌が離れた。男と女が繋《つな》がる行為は最初から最後まで滑稽《こっけい》だった。

この程度のことならばすぐに慣れる。キクは急いで身繕いを整えた。綿のシャツともんぺと下着。身につけているものが何ひとつ自分を守らないことを実感したのは初めてだ。下腹部に残る鈍痛は、痛みの種類からすぐに癒えるだろうと思った。潰れた足のまめのほうがずっと厄介だった。再び畳の縁に横になる。瞬く間に目蓋《まぶた》が重くなった。

3

二〇〇九年　五月

松崎《まつざき》比呂は崖《がけ》を縁取る紫雲台《しうんだい》墓地の外れに立ち、海岸線に寄せる波を見ていた。昆布《こぶ》原《わら》の海は黒を混ぜ込んだ緑色をしている。札幌方面北警察署勤務のころ見た日本海とはまったく違う色彩だ。釧路の街にも、日本一遅い桜が咲き始めていた。

墓地の崖縁には柵《さく》が設けてある。支柱の足下に苺《いちご》の株が根を下ろしていた。気温が十度あるかないかという崖縁に、どこから飛んできたのかひと株だけぽつんと風に吹かれていた。

天気は良かったが、ライナー付きのミリタリージャケットを着ていても襟や袖口《そでぐち》から容赦なく寒さが浸み込んできた。

背後で母の凜子が呼んでいる。

「ちょっと、そろそろおいで」

墓地のはずれにある一角に、母方の祖父母が眠っていた。凜子が墓前に花を供えていた。比呂が素直に車をだしたことに満足しているのか、墓掃除まで一緒にやれとは言わない。比呂も言われないのをいいことにぶらぶらしている。

「ねえ、用意できたからおいでってば」

微笑《ほほえ》みながら手招きする。凜子の笑顔はすっきりと晴れた空のようだ。少女のころは鬱陶《うっとう》しく思えた母の笑顔も近ごろは気にならなくなっている。離れて暮らし始めてから十二年経《た》っていた。母の笑顔も、すべて月日が経ったおかげだろう。

二十六で巡査長、二度目の試験で巡査部長に合格した。組織的な気運の高まりに後押しされた部分もあるだろう。職場には制服私服を合わせ、今は全体の一割しかいない女性警官を将来的には二割に引き上げるという目標がある。

札幌北署に配属された途端に受けることになった男性刑事からのやっかみや妬《ねた》みは、婦警時代に受けた同性からのそれとは比較にならなかった。同年代の刑事、それも苦労して私服となった彼らの放つ「女はいいな」という言葉はほぼ挨拶代わり。同じように学び、体力のないところは小回りと機転で切り抜けてきた。評価はあとからついてくる。そもそも評価など必要なのか。いつもそんな思いのあいだで揺れている。

凜子とふたり墓前に並び、手を合わせた。

「お父さんお母さん、比呂がこんなに立派になって帰ってきましたよ。刑事さんですって。格好いいわねぇ」

比呂はため息をつきたくなるのをぐっと堪《こら》え、合わせた手に力を入れた。四月一日の発令だったが、着任後凜子に会ったのは五月も半ばの今日が初めてだった。

高校を卒業してすぐ警察学校に入ったが、刑事として勤務を始めてからはほとんど釧路には戻らずに過ごしてきた。事件、夜勤、疲れ、帰らなくてもいい理由はいくらでもあった。自分には連絡を取らないことで生まれる親不孝などなく、母も娘もとうの昔にそんな煩《わずら》わしさから手を引いたのだと思っている。

早朝から凜子の甲高い声を聞くことになるとは思わず、半分寝ぼけながら鳴り響く携帯電話を手に取ってしまった。

「お墓参り、つきあいなさいよ。今日でも明日でも、非番の日でいいから迎えにきて」

よりによって非番当日に墓参りの連絡を寄こされては断るわけにもいかない。凜子は比呂の車に乗り込んだ途端「やっぱり私、いい勘してる」と言って笑った。

墓石の後ろに刻まれているのは母方の祖父母の名前だけだ。鈍い痛みが胸の隅から広がってゆく。凜子からここに貢の名前を刻もうかという相談をされたとき、反対した。弟が知らぬ間に死人になっていないことに安心する。墓石の背を眺める娘を見て凜子は、先日の提案を忘れたように微笑んでいる。

貢が行方不明になってから十七年が経った。当時中学校一年だった比呂は三十になったが、記憶の中の貢は十歳のままだ。外に遊びに行って、まだ帰ってこない。長い長い夏休みを、どこでどう過ごしているのだろう。

ひとり息子の喪失を乗り越えることができなかった両親は、比呂が警察学校に合格するのを待って別れた。母方の姓を名乗ることとなったその日から、凜子とのあいだに深さも長さも分からぬ溝を感じ続けている。

墓地に「こんにちは赤ちゃん」の着メロが響きわたる。凜子が携帯の通話ボタンを押した。

「あら、一日早まったわねぇ。痛みが三十分間隔になったらいらっしゃい。のんびりゆっくり行動してね。いま頑張っているのは赤ちゃんのほう。お母さんはただ待っていればいいのよ。痛いのは頑張ってる合図。楽しみねぇ。じゃ、待ってますよ」

凜子は離婚を機に総合病院を辞め助産院を開いた。少子化が叫ばれて久しいが、折からの産科医不足、管理出産への不信や自然分娩《ぶんべん》の見直しから、経営そのものは順調だという。

「予定日は明日だったけど、今晩には会えそう。ねぇ、あんたもうちに寄っていきなさいよ。たまには事件現場じゃなく誕生の場面に遭遇するのもいいと思うのよ」

首を横に振った。助産院は凜子と同じくふんわりした気配と温かい乳の匂《にお》いに包まれているのだろう。生まれたての赤ん坊を抱いている同年代の女たちを目にするのは、厄介なことだ。居心地の悪さという点では、殺人現場のほうがましだ。このふたつを比較してしまえる鈍感さが、母の領域へ立ち寄ることを拒んでいる。

「寝てるところを起こされる仕事に変わりはないんだろうけど、私と刑事さんじゃ目覚めたあとが違いすぎるわねぇ」

「楽しみという点ではね」

墓石に弟の名前を刻む。そんなことで十七年にわたる呪縛《じゅばく》から解かれるのなら、と思う。自分の口からそれを告げる勇気はない。なぜ母から持ちかけられたときにうなずかなかったのか。じくじくとした思いが乾くには、もうしばらく時間がかかりそうだ。

「お産に間に合わなかったら大変。送るよ」

地下鉄もなく、JRも終点という街だった。移動用にと仕方なく中古で購入した千五百ccのセダンは、可もなく不可もなしという乗り心地だ。凜子はひと目見て、若い女が乗るような車には見えないわねぇとため息をついた。色やかたちにはこだわりはない。

加えて凛子とは「お金がない」と正直に言える関係でもなかった。

車の運転ならば助産後の家庭訪問や講演活動で忙しい凛子の方がずっと機動力がありそうなものだ。今回に限ってなぜ娘の車に乗りたがるのかわからない。住まいを釧路川を見下ろす高台の賃貸マンションに決めたことは伝えてあった。買い物や通勤はどうしているのかと訊《き》かれ、何も考えずに車を手に入れたと言ってしまった。

紫雲台墓地から急な坂道を下る。街の中心部を抜けて湿原の際まで釧路川を遡《さかのぼ》ると、『助産院・愛』がある。

いつか四人で住む家を建てようと、父が買った土地だ。買った当初は葦原《あしはら》だった。今はもう見渡す限りの住宅街に変わっている。湿原を埋め立てて造成した場所は地下に水の層でもあるのか、地震のときは船に似た嫌な揺れ方をするという。

まだ葦原だったころ何度か家族四人で来たことがある。家族という響きとふわふわと柔らかな関係を信じていた。父も母も未来を思い描く若さがあって、比呂もまたわずかな照れを感じながらこのふたりを見つめていた。みんな揃《そろ》って無邪気な弟の声に笑っていた。

あんなに近くに湿原がある、と貢が驚いていた。ひどい田舎だとつぶやく比呂を見て父が笑った。

十年もすれば家がいっぱい建って景色ががらりと変わってしまうと言うのだった。ハウスメーカーの営業だった父は、ここが今もっともお勧めの地域であると力説した。中学生になったばかりの比呂は、映画館や百貨店、ファストフード店こそが街の求心力であると信じていた。当時両親が家族の希望を託した土地は、車で五分のところに郊外型のスーパーがあるほかは、湿原と原っぱと土埃が舞う埋め立て地のさびしい場所だった。

若い頃の父は、ここがやがて駅前通りの老舗《しにせ》百貨店をしのぎ商業や集客の中心地になることを知っていた。

新築の家に住み、家族四人で新しい生活を始めることを一番望んでいたのは父だった。家族を連れてやってきては、増えてゆく角砂糖のような家を眺めていた。

バックミラーに、映画館を併設した郊外型ショッピングモールが映っていた。十七年経って、父が言ったことのほとんどは現実になった。ファストフード店もドラッグストアも、争うようにこの新たな商業地域へと進出している。

離婚という選択をした際、父はこの土地を母に譲った。息子が失踪《しっそう》した場所だった。それぞれが胸に描いていた幸福のかたちはあの日を境に変わってしまった。

「今、何か大きな事件抱えてるの」

「抱えてたら墓参りになんかこられないよ」

「なんか、って言わないでよ」

大きな事件はそうそうないが、小さな事件なら山のようにある。札幌では割り振られなかったような仕事もある。組織の気運がどうであれ、ここではまだ女性の刑事は珍しいのだ。女性被害者、とりわけ性被害が絡んだ事件は比呂が事情を聞くことが多い。女性が加害者となるケースも頻発しており、警察側も女性が対応することが増えている。

やっかみはただの挨拶と思っている。差別問題は組織のもっと深いところにあるのだが、知らないところで誰かが堰《せき》になっている。どんな職場だって同じだろう。

助産院の前で車を停《と》めた。凜子が今年還暦を迎えたことを自慢するのは、体力に自信があるからだろう。毎日、助産院のスタッフがうんざりするほど働くという。元の職場から引き抜いてきた看護師が「先生を見ているだけで目眩《めまい》がします」と言うらしい。その凜子が助手席から動こうとしない。どうしたのかと問うと、にんまりと笑った。

「やっぱり寄っていきなさい。差し入れのお赤飯やら大福やら、クッキーもケーキもあるの。スタッフ四人じゃとても消化しきれない」

「ここ、苦手だって言ってるでしょう」

「コレステロールと中性脂肪で早死にしちゃいそうよ。あんた、天涯孤独の三十女になってもいいの」

比呂は「すぐ帰るからね」と念を押して、車を助産院の駐車スペースに入れた。凜子がシートベルトを外した。

助産院には白い壁のそこかしこにふわふわとしたベビーシューズやソックス、フェルト小物が納められた額が飾られていた。食事全般を任せているスタッフが趣味で作っているという。予想通りの居心地の悪さだ。助産院の中は甘いにおいが充満している。

三十畳あるという待合室兼ホールは、テレビやピアノ、ゴムの木の鉢植えが四隅を占領している。桃の節句やこどもの日、クリスマスといった行事には子供を連れた母親たちが集うという。行事はすべて有志が企画し実行する。凜子が取り上げた赤ん坊は四千人を超えていた。これからもまだ増え続けそうだ。

窓の側にある大きめの食卓は、春採の一軒家を借りていた頃使っていたものだった。壁一面を窓にしたホールには燦々《さんさん》と陽光が入りこむ。太陽が作った菱形《ひしがた》の日溜《ひだ》まりに立つと、墓地で冷えた手足がじんわりと温まる。

「さぁさ、お茶でも飲もう。墓参りも済んだし、今日は休診だし」

休診日も、あってないようなものと聞いている。自然分娩が信条の助産院は二十四時間態勢だ。お茶と大福、赤飯とショートケーキを盆に載せ、凜子は日当たりのいい席に腰を下ろした。角を挟んで比呂も座る。背中に陽光を受けていると、寝不足気味の目蓋が重くなる。

「昨夜のお産が終わったのが午前五時。朝早くに初孫を見にやってきたお祖母《ばあ》ちゃんのお土産よ。この大福、手作りだって。きっと陣痛が始まった頃に作り始めたんだねぇ。何十年やっても毎日が初めて尽くしの不思議な仕事」

ピーターラビットのマグカップに入ったほうじ茶をひとくち飲んだ。ここではカフェインが入ったものや添加物は御法度だ。妊婦も産婦も、赤ん坊と対で守られる。ねぇ、と凜子が陽光に目を細め訊ねた。

「純君のお店に行った？」

「昨夜、顔だけだしてみた」

ポケットに両手を入れた。右手に硬い紙の感触がある。比呂は二つ折りになったはがきをだした。

『開店のおしらせ　炉端・純』

釧路川にほど近い雑居ビルの一階に店を構えた、という報告のあと、亡き母同様今後ともどうぞよろしくと結ばれていた。札幌の寮から転送されてきたのは四月半ばのことだった。

店主・杉村純という一行が控えめなのは、彼の性格なのだろう。純は十七年前に湿原で消息を絶った弟の友達だった。

比呂は彼が高校を卒業して札幌のホテルで調理師の勉強を始めたころに二、三度会っている。まだ交番勤務のころだった。札幌の地理がわからず休日も遊びにでることがないという彼に、何か困ったことがあったら連絡するようにと姉ぶった態度で食事を奢《おご》った。顔を合わせたのも最初の一年ほどで、比呂が試験勉強を始めたころからいつの間にか連絡も途絶えている。年末に届いた喪中のはがきに母親の名前があったことは覚えているが、お悔やみを言うタイミングを逃し続けていた。

比呂ははがきを受け取って一ヵ月経った昨夜、純の店を訪ねた。

ちいさな店だが、若い板前がひとりでまかなうにはちょうどいい規模に思えた。淡々と挨拶を交わしながら近況をひとつふたつと語り合った。

自分が釧路勤務になった四月に、純もまた故郷に戻ってきていた。母親が死んだと知ってもなにもしなかったという後ろめたさを抱え、暖簾《のれん》をくぐったのだった。お祝いがてらという時機も逸しており、あれこれ考えた末、結局店には手ぶらで行った。純は終始落ち着いた表情で礼を述べ、カウンター越しにいくつかの小鉢を並べた。もともと言葉の多い子ではなかった。今もそれは変わらないようで、黙々と包丁を動かしながら客の好みを探り、いかに酒の邪魔にならないよう振る舞うかに気を配っていた。

先客は、カウンターの端に座っている紬《つむぎ》姿の老婦人と、すっかり出来上がっている五十代のサラリーマンだった。席に着くと男の陰に隠れてしまったが、入店する際比呂は、老婦人の耳元に血朱珊瑚《ちあかさんご》のピアスが光っているのを見た。彼女は比呂がやってきて五分ほどで支払いを済ませ店をでた。ほどなくして背広の客も立ち上がったが、片手を挙げただけで店を後にした。

「ツケで飲んでいく常連さんもいるのね」と言うと、純は照れて笑った。

「どんな感じだった」凜子が語尾を上げた。

「どうって、普通のちっちゃい炉端。味は悪くない。評判良さそうだよ」

凜子はそう、とうなずくと声を落とした。

「純君のお母さん、札幌の病院で亡くなったらしいの。終末医療専門の病院だった。去年一月の最後のあたりにここに見えてね、きっと会うのはこれが最後になるって笑ってた。もう骨と皮になっちゃって。純君が札幌に来いって言ってくれたことが嬉《うれ》しかったんですって。お店を処分して、釧路の生活をすべて畳んでから行ったみたい」

昨夜は母親の死について特別話題にしなかった。

「亡くなったの、去年の七月だったっけ」

「うん。年明けに純君が訪ねてきてくれて。こっちでお店を出す準備をしているって。お母さんのお店は全部処分されていたから、同じ場所でもまるきりの新規開店だったらしいのね」

へぇ、と返す。凜子の眉《まゆ》が寄った。彼女はショートケーキにざっくりとフォークを刺し、そのほぼ半分を口に入れた。甘いものは決して嫌いではない比呂も、母の口もとにしばらく視線が止まった。

「凜子さんは行かないの」

もう何年もの間、お母さんと呼んでいない。こちらから電話もしないでいる気まずさが、いつの間にかそんな呼び名にすり替わった。

凜子は「どうしようかな」と言いながらお茶を飲んでいる。貢の名前を墓に刻もうと言いだしたきっかけも、杉村純の帰郷だった。

「もうどんなに想像を広げたところで、純君の成長は純君のもので、貢とは重ならないことを認めたいのよ。行くならあんたと一緒がいいかなと思ってたのに。何で誘ってくれなかったの。お祝いだってしたいじゃないの」

「お祝いは開店と同時にするもんでしょう」

「だから、遅れてごめん、って」、凜子が唇に着いたクリームを舐《な》めた。

比呂は十七年前の杉村母子のことを思い出した。貢が行方不明になったあと、杉村純は情緒不安定になってしばらく市立病院に通院していた。産科勤務の凜子がロビーにいた純の母、波子を見つけ声を掛けたという。

崩壊してゆく自分たち家族の様子をいちばん近くで見ていたのは、杉村波子だったかもしれない。夏休みに入る日に突然友を失った息子を持つ母と、息子を失った母。少しずつ狂ってゆく家族の歯車は、渦中にいた自分たちよりも彼女の方がよく見えていたろう。

杉村波子の店は、産地直送の新鮮さを売りとしていた。旬のものが入るたびに彼女は凜子の元に届け続けた。

「ふたりで行くのも何だかね」

「何だかね、じゃなくて。私もそろそろ訣別《けつべつ》しなきゃならないんだ」

凜子が高い声で歌うように言った。訣別という言葉を母の口から聞くのは初めてだった。何に訣別するのかと訊ねる。凜子は表情を変えなかった。

「だって、私たちは生きてるじゃないの」

純の母親は病に倒れた。十七年経っても湿原から戻ってこない弟もまた、もうこの世の者ではないのだろう。達観してしまったのならばそれでよいと思った。姉の自分がまだ清算しきれていないこととはまったくの別問題なのだ。足並みが揃わぬことを理由に母を責めるのも愚かなことだ。

日溜まりでお茶を飲み甘いものをたらふく食べ、乳臭い助産院のふんわりとした気配に身を置いている。この居心地の悪さが母との間にある溝なのだろう。

玄関の外まで見送りに出た凜子はしばらくのあいだ手を振っていた。バックミラーに映った母は、比呂が家を出た日よりずっと若々しかった。父が今どこでどうしているのかは知らない。比呂が高校在学中の三年間、父と母はおそらく紙切れ一枚分も繋がってはいなかった。

午後八時、昼寝から覚めた。

凜子の助産院から戻って、まるまる四時間眠っていた。カーテンを閉めに窓辺へ行くと、河口の景色が見える。

幅員百メートル以上という釧路川に、太い橋が架かっている。幣舞《ぬさまい》橋を照らす街灯や両岸の建物から落ちるネオンで、川面《かわも》には美しい金モールが揺れていた。きらびやかなフィッシャーマンズワーフを縁取る電飾はたびたび全国ネットの番組に登場する。人のいない娯楽施設はすっかり寂れた港町の持つ郷愁を煽《あお》っている。遮光カーテンを引く。蛍光灯の明るさが増した。

体の向きを変えるといつまで経っても片付かない十畳のワンルームがあった。パイプベッドは寝転がることができる唯一の空間だ。十九インチの液晶テレビは引っ越しセンターのロゴが入った段ボールの上に置かれている。その前に小さな炬燵《こたつ》。壁には二メートルのドレスハンガー。Tシャツもスーツもブラウスも、ジーンズもジャケットもすべてそこに引っかけてある。細かな下着類などは段ボールに放《ほう》り込んだままだった。洗濯後は畳みもせず再びそこに放り込むのでタンスは不要だ。洗濯物は洗い替えがあれば上等で、畳む手間も仕舞う手間も面倒だった。

札幌では寮にいたので家具も台所用品も必要なかった。生活用品は着任してから買い揃えた。ときおり抜き打ちで先輩がやってくる寮の暮らしからみれば天国のような気楽さだが、片付け上手な同僚がいないのは不便だった。

このままだと、次の転勤まで引っ越しセンターのロゴを見ながら暮らすことになりそうだが、とりあえず視界につまらないものが入るよりずっといいと思うことで折り合いをつける。

札幌で着ていたような夏物の出番はほとんどないだろう。ここはプラスもマイナスも二十度の「真冬と春の街」だ。昔よりも格段に減ったといわれているが、濃霧も道央では考えられないほどの頻度で街を覆う。

凜子が持たせてくれた折り詰めの赤飯に手を付けた。ペットボトルのお茶はラッパ飲みだ。洗い物は心がけて作らないようにしている。台所は九十九パーセント洗面台として使われていた。食事といえば朝はトーストと買い置きのスターバックスラテ。昼は署内に出入りしている弁当屋か近所の蕎麦《そば》屋で済ませている。晩飯に至ってはホカ弁かコンビニ弁当が中心だ。

ニュースバラエティ番組でチャンネル切り替えを止《や》めた。最近は自宅飯と弁当持参が趣味の男が増えているという話題。性的な欲求も薄く女と隣り合わせても何ごとも起こらぬ男がはやりと聞いて笑った。ものぐさな自分にはもってこいの存在ではないか。どこにそんな都合のいい男が転がっているんだろうと思いながら、比呂は再び引っ越しセンターのロゴを読み返す。

凜子に無理矢理持たされた赤飯の表面には大粒の甘納豆がのっている。東京生まれの同僚がスーパーに気持ち悪い赤飯があると言っていた。味気のないゆで小豆が混じった赤飯など、どこが旨いのかわからなかった。

最後のひとくちを飲み込んだところで携帯が震えた。ぼやけた頭がゆっくりと活動を始める。

待ち受け画面に「リン」の着信表示があった。ため息をついて携帯電話を炬燵の天板に乗せる。天板も一緒に震えている。携帯電話は数十秒のあいだ居心地悪そうに鳴いた。リンとは職業を伏せたまま二ヵ月ほど関《かか》わりを持った。ススキノで拾った男だった。通話ボタンを押したところでするべき会話もない。道東に戻るまで、リンとは何度か肌を重ねた。

ススキノで働いていると聞いて、そんなことだろうと思った。他にめぼしい相手がいればそう何度も付き合うことはしなかった。リンは通った鼻筋と薄い唇、少年のような真《ま》っ直《す》ぐな瞳《ひとみ》と、瞳に似合わぬ性技を持っていた。お互い楽しくやっていたはずだった。が、後半の二度はやけに湿っぽかった。

「そろそろヒロミさんのことも教えてくれていいと思うんですよ」

一度は笑ってごまかした。が、最後になった日、彼は比呂をひどく乱暴に抱いた。

尾行を撒《ま》くのはこちらの方が上手《うま》いに決まっている。二月上旬、雪祭りの頃のことだ。それから何度か着信があったが無視している。ナンバーを見て「面倒だ」と思う自分にほっとしながら、振動が終わるのを黙って待った。体も気持ちも引っかかりを失った男は、つるつるとした記憶の向こう側にいた。

札幌の警察学校へ向かう朝、父が比呂に言った言葉が今も重く残っている。

「お母さんのこと、嫌いになったわけじゃない。でも、この家族はもう壊れてしまったんだ。それは多分、壊れる前が完璧《かんぺき》すぎたせいなんだ」

比呂は自分という種を明かさずに付き合える「物」のような男としか関係できない。男はどんな場面でも自分にいいわけを許す生き物だという刷り込みがある。どんな関係も決して永遠ではないことを教えてくれたのは父だった。

睡眠時間が狂ったせいか翌朝は頭痛から一日が始まった。体はもうひと眠りしたくてきしんでいるがそうはいかない。今日は方面本部と所轄合同の研修が入っている。外はあいにくの曇り空だった。見下ろす河口では、生きもののような速度で霧が北上している。海から川へ、川から街、湿原へ。霧に行けないところはない。細かな水滴は意思を持ってでもいるように内陸を目指して進んでゆく。頭痛の原因はこの鬱陶《うっとう》しい空模様だと思いながら、無理矢理トーストを齧《かじ》った。

一着しかない黒のパンツスーツで出勤する。心なしか肩のあたりが窮屈になっている。流行り廃《すた》りのないデザインだったので、五年間買い換えていない。仕事に支障が出るようなことでもない。毎日の仕事着は伸縮素材のパンツとシャツ、あとは季節に合わせた数着のジャケットとダウンがあれば充分だった。

着るものに気を遣ったり金を掛けるという意識はなかった。化粧もチューブのファンデーションとリップグロスで終わり。髪は肩までの長さで、普段はほとんど一本に結わえている。縛る長さがあれば毎月美容院に行かなくても済み、スタイルを気にする必要もない。

確認のために手帳を開く。今日の講義内容は「湿原を歩く」。

捜査官を対象にした知識向上が目的の勉強会だ。しかし実際は現場の人間関係悪化による精神疾患を回避するための講座になっている。何か自分のために良いことをしようという提案が目的の研修だった。

昨年のテーマは「読書と余暇について」、一昨年は「精神的にバランスの取れた毎日について」、その前の年は栄養士による「心が折れない食生活」、その前が「痔《じ》との付き合い方」だったと聞いた。数年分の資料を見ても、今日の講演テーマが一番興味が持てそうだ。時計を気にしながら執務室に入ると、背後から「よう」と呼び止められた。

「十時からのやつ、でるのかい」

「はい」

「湿原のことなら俺のほうが詳しいんじゃねぇかな」

片桐周平が笑った。

釧路方面本部刑事第一課強行犯係一係警部補、五十歳、独身。着任したとき、真っ先に声を掛けてきたのが片桐だった。身長は百六十五センチと、比呂とほとんど変わらない。短髪のこめかみに白いものが集中していた。飄々《ひょうひょう》とした風貌《ふうぼう》と一課の刑事とは思えないほど柔らかな視線は、上下なく「キリさん」という呼び名を許している。

片桐は最初会ったとき、比呂を父親の姓で呼んだ。

「水谷さんのところの子だよね」

「松崎です」

「そんなこたぁ、わかってるよ」

表情を硬くする比呂に向かって彼は笑いながら目を細めた。片桐は機敏な気配というのが感じられない、野原の草に似た男だった。

「いやぁ、あん時の細っこいお姉ちゃんが同僚になるとはねぇ。俺も年を取るわけだ」

片桐は貢の失踪の際にやってきた刑事だった。

一時間半の講義だったが、参加者四十名のうちほぼ半数は睡魔に負けていた。うち、ばれてもいいと思って眠っているのが十人、頭を支えて眠っているのが六人。残りは自分がどこで眠っているのかさえわからぬ様子で、椅子からずり落ちそうになっている。

ひとり目が椅子からずり落ちたのを機に、講師の声はますます低くなりゆっくりとした環境音楽のようになった。

「せっかくこのような太古の自然が残っている土地に住んでいるのだから、もっとこの地をよく見よく歩き、共存の方向を探ろう」と講師が言った。

「自然と触れ合うことで生まれる安らぎは、動物との関わりで得るそれとは違って、喪失を喪失として受け止める心の動きを誘発するんです」

なにかと面倒くさい表現が好きな男だ。

ひとつ興味深かったのは「湿原にはいたるところに穴があり、そこは地下水脈で繋がっており、一度落ちたらもう二度と帰ってはこられない」という話だった。谷地眼、と彼は言った。それは貢の失踪時、嫌というほど聞いた名前だった。

「湿原って、原っぱみたいに見えますけどあの葦の下はずぶずぶの泥炭地で、その下は水なんですね。冷たい水が常に地中を流れていて、生き物が腐って土に還《かえ》るためのバクテリアも充分に発生しません。ですから植物は枯れると泥と一緒に積み重なってしまうんです。ご存じの方も多いと思いますが、泥炭が途切れたり穴が空いたりした水たまりのことを、谷地眼と呼んでいます。川の名残りがそのまま水をたたえた窪《くぼ》みになったものもあります。生成過程によっても違いますが、わき水が泥炭を削ってできたものの場合、水温は夏も冬も六度から七度と、大変冷たいです。深さは数十センチから四、五メートルと一定ではありませんが、水はどこかですべて繫がっていると考えていいと思います。この地域一帯が、浮島のようになっていると考えればわかりやすいかもしれません」

彼は講演を、湿原のそうした暗い部分がより一層この地で生まれるものを豊かにしてくれると言って閉じた。

「谷地眼か」

三年前、死出の旅を前にした祖母は、それまでひと言も口にしなかった孫の名前をつぶやいた。

「貢は谷地眼の中にいるんだよ。もうすぐ私も行くところだ」

比呂は今でも湿原と聞くと、街全体が水に浮いているような気がする。巨大な浮島で生活していれば、誰かひとりくらい縁で足を滑らせても不思議はないのだろう。それが自分の弟という事実を認めるのにかかる時間が長いだけだ。

貢を見つけ出すことができなかった警察に幻滅したのが十七年前。理想と現実、個人と組織のあいだで揺れ続け、今は幻滅される側になっている。

「松崎、お前よく寝なかったなぁ」

部室に入ると、まだ寝たりない風の同僚が数人机に突っ伏した。片桐は涼しい顔で机から耳かきを取りだした。

「あのくらいの講義なら俺の方がずっと上手いと思うがなぁ。だいたい学者の話ってのは好かんねぇ。教えてやろうっていう姿勢が鼻持ちならない」

「キリさんが講義すると、別の意味でみんな眠れないと思いますよ」

向かい側の席に腰を下ろした。彼の人あたりの良さを侮ると後で痛い目に遭う気がしている。その印象を裏付ける言葉を、課長からも聞いていた。

「キリが熱心に湿原歩きを始めたのは、お前さんの弟の事件があってからなんだ。彼なりにあのことを悔やんでる。いつもあんな調子でへらへら笑ってるが、やつの笑顔を本心だとは俺も思ってない。結局結婚もしないままあの年になっちまった。いろいろ思うところはあるだろうが、学ぶことも多いはずだから」

結婚もしないまま、という言葉が引っかかっていた。貢の失踪と片桐の私生活にどんな因果関係があるのか、課長の言葉だけではわからない。

「結婚されなかったのも、うちの弟のせいですか」

多少棘《とげ》のある言い方になった。結局その質問には答えをもらえぬままになっている。

机の上に回覧ボードが置かれていた。先日の新署長着任の挨拶が文章で繰り返されている。三十五歳の署長は、東京からやってきたキャリアだ。これから二年間、名前に傷を付けずに無事送り返さなくてはならない。副署長の心労は、今後常に現場の話題になるだろう。ご丁寧な顔写真付きの挨拶文は、一体誰が原稿を書いたのかと思うほど古めかしい。回覧の升目に判を押し、片桐に差しだす。

「若いねぇ、若い若い。松崎といくつ違うんだ」

「署長が五歳上ですね」

ひやぁ、と意味の分からない声をあげ、片桐は升目に「キリ」と書き込み隣の机にボードを置いた。

「のどかだねぇ」

片桐はそう言うと、少し声を潜めた。

「なぁお前、事件日和ってのがあるの知ってるか」

「いいえ、初めて聞きました」

どういう日なのか、と訊ねると彼がにやりと口角を持ち上げる。

「こんな日だよ」

4

近所の蕎麦屋で定食を食べて署に戻ると、片桐の予言が的中していた。

「成人男性の遺体発見だと。だから言ったろ。こんな平和な日があっていいのかって誰かが思ったり言ったりすると、現実がちょっとだけ歪《ゆが》むんだよ。神様は天《あま》の邪鬼《じゃく》だからよ」

片桐がさも楽しげに囁《ささや》いた。

「現場は阿歴内《あれきない》川と釧路川の合流地点だ。今、鑑識が向かってる。おそらくウチにくるでしょう、ちょっと見学に行ってみますか」

なぜそんなことがわかるのかと問うと、片桐はくわえていた模造煙草《タバコ》を机に仕舞い、「勘」と言って笑った。

国道三九一号線を標茶《しべちゃ》方面に向かい川を遡る。片桐の指図にはぶれがなかった。独身の三十女と喜んで組むベテラン刑事はいない。女は融通が利かないというのが大きな理由らしい。ふたりがコンビにされる理由には比呂なりの納得がある。彼ならば相棒が男でも女でも態度を変えたり戸惑ったりはしない。

この地の方面本部では、まだ女性刑事は一割に満たない。一課では比呂ひとりだ。つまり松崎比呂を上手く使わねば上司の管理能力が問われる。比呂にまつわる問題が小指の先ほども起こってはならない。そうした環境下では、片桐のように色気が抜けたアクのない植物のような男は組織にとっても貴重な存在だろう。

反面、差別を匂わせないよう上司に気を遣われるのも厄介なことだった。希望どおり刑事課に配属されたのも検挙率の高い交番に配属されたことが大きく関係している。先輩に恵まれるという才能、と身も蓋《ふた》もないほめ方をされるのには慣れたし、ちやほやされなくなってから本格的な仕事が始まるのはどこの職場でも同じだろう。

遠矢《とおや》地区を抜け、短い峠を終えたあたりで片桐がいかにも残念そうにつぶやいた。

「よりによって阿歴内川だよ。いいところなんだよなぁ」

「キリさん、そっちにはよく行かれるんですか」

「塘路《とうろ》湖から出て釧路川に合流するまで、野鳥の楽園みたいなとこだよ。丹頂《たんちょう》もいればオジロワシもいる。春と秋の渡りの時期は鳥の図鑑が作れるよ。あ、そこ左折して」

慌ててハンドルを切る。

阿歴内川と並行した道を少し行くと塘路駅が見えた。駅から右折し踏切を越えて一キロほど走ると川にでる。現場は釧路川と阿歴内川が合流する、二股と呼ばれる場所だった。釧路川が南部に向かって大きく蛇行している。落差があるのか水音が聞こえてくる。空は海側よりも青みがかっていた。

片桐のため息はピークに達していたが、ひとたび車を降りると表情が一変した。現場にはもう弟子屈《てしかが》署の人間がやってきていた。標茶地区は弟子屈署の管轄だ。何かと連携の食い違いが予想される関係も、片桐がいれば問題なく進むと言われていた。男社会ではまだ、昇進を投げた人間に一目置くというひねくれた敬意が残っている。出世は、手に入れても投げても武器になる。特に湿原で起こる事件では、片桐が持つ知識が重宝がられた。

十メートルほど離れた場所で、陸に上げられたカヌーの周りに立つ数人の男女がこちらを見ていた。第一発見者二名が、無事解放されるのを待っているようだ。

「塘路湖のカヌーステーションからでました。気持ちよく釧路川と合流ってところで見つけちゃったんですよ」

第一発見者は黄色いヤッケ姿の二十代の青年ふたりだ。どちらも見つけてしまった遺体に、特別な感情はなさそうだ。目に好奇の色が浮かんでおり、女刑事の登場でますます気持ちが盛り上がっている。ひととおり発見時の様子を聞き取ったあと、お手間を取らせましたと言うと、ひとりの青年が不安そうに訊ねてきた。

「僕たち、警察署に行ったりしなくていいんですか」

片桐が横からにこやかに口をだす。

「嘘《うそ》さえ言ってなけりゃ大丈夫だよ」

急に真剣な表情になった彼らは、頭を下げてすぐに仲間のいるほうへ戻って行った。

引きあげられた遺体の、黒っぽい細身のスーツから蠟《ろう》のように白い手が伸びていた。着衣の乱れはなさそうだ。のど仏からぐるりと、絞殺痕《こうさつこん》があった。三十から四十、男子。靴は左足しか履いていない。スーツにもネームが入っておらず身元を示すものはいっさいなかった。

五十がらみの鑑識官が片桐に「よう」と声をかけた。ずんぐりとした体格で、彼もまた娘ほども年の離れた若い女性鑑識官を連れている。自分もこんな風に「お守り」をされているように見えるのかもしれない。比呂は硬い表情を崩さない彼女に微笑みかけた。

「キリさん、ちょっと見てよ」

彼が指先で被害者の目蓋を広げた。両目とも見事なブルーだった。

「日本人じゃないのか」

「いや、骨格は立派な日本人だね。目だけが青いの。すぐに身元が割れるな。こんなにきれいな色の隔世遺伝はあんまり例がないと思うよ」

ベテランの鑑識官がにやりと笑った。

翌朝、捜査会議のひな壇には釧路方面本部長、捜査課長、所轄署長、副署長が並んだ。捜査員は五十人。応援には釧路、弟子屈の所轄が集められた。

被害者の身元割り出しに丸一日を要した。所持品がない上に、被害者が地元の人間ではなかったことが大きかった。全国の捜索願から浮かび上がったのは札幌の自動車販売員「鈴木洋介、三十四歳」。会議室にずらりと並んだ黒い背中に緊張が走る。

捜索願を出していたのは、被害者の職場であるH自動車販売だった。大きな身体的特徴であるはずの青い目については記載がなかった。直属の上司が、朝九時札幌出発の特急スーパーおおぞらでやってくるという。午後一時には釧路に着くと連絡が入った。出迎えの役目は片桐と松崎に振られた。

「何で私たちなんですかね」

改札口で担当者を待ちながらした質問に、片桐は間を置かず「油断させて何か聞きだせってことでしょう」と答えた。どちらが相手を油断させる役目を担っているのかについては語らない。相手に妙な先入観や威圧感を与えないという点でなら、片桐も比呂も似たようなものだろう。

「あぁそういえば、杉村純の店、開店の報《しら》せは届いてるか」

ほぼ同時に列車がホームに滑り込んできた。

「開店って、キリさん」

どうして杉村純を知っているのか。語尾がアナウンスにかき消された。はがきはまだジャケットのポケットにある。片桐が片方の眉を上げ「あとでゆっくり」と言い視線をホームに移した。

構内に入ってくる乗客は、疲れた表情で改札を抜けてくる。平日の昼過ぎという時間帯のせいかビジネスマンがほとんどだ。朝早くに家を出て四時間の乗車時間のあと、午後から仕事が始まる。うんざりした表情は、この地方都市がいかにビジネスの拠点から遠いかということを物語っていた。

部下の遺体確認という役目を与えられた担当者も、やはり疲れた顔をしていた。冷え込んだ自動車業界で生き残るからには、ある種の冷徹さもあるだろう。改札でふたりを見つけると仕事用の柔和な笑顔で頭を下げる。

「遠いところお疲れ様です」

懐から名刺入れをだす。肩書きは販売促進課課長。一柳光彦《いちやなぎみつひこ》。四十代半ば。すっきりとなでつけた頭髪の、額のあたりに一筋白いものが混じっていた。人通りのある場所だった。比呂が手帳に手を伸ばすのを遮り、片桐が一歩前にでる。

「釧路署の片桐と申します。こちらは松崎。確認していただいたあと、お伺いしたいこともありますので、お疲れのところ恐縮ですが、今日はどうかよろしくお願いします」

一柳の柔和な表情も、安置室で遺体を見た後しばらくのあいだ歪んだ。遺体の身元は鈴木洋介に間違いなかった。片桐の指示で上司からの情報は比呂が聞きだすことになった。

一柳はひとつひとつの質問に丁寧に答えた。

「鈴木は四月に釧路に転勤になった顧客の、納車に来ていたんです。車両は船で苫小牧《とまこまい》に着くんですが、こちらの販売店に届くように手配してありました。販売店で車を乗り換えてユーザーに届けるんです。私どもは鈴木が販売店に自分の車を取りに戻ったところまでしか行き先を把握できませんでした。運転に自信のある者でしたから、夜中には札幌に戻る予定と聞いていました。それが夕方になってからちょっと疲れたので休みながら走るという連絡が入ったんです。着くのは朝になるかもしれないというので、あまり無理しないように言いました。長距離なので気をつけて戻るようにと言ってそのままです」

「鈴木さんは自家用車でこられたんですか」

「走り回ってなんぼの仕事です。鈴木のポストだと月に九十リットルの燃料代が支給されます。彼の場合は一週間と保ちませんでしたが」

「札幌が拠点のお仕事ですよね」

「いや、こんなご時世ですから、顧客がいるところはみんなエリアです。鈴木は独り者ですしフットワークの良さが幸いして、顧客回りも頻繁でした。もともとがエンジニアなもんですから時間外の修理なんかもすぐに駆けつけるわけです。うちの販売部では成績もトップだったんです」

鈴木洋介所有の車型とナンバーを控える。同時に二日前に納車したという顧客の情報を問い合わせるよう頼んだ。市内の宿泊施設すべてに聞き込みが入る。どちらもすぐに別のチームが動き始め、情報は四方から集まってくる。携帯電話の通話記録も照会が取れしだい上がってくるはずだった。

主に質問するのは比呂だが、ときおり合いの手がはいる。鈴木洋介の損失を嘆く彼に片桐が言った。

「一柳さん、そりゃ痛いですわ」

「痛いなんてもんじゃありません。内々の話ですが、北広島に新装オープンする予定のショールームは彼に任せる予定だったんです。社内じゃ大抜擢《だいばってき》だったんです」

「この時期に新装オープンですか。堅実なご商売をされてるってことですよね」

「いや、残念ながら統廃合というやつです。成績のふるわない小さな支店をひとつにまとめて、安い土地代と少ない人数でまかなえるようにという苦肉の策です」

「やっぱり何ですかね。目が青いというのは、いいセールスポイントになるんでしょうか」

「鈴木の目のことは、社内でも知っている人間は少ないということでした。毎日カラーコンタクトをしていたんだそうです。私も出がけに支社長から聞かされて驚いたんです」

　片桐が「ほう」と身を乗りだす。比呂が続ける。

「目の色を隠していた、ということですか」

「私も見たことはありません。支社長も自分しか知らないことだろうと言ってました。ただ、本人はそのことをとても嫌がっていたと聞いています。技術部から引き抜かれて営業にまわっても、青い目を売りにするつもりはなかったようです」

「鈴木さんが釧路入りすることは職場の皆さんご存じだったんですよね」

「ええ、出張の場合は行き先と内容を事務所のホワイトボードに書き込みますから」

「釧路に向かったのは、鈴木さんおひとりでしたか」

「うちの社員が疑われているんでしょうか」

　弱々しげだった一柳の頰《ほお》に力が入る。

「可能性を潰しているだけです」

　その後わずかだが一柳の口が重くなった。質問が終わったあと、彼はひと呼吸おいて言いにくそうに切り出した。

「申し訳ありませんが、報道発表ではうちの社名を伏せていただけませんか」

　四時過ぎの「おおぞら」で札幌に戻るという一柳を駅に送った。再び四時間列車に揺られて札幌に帰るという。興味深かったのは、鈴木洋介も日帰りの予定で釧路入りしたということだった。翌日は札幌で仕事をするとなると、釧路を出るタイムリミットが発生することになる。

仕事を終えてすぐに走るとしても、出発は夕方になる。夕暮れの運転しづらい時間帯を、フットワークの軽い営業マンが選ぶかどうか。市内を出るまでの混雑を避けたいなら、午後九時以降の方が苛々《いらいら》せずに済むだろう。運転が好きな人間なら、道路が混まない夜中の時間帯を選ぶのではないか。多少時間を潰したとしても、取り締まりのない時間帯がいいに決まっている。オービスの場所くらいは道内を網羅する営業職なら当然チェック済みだろう。どちらにしても、翌朝までに札幌に戻るつもりで被害者は釧路にきた。

コンビニで買ったおにぎりと野菜サラダ、プリンを片手に会議室に入った。片桐が隅で似たような昼食を広げていた。たらこおにぎりの最後のひとくちを放り込んだ片桐が、口をもごもごさせながら言った。

「鈴木洋介がこっちで行った場所を全部洗えば、何か出てくるでしょう」

「デザートです、どうぞ」

片桐は比呂が差し出したプリンを喜んで受け取った。なぜ純のことを知っているのか、訊かねばならなかった。こちらが口を開きかけた絶妙のタイミングで、彼が言った。

「小樽《おたる》の実家に連絡がついた。鈴木洋介の姉がこっちに向かっているそうだ。お出迎えが続いてるな」

「姉ひとりですか」

「母親は一月に亡くなったそうだ。四ヵ月後にたったひとりの弟まで亡くすなんてなぁ」

急に食べ物の味がしなくなった。

まっとうな怒りは捜査の活力を湧かせたり減退させたり、事件によっても大きく違う。もうそんな場面は嫌と言うほど見てきたはずなのに、慣れるところまではたどり着かない。サラダを食べ終えた片桐がプリンに手を伸ばす。

「いたずらに気の毒がっても始まらん」

「わかってます」

身内がやってくる前に、鈴木洋介の出張目的である顧客に話を聞いておかねばならなかった。地元の販売店にめぼしい情報はなく、H自動車販売から送ってもらった顧客情報を元に、比呂と片桐は裁判所へと向かった。

『斉藤利明《さいとうとしあき》(四十二)　釧路地方裁判所勤務　車引き渡し場所(裁判所駐車場・十二時～十三時の間)』

被害者が釧路で会う予定の人間は彼ひとりだった。斉藤は単身赴任で釧路勤務は今年の四月からだという。裁判所ロビーに入った。正面はガラス張りだが、そこから陽光は入ってこない。海岸に近いこの辺りでは、季節的にも青空を拝めるのは数日だろうと片桐は言う。

「もったいねぇ建物だなぁ。こんなガラス本当に必要なのかよ」

公判に刑事が呼ばれるのは弁護士が捜査の違法性を唱えての場合が多い。捜査員にとってあまり印象の良い建物とは言えなかった。

斉藤利明は地裁民事部の主任書記官だった。競売《けいばい》物件を担当しているという。部室の入り口に斉藤がでてくる。彼の島の人間が一斉に顔を上げこちらを見た。

「すみません、お仕事中に。二日前にお会いになった鈴木洋介さんのことで少しお伺いしたいことがありまして」

斉藤は眉を持ち上げる。民事部に刑事が訪ねてくるのも異例のことだろう。斉藤は小会議室へふたりを案内し、硬い表情のまま訊ねた。

「鈴木さんがどうかされたんですか」

事情を話すと斉藤は一瞬ぼんやりと宙を睨《にら》み、直後はっと気づいたように「まさか」と言った。質問をするのは比呂で、片桐が彼の様子を観察する。

当日斉藤は昼休みに納車を済ませ、車を前にして鈴木洋介と十分ほど立ち話をしたあと午後からは普通に職務に就いた。鈴木から車を買うのはこれが二度目で五年ぶり。その間、途切れることなく季節毎《ごと》のメンテナンスから修理、車に関することなら何でも相談にのってもらっていた。買った車も低燃費が売りの中型車だった。古い車は妻がこの春から通勤に使うことが決まったため新車購入を決めたという。

「その日は午後十時まで職場に居て、宿舎の駐車場に車を入れたあと、階下に住む同僚と納車祝いと称して遅い晩飯を食べに行きました。同じく単身で来ている書記官研修所時代の同期です。店は近所にある中華料理の店です。名前は失念してしまいました、すみません」

「鈴木さんと、どんなお話をされたか覚えていらっしゃいますか」

「女房が使っている古い方の車のメンテナンスとか、タイヤの買い換えの話だったと記憶しています。あと、こんな遠いところまできてくれた礼も言いましたよ。本当に発見されたのは鈴木さんなんですか。人違いとかではなく」

残念ですが、と答える。彼が目蓋を閉じた。

「納車を終えたのが、十八日の十二時四十分頃ということでしたね」

「ええ。残り二十分で何か腹に入れなくちゃと思った記憶があります」

「そのあとどこかへ行くようなお話はされていませんでしたか」

さぁ、と彼は首を傾げた。どんな会話でもいいから思いだしてくれと頼んでみる。斉藤の眉がこれ以上ないほど寄る。数秒後「樺太」とつぶやいた。

「樺太、ですか」

「ええ。車のこと以外の会話で覚えているのはそのくらいです。彼、四月にも一度釧路に来ているんです。ナンバープレートの申請手続きです。そちらの交通課に行ってるはずです。そのとき訊かれたのが、樺太の話でした」

「失礼ですが、斉藤さんは樺太と何か関わりが」

「いえ、特別には。札幌時代から僕が民事の仕事が長いことを彼も知っていまして。以前、何が一番大変かって訊かれたときに、ちょうど訟廷《しょうてい》係だったもんで遺産相続がらみで古い家系図を調べるのがきついって漏らしたことがあったんです。調書の厚さが桁違《けたちが》いなんですよ。で、北海道は樺太からの引揚者が多い土地だっていう話もした記憶があります。そのせいだと思うんですが、彼、道東も樺太の引揚者が多いのかって」

「何と答えられたんですか」

「今は競売物件担当ですから、不動産関係が主な仕事なんです。だから、まだこっちのことはよくわからないと。でも、北海道は函館《はこだて》が引き揚げの窓口になりましたから、当時すぐに仕事を見つけられる港町なんかはわりあい流れてきやすかったと思います。確かそんな風に答えたと思います」

「樺太についての会話が、前回も今回もあったということですね」

斉藤がうなずいた。比呂は鈴木洋介が樺太引揚者について訊ねたという手帳の書き込みに二重丸を付けた。

会議室に戻ると、携帯電話の通話先洗い出し組がタオルで目を冷やしていた。丸一日パソコンの小さな数字を追っていれば、いい加減目も疲れるだろう。事件当日、鈴木洋介が連絡を取った先は、顧客と会社のみだった。顧客かプライベートかの振り分けはH自動車販売のリストと照らし合わせながら作業を進める。前任から引き継いだ顧客と新規開拓の総数は三百を超えていた。担当捜査員が火を吹いている。

依然として鈴木洋介の車はでてこないままだった。主だったホテルや旅館に宿泊予約もしていない。納車後の被害者の足取りがまったくつかめなかった。遺体発見現場が標茶地区ということもあり、鶴居《つるい》や阿寒《あかん》、弟子屈や川湯《かわゆ》方面にも捜索は広げられたが、それらしい情報はない。聞き込みにも検問にも引っかからない。物盗《ものと》りの犯行ならば車で逃走している可能性もあった。誰かが小さく「長くならなきゃいいが」とつぶやく。誰も声のする方を見なかった。

腕の時計を見る。そろそろ鈴木洋介の姉を乗せた列車が到着する時刻が近づいていた。

5

一九四五年　八月　樺太

長部キクは物音で目覚めた。空が白みかけている。耕太郎が部屋の隅にあった茶簞笥《ちゃだんす》の前で背を丸めていた。背中が昨日より貧相に見える。

「あった」

体の向きを変えた。目が合って狼狽《うろた》えているのは耕太郎のほうだった。

「これ、足に塗れ」

差しだされたのはヨードチンキだ。豊原にあるヨード会社のマークが入っている。無言で受け取り、つま先から甲に巻いたさらし木綿を外した。多少痛みは薄れたが、皮がよれて剝《は》がれた部分には血が滲《にじ》んでいる。ヨードチンキを垂らした部分に激しい痛み。痛ければ痛いほど治る見込みがある。深傷《ふかで》はさほど痛まないはずだ。キクは奥歯をかみしめ痛みに耐えた。

「用意できたら、行くぞ」

耕太郎の瞳《ひとみ》が粘りのある光で満ちる。ソ連軍が動きだす前に峠に入らねばならないと急き立てる。キクは裂いたさらし木綿をきつく足に巻いた。

雑木林には靄《もや》がたちこめていた。上恵須取を過ぎれば峠、峠を越えて内路まで行けば漁船がある。季節は夏だが木立の深い山道は半袖《はんそで》のシャツではとてもしのげないほど気温が低かった。

耕太郎は人通りのある峠道を避け、獣が通るような細い道を選んだ。ソ連機がきたら機銃掃射でやられてしまう。日中歩くにはけものみちの方がいいという。ズック靴が小枝や根株を踏むたび、痛みで顔が歪《ゆが》む。

気をつけて前に進んでいても、不意に人々が通る正規の道路へでてしまった。道ばたには相変わらずおかしな物が捨ててある。仏壇、位牌《いはい》、骨壺《こつつぼ》などはまだ良かった。昨夜転がってきたミイラのように、家に置き去りにされたほうがましだったろうと思える骸《むくろ》も、ひとつふたつ。街から離れるほど遺物は凄惨《せいさん》さを増した。土まんじゅうも三つからは数えるのをやめた。真新しく盛ってある土の上にはかならず、埋まっている人間の持ち物が置かれていた。

キクは、涙も流さず淡々と家族の遺体を埋める人々を思い浮かべる。そして母と妹の亡骸《なきがら》を、自分はどうして埋めてこなかったのかと思う。耕太郎の背を見ても、答えはでてこない。

皆おそらく、内路から鉄道を使って大泊まで出て引揚船に乗る。山越えのあとは二晩三晩と列車に揺られる。足腰の弱くなった老人や病気の子供に耐えられるような旅ではなかった。

内恵道路の方角から機銃の音が響いてきた。

「ちょっとまて」

黙々と歩き続けていた林で、耕太郎が立ち止まる。うっすらと日が翳《かげ》り、木漏れ日もほとんどなくなった。午後七時くらいだろうか。そろそろ野宿する場所を決めねばならない。足の裏はとうに痺《しび》れ、痛みも感じなくなっていた。耕太郎は背を低くして手を振り、キクにも伏せるよう合図した。微《かす》かに熊笹《くまざさ》をかきわける音が聞こえてくる。近くに人がいる。姿を見るまではこちらの動きを悟られてはいけない。

息を殺して笹が擦れる音の先を探した。白樺《しらかば》林の奥、前方に続く道とも言えぬ草道を大きく左手に外れたところからその音は聞こえてくる。頭上で交差する枝から枝へ、リスが飛んだ。身を伏せた場所から左手に二十メートルほど離れた木の陰に人影。ひとりだ。道を見失ったのか、おかしな方角からやってくる。人影はどんどんキクたちの方へと近づいてきた。耕太郎が押し殺した声で言った。

「ソ連兵だ」

膝頭《ひざがしら》に触れた葉が揺れる。そろそろ木の陰に隠れているのも限界だ。十メートル。少しでも身動きしようものなら、すぐに見つかってしまう。キクは一度強く目を閉じ、そして勢いよく見開いた。カーキ色の軍服を身に付けた青い目が、絶望的に近い場所からキクたちを見下ろしていた。

「なにしてる」

短いロシア語が頭上から降ってくる。片手に拳銃《けんじゅう》を持っている。仲間がいる様子はない。すぐに火を吹きそうな銃口がこちらを向いている。ロシア兵は美しく青い目をしていた。上背もそうあるようには見えない。キクは彼の瞳に微かな怯《おび》えの色を見た。

ロシア語なら多少は覚えがあった。近所には日露戦争後に残留したロシア人がひとかたまりになって暮らしていた。キクは仕立て物を頼みにやってくる気のいい女の顔を思いだした。

「なにもしてない。峠を越えたいだけ」

両手を広げて立ち上がる。思ったとおり、ソ連兵は仲間を呼ぶ様子もなく体格も耕太郎とそう違わない。ロシア人にしてはひどく小柄だった。男の視線は落ち着きなくキクと耕太郎を往復している。

「武器なんか持ってない。私たちを殺したって、何の得にもならない」

「食い物はあるか」

「あったら私たちが食べてる」

「水は、水はあるのか」

耕太郎を見た。彼の肩掛け鞄《かばん》の中に、アルミの水筒があるはずだった。だしてくれ、と目で合図する。が、耕太郎は動かなかった。おかしな動きをすればすぐにそちらへと銃口が向く。持ち主の気が弱かろうが腹が減っていようが、引き金を引けば容易に弾が飛びだすだろう。

水をだすよう目で訴えた。耕太郎の唇が嫌な形に歪んだ。キクがこの場をロシア語で仕切っていることが気に入らない様子だ。

「早く」

殺されるよりましだろう。硬い表情にしぶしぶという気配を滲ませて、耕太郎が肩に提《さ》げたズック鞄から水筒を取りだした。キクは受け取った水筒を軍服の胸元めがけて放った。ソ連兵はふたりから視線と銃口を外さずに水を飲んだ。

耕太郎に促されるまま逃げてきたキクの内奥から、ゆらゆらと生きることへの欲望が盛り上がってくる。

「脱走兵でしょ」

銃口がキクの胸元を指した。耕太郎が逸れようとわずかに体の重心をずらす。キクは軍服から目を離さない。軍靴の足下を野ネズミが走り抜ける。ネズミに気を取られた一瞬を突いて言った。

「私たち船に乗るの。民間漁船よ。港まで連れてってあげる。だから銃をおろして」

ロシア語を話すのは苦手な耕太郎も、単語くらいは理解できるはずだ。

「どんなルートで海岸にでるんだ」

「東海岸へ向かってる。オホーツクまわりで北海道に渡る。引揚船には乗れない事情があるの」

青い目が鈍く光った。彼は耕太郎を顎《あご》の先で示し、そいつも話せるのか、と訊いた。

「少し。あんたはどこから上陸したの」

「恵須取の港だ」

「街はもう占領されてるの」

「家を燃やしながら、火に紛れて隊を離れた。後がどうなってるかは知らない」

ちくしょう、と耕太郎が言った。彼の家は港側だ。鞄の中には父親が必死の思いで建てた家と土地の権利書が入っていた。少なくとも家のぶんはただの紙切れになっているだろう。キクは構わず軍服に話しかけた。脱走兵という言葉は使わなかった。

「隊を離れたなら、私たちを殺す理由はないでしょう」

銃口は下げられ、腰のホルダーに戻った。たとえ目の色が違っても胡散臭《うさんくさ》そうなものを見る眼差《まなざ》しというのは同じ気配だ。日は刻々と翳っている。白樺林は闇《やみ》に近づいていた。あと三十分もすれば歩くこともままならない。

山に入ってからはすべての情報が断たれてしまった。機銃を逃れた一団はすでに内路から鉄道を使って南下を始めているかもしれない。あるいは進路を変え、真《ま》っ直《す》ぐ南下しているか。

急がねば。漁船が港から引き揚げてしまう前に内路へたどり着かねば。キクも樺太に取り残されてしまう。

「お前、なに考えてんだ」、震える声で耕太郎が訊ねてきた。

「なにも。こいつが拳銃を持ってる以上、言うこときかなくちゃいけないでしょう」

「お前たち、勝手に喋《しゃべ》るな」

「あんたはこれからどうしたいの。私たちを連れて内路まで行くの。それともここで殺すの」

キクは軍服に向かって訊ねた。彼が拳銃を納めたことで少し余裕がでてきた。ソ連兵はふたりから視線を外すことなく十秒ほど黙った後「内路まで一緒に行く」と言った。道案内をしろということらしい。キクはうなずき、辺りを見回した。けものみちの真ん中でどうやって一晩過ごせばいいだろう。峠の道にそのまま寝転がれば、体温が奪われ明け方には凍死だ。下がり続ける体温を感知して熊や狼《おおかみ》がやってくるかもしれない。キクとソ連兵の様子を窺《うかが》っている耕太郎は、ふて腐れた表情を隠そうとしない。

「火を燃やす。何か燃えるものをだせ」

「荷物の中にはない。その辺の枯れ木を集めてくる」

駄目だ、と青い目が言った。枯れ木を武器にして襲いかかってくるとでも思っているのか。耕太郎が熊笹の葉を摘み始めた。そんなものがすぐに燃えるとも思えなかったが、キクも同じように笹の葉を摘み、白樺《ガンビ》の皮を剝がした。軍服の背を丸め火を点《つ》ける男から視線を外さず、耕太郎がキクに耳打ちした。

「あいつ、ただの兵隊じゃない。前線のやつらは離れた敵を撃つのにもっと銃身の長いマンドリン銃を持ってる。あいつの拳銃は、近くにいる人間を脅すやつだ」

耕太郎の言葉が本当ならば部下を従えて敵地に上陸した途端、上官自ら逃げたということだった。

どいつもこいつも。

足下の小枝を拾い集める。がさがさと熊笹の葉が騒ぐ。一晩この火を維持するのは無理だろう。腰を落とし落ち着ける場所を探す。火があれば、とりあえず動物に食われることもない。しかしこの森で誰が真の敵なのかはわからなかった。とにかく無事に夜明けを迎えること。それが、三人が共有する今の目的だった。

しっとりと湿った夜が訪れ、次々と燃えるものを要求する小さなたき火を囲んで額を突き合わせた。乾ききっていない枝がはじけ、鼻先にむせかえるような白樺の匂《にお》いが漂ってくる。キクはようやくこの炎が自分と耕太郎を見張るためのものであることに気づいた。

「私はキク、こっちは耕太郎。あんたの名前は」

「イクノフ」

頼りない炎を前に、青い目がいっそう光った。耕太郎を警戒しているが、もっぱら言葉はキクとしか交わさない。

熊笹を踏み固めた一角が、人間たちの隙間《すきま》から漏れる炎で闇の中に浮かび上がった。夏虫が炎に飛び込んではちりりと焦げる。木の爆《は》ぜる音と夏虫の死の音が混じり合いながら闇に吸い込まれる。誰も何も言わない。耕太郎はズック鞄の中から油紙を取りだし、熊笹の上に敷いてごろりと横になった。かろうじて上体がのるくらいの油紙だ。そんなものでも山蛭《やまひる》から身を守るにはないよりましだった。

足の裏がじくじくと痛む。ズック靴を脱ぎ、足先のさらし木綿を解き始めた。傷口が膿《う》んで熱を持っていた。顔をしかめながら最後の一巻きを外そうとしているところへ、イクノフの手が伸びた。一滴ずつ水筒の水を注ぐ。

「ありがとう」

仏頂面のまま礼を言った。イクノフが背中のリュックから小さな器を取りだし、キクの腹のあたりに放《ほう》った。薬なら耕太郎が空き家で見つけたヨードチンキがあったが口にださなかった。彼から軟膏《なんこう》を受け取り塗る。耕太郎の背中は終始こちらの動きを探っていた。

助け合わなくちゃいけない。そう囁いた口は、今日は硬く閉じられている。腹の奥にあった鈍痛は去ったが、好きでもない男と交わった嫌悪感はまだ残っていた。昨夜は耕太郎の、今夜は敵兵の支配下にいる。次々と皮を剝《む》かれる白樺の木肌のように、キクの気持ちも虚ろだ。

「夫婦なのか」

イクノフが顎をしゃくって耕太郎を示した。キクは無表情で首を横に振った。深い仲と思われるのも癪《しゃく》で、もう一度強く振った。青い目が微笑む。

「ありがとう」

軟膏の器を返そうと伸ばした手に、イクノフが小さな毛布をのせる。

「薬も毛布もお前が使え。いちばん体力がない。夜明け前に出発する」

「あんたは寝ないの」

「俺は二日三日寝なくても大丈夫だ。そういう訓練をしてきた」

「兵隊の中でも偉い方だって聞いたけど、本当なの」

どうして、と問われ耕太郎の背に視線を走らせた。イクノフは鬚《ひげ》のないつるりとした顎を撫《な》でながら、ふふんと鼻を鳴らした。

「そんなもの、もう何の役にも立たない。脱走兵だからな」

「どうしてそんなことをしたの。日本に逃げて、一体何をするつもりなの」

イクノフはしばらくのあいだ炎を見ていた。辛抱強く彼の答えを待ちながら、キクも炎の中心を見ていた。小枝が爆ぜた。

「なにも」

彼は重い口調で言ったあと「それより」と続けた。

「そのロシア語はどうやって覚えた。意味はわかるがずいぶんでたらめだ」

近所の子供たちや母の店に出入りするロシア女と話しているうち、自然に身についた言葉だった。イクノフがゆっくり話すのはキクの語学力がいまひとつだったせいらしい。

「私の言葉、でたらめなの」

火に小枝を差し込みながらイクノフが片頬《かたほお》で笑った。背を向けて寝ている耕太郎にもおおよその内容くらいはわかるはずだが、起きあがる気配はない。昨日の光景が脳裏に蘇《よみがえ》る。母と妹の亡骸が、イクノフの放った炎に焼かれている場面を思い浮かべた。

「何考えてる」

「昨日、機銃で母と妹がやられた。あんたが恵須取の浜に上陸したころだ」

イクノフはそれには答えず、黙って小枝を足した。

辺りに手を伸ばし、燃えそうな硬い小枝をつかむ。耕太郎の背のあたりを探る。油紙のすぐ側《そば》に、護身用のつもりなのか木製の鞘《さや》に納められたマキリ《小刀》が置かれていた。こんなものを振り回されたら、すべて水の泡だ。

もう逃げねばならないという間際の、母の言葉を思いだしていた。女手ひとつで切り盛りしてきた店を見回し、母は未練がましい顔で「いつ帰ってこられるのか」と言った。

帰ってこられないつもりで荷造りしないと、と応《こた》えた。「相変わらずお前には情ってもんがない」。途端、ソ連機の爆音が聞こえた。店先で遊ぶ妹に向かって走りだす母の背中を見た。

なるほど自分には情がないのかもしれない。思いだす光景も、昨日のことだというのにどこか脚色がかっている。母がキクに遺した最期の言葉が「情がない」だったことが気持ちの隅に棘《とげ》となり刺さっていた。

常々、母親がする説教の内容は人の情やら助け合いという、あやふやな感情のやりとりだった。助け合う、という言葉の響きに偽善を感じずにいられることを、心のどこかで蔑《さげす》んでいた。母や周りの女たちの間にあった暗黙の駆け引きを、浅ましいと感じてもいた。キクの意識は戦時下においても変わらなかった。情がないならないなりに、この局面を切り抜けるためにできることがあるはずだ。

「面倒なことは何も考えてない。今は生き延びることしか考えられない」

「それでいい」

炎の向こうで、イクノフが微笑んだ。耕太郎は相変わらず背中でキクとイクノフの様子を窺っている。厄介なことだ。

少し寝ろ、とイクノフが言う。返事をしなかった。背後の白樺に背をあずける。眠らなくてもいい訓練をしているという兵士は、キクと同じ木の根に腰を下ろした。大きなため息。頭上には漆黒の空があり、その空を木々の梢《こずえ》が隠している。ときおり足下で炎が跳ねた。野ネズミが揺らす熊笹の葉音や、ぼうぼうというフクロウの鳴き声が夜に満ちてゆく。情のない体に寂しさが這《は》いあがってくる。

闇から伸びた腕は昨夜のそれよりはるかにいたわりがあった。キクはイクノフの手を払いのけなかった。これで敵でも味方でもなくなるのだろうと思った。キクを引き寄せる腕に、イクノフはつまらない理由をつけなかった。招かれた指先に彼の昂《たか》ぶりが触れる。恐怖も屈服もない。キクは体の力を抜いた。

吐息を交わしながら、闇に慣れた目で耕太郎の背を窺う。背も手足も動く気配はない。その傍らに置かれた小刀も使われることはなさそうだ。イクノフが耳元で囁く。聞いたことのない単語だ。上手《うま》く聞き取れない。吐息で何と言ったのかと問う。彼は応えぬまま動きを止め、ちいさく吼《ほ》えた。

靄《もや》が立ち込む明け方の峠は、八月というのにひどく寒い。けものが踏み固めた道を一列になって歩いた。誰にも行き合わずに済んでいるが、ひとりでも騒ぐ者に出会ったら、イクノフはためらわずに殺すだろう。

朝靄の中で見つめた彼の目を思いだす。うっすらと金色の髭《ひげ》を透かせた肌は白く美しかった。敵地の女に精を放ったこの男は、人を殺すとき最も美しい顔をしているに違いなかった。

寒さに震えていると、キクの肩にイクノフが毛布をかけた。先頭を歩いている耕太郎が後ろの気配に振り向き舌打ちをした。

汗と埃《ほこり》を吸い込んだシャツの内側で、乳房の先が布に擦れた。人の手のひらの柔らかさを覚えていた。背後で青い炎のような眼《め》が体の輪郭をなぞっている気配がする。胃の腑《ふ》のもっと下、へそのもっと奥が熱くなるのがわかった。

イクノフがどんな顔をしてキクを見ているのか、気になって振り向いてみた。

青い視線は自分に向けられてはおらず、頭ひとつ向こうの耕太郎を睨んでいた。イクノフの鋭い視線はすぐに柔らかくなった。足は痛くないかと問われ、うなずいた。彼に勧められた軟膏が効いたのか、痛みはずいぶん薄れていた。

耕太郎が忍ばせている刃物に気づいているのかもしれないと思った。予想は当たっていた。はっきりしたのは翌日、峠が下りに入ってすぐのことだった。

「お前、鞄の中にある刃物を寄こせ」

耕太郎の視線はイクノフの鼻のあたりに向けられたまま何の反応もしない。数秒睨み合ったあと、イクノフがキクに向かって通訳しろと目で合図した。耕太郎も単語くらいは理解しているはずだ。

「刃物を寄こせって」

恵須取を出てからほとんど何も食べていない。耕太郎の目はくぼみ、顔は青黒い。

「刃物って、なんのことだ」

「鞄の中にあるやつ」

耕太郎の瞳が暗い気配に満ちる。穴の空いたズック靴がじりじりとキクに近づいてくる。なにもかも汗と土で汚れていた。充血した目がキクを捉《とら》える。背後ではイクノフがふたりの沈黙を息を殺し見つめている。

「キク、お前こいつに姦《や》られてすっかり言いなりか。そんなに良かったか」

耕太郎にどんな言葉で罵倒されても、傷つくことはない。耕太郎の息が荒くなった。

「お前よ、自分の母親と妹が死んだってのに泣きもしなかったよな。俺のものになっておきながら敵兵に色目遣いやがって。結局お前って女は自分が助かるためなら何だってやるんだ」

耕太郎が大きく一歩踏みだす。足の裏で小枝が乾いた音をたてる。右手に刃先が光った。覆い被《かぶ》さるように男の体がキクに降ってくる。

「よけろ」、銃声が響いた。枝を飛び立つ鳥の羽音がいくつも重なる。こだまのように峠道を越えてゆく。耕太郎の首から血が吹きだした。

イクノフの言葉どおりに動いた。彼が耕太郎をためらわず撃つことも、すべて予感していた。

イクノフは何ごともなかったように、痙攣《けいれん》する耕太郎の体を跨《また》ぎ歩きだした。拾ったマキリを風呂敷《ふろしき》の奥に詰め込み、キクも彼に続いた。わかりやすい感情が抜け落ちた場所に、青い水が満ちはじめた。水面には濃い霧がかかっている。青い水がイクノフの瞳の色に重なった。銀色に輝く霧が、生きもののように男からキクへと漂ってきた。

内路の街にたどりついたのは、恵須取を出てから四日目の夕暮れだった。

途中、収穫には早すぎるコクワの実やバライチゴで空腹を満たし歩いてきた。街が見えた途端、キクは背後の景色のいっさいが消えているような気がした。おそるおそる山道をふり返ってみた。木々の隙間からこぼれる残照が鮮やかだ。

海抜千メートルの峠を越えてきた体は平地を進むのも厳しいほど疲労していた。人に会わぬよう大きな道を避け、脱走兵のコンパスと太陽の動きを頼りに山を越えたのだった。けものが作った細い道は時折ふっつりと途切れ、たびたびキクを失望させた。

ソ連兵とふたりでは、港へでるのも夜が更けてからになる。キクは林の中に戻り適当な木を見つけ、根のうねりに腰を下ろした。続いてイクノフも背中のリュックを放る。耕太郎を撃ってから男の口数が減った。キクも黙ってついてきた。

大きなため息が頭上から降ってくる。

「男を殺されてもなにも感じないのか」

イクノフが、俺を恨んではいないのかと訊ねる。恨む。それはいったいなんだろう。耕太郎の言葉は正しかった。助かるためなら、自分は感情など捨てられる。

「なにを考えている」

「なにも。恨んでも怒ってもいない。足が痛いだけ。すこし休んで、夜中になったら乗せてくれそうな漁船を探す。なければ盗む。あんたは街に出られない。ここから先は私がひとりで動かなくちゃいけない」

「あてはあるのか」

首を横に振った。ソ連の脱走兵を船に乗せてくれるような漁師などいるわけもなかった。引揚船に乗ることができるのは自分だけだ。キクはようやく、自分がなにも考えられないほど疲れていたことに気づいた。

ひとりなら、と腹でつぶやく。

合法的に本土に渡ることができるのは、キクひとりだった。耕太郎はもういない。漁船を使って密航する必要もない。

男の手が胸元に伸びてくる。キクの意識は背後に沈む太陽と、故郷の海とはまったく違う色を持ったオホーツクの水面に向けられた。

こっちは海から先に夜になるのか。

日暮れ時に空との境を失う海を見たのは初めてだった。恵須取の海は太陽が沈んだあともしばらくの間朱色の境界線を引き続ける。キクは灯《あか》りが途切れた向こう側、オホーツクの海に目を凝らした。

背中の風呂敷包みを下ろし、木の陰にしゃがみ込んだ。寒かった。坂の上から内路の町を見る。両腕を抱きながら震えを抑えた。

港町は内陸から逃げてきた人々が蠢《うごめ》いている。とりわけ駅に近い方角に人の動きがある。みな自分のことで手いっぱいだ。このまま山を下りて群の中に紛れ込んでしまえば、押しだされるようにして安全な方へと進んで行く。立ち上がろうと腰を浮かしかけると足の裏に痛みが走った。思わずうずくまる。

痛みが治まるのを待って再び立ち上がる。背後からシマフクロウのぼうぼうという鳴き声が聞こえてきた。フクロウが鳴くには少し早すぎないだろうか。キクはふり返り鬱《うっ》蒼《そう》と生い茂る木々の間に目を凝らした。百メートルほど奥の繁みに、イクノフがいるはずだった。オオワシやフクロウや、野ネズミ、ヤマネコ。夜が深くなれば人間以外のものが木々の間を自由に動きまわる。

キクはイクノフが自分を追ってくるのではないかと身構えた。暗闇に目を凝らす。恐怖を手放すために、一時間前の記憶を手繰る。呼吸が乱れた。


「ここをでて、どこに行くつもりなの」

「人を捜す」

それまで聞いたことのない湿った声だった。イクノフが捜そうとしているのは、女ではないかという想像が脳裏に滑り込む。

「自由に動けもしない国で、どうやって捜すの。ちょろちょろしているうちに、軍に殺されるに決まってる」

イクノフはふふんと鼻で笑った。

「いずれ俺みたいなのがぞろぞろお前たちの国を歩く日がくる。ここだって日本じゃなくなる。そう遠くないうちにな」

国境を捨てて内地へと移動した軍のことも、約束事などなかったように攻め入ったソ連軍のことも、負け戦の証《あかし》だった。樺太を壊滅させる爆弾を阻止してくれるのは、日本軍じゃなくソ連軍だろう。追い払うのは人間だけでいい。おいしい土地を守る方法を、彼らもわきまえている。悔しいという気持ちにはならなかった。勝って生き残った者だけが旨い飯を食える。耕太郎はわきまえずに闘おうとして食い損なった。

「日本は負けるの」

「あと何日も保《も》たない。この国はもう呼吸を止めてる」

戦いが始まってから強いられてきたすべての我慢は、勝つためだった。イクノフの言葉を聞くまでもなく、国民にこれほどまで死や我慢を強いる国が、戦争に勝てるような気はしなかった。

「誰を捜すの」

捜す相手が女であるとの確信を深めた胸を、男の白い指先がまさぐった。軍用毛布の粗い繊維が背中で擦れた。なにか考えようとするとすぐさま、思いの壺《つぼ》に男の指先が滑り込んだ。意識を持ち上げようとすると、男の体がそれをひきとめる。

往来を繰り返す男に、キクはすがりつかれているような気持ちになった。すがっているのは自分かもしれなかった。波間に見え隠れする真実から目をそむけ、切れ切れの吐息で訊ねた。

「捜しているのは、女なの」

イクノフは答えなかった。もたらされた快楽は思わぬ方向へとキクを誘った。腹の奥から乳房の先から、甘い痛みが胸奥を目指して沁《し》みてくる。痛みを振り払い、必死で男を追いかけた。呼吸ひとつ先に男が上り詰める。キクも同じ場所に立つ。痛みは熱になったあと急速に冷えた。

身繕いを整え始めたイクノフの傍らに軍用拳銃が置かれた。キクは下着を着けるふりをして、拳銃に手を伸ばした。思ったよりも重い。バックルにベルトを通しかけた男の動きが止まった。

「脱走までして捜したいほどの女なんだ」

「まだそんなことを言ってるのか」

銃口を向けられても、イクノフが焦る様子はなかった。黙って青く光る瞳をキクに据えている。誰なの。もう一度訊いた。

「答える義務はない。それを寄こせ。お前が使えるようなものじゃない。船が手に入ったら俺はひとりで港《ここ》をでる。お前は好きなところに行け」

イクノフと内路で別れる。

解放される喜びはなかった。ベルトに掛けられていたイクノフの右手がゆっくりとキクの方へ伸びてきた。

引き金を引いた。

銃声が白樺の木肌に吸い込まれた。青い目が、薄闇の中で艶《つや》やかに光るのを見た。宝石のようだ。唇が震えている。

チョルト――。

数秒後、顔を歪めたイクノフが最期の囁きを残しキクの足下に崩れ落ちた。

6

鈴木加代《かよ》は弟の遺体を前にしても取り乱さなかった。

亡骸《なきがら》を見下ろし、事態を受け入れるためにひたすら心を費やしているように見えた。泣いてくれたほうが添える感情がある。比呂にとってはこうした反応がいちばん厄介だった。

加代は長い黒髪を耳の後ろで一本にまとめ、ニットのサマーセーターにジョーゼットのプリーツスカート、光沢のある白いコートを着ていた。会社勤めをしている風には見えないが、かといって水商売のにおいもしない。安置室に一輪、花が咲いたように見えた。

彼女は小樽駅前で『茶房ノクターン』という喫茶店を経営していた。開業して十年になるという。淡々とした様子は、弟の亡骸を見たときから変わらなかった。

応接セットのある部屋へ案内する。隅に古い書庫や段ボールが積まれていた。捜査員が出入りする部屋から少しでも遠いところに、と片桐が用意した。列車は混んでいたか天気はどうかと訊《たず》ねてみる。いずれも返答は短い。加代は、喫茶店経営の傍ら社交ダンスのインストラクターをしてるのだと言った。姿勢の良さに納得する。

「去年の秋までは母も店にでておりました」

「今はどうされているんですか」

「教室は仕事が終わってからということに」

経営は母親と彼女の生活費で精いっぱいだったという。豆の販売と喫茶店だけで利益がでているなら、安定しているほうだろう。大変込み入ったことも訊《き》かねばならない、不愉快なことも、と言うと目を伏せうなずいた。

「一月にお母様を亡くされたと伺いましたが」

彼女は質問には答えず顔を上げた。

「あの、洋介がいつこんなことになったのか伺ってもいいですか」

「いつ、とは」

「弟はいつ死んだんでしょうか」

発見時から遡《さかのぼ》り「一日以上二日のあいだ」という報告が上がっている。解剖結果がでればもっとはっきりした日時が特定される。

「二日前の十八日かと思われます」

加代の下瞼《したまぶた》に青黒い影が落ちる。日にちに何か不審な点があるのかと訊ねてみる。顔を上げた。

「いいえ。母と同じ日だったので。不思議だなって」

比呂は貢がいなくなった日を思いだした。

「弟さんに最後に会われたのはいつですか」

「三月の七日でした。四十九日の法要を、その日にしたんです。母方には祖父母がいないのでふたりでお寺に骨堂を買いました」

洋介に目立った異性関係はなかった。姉も直接紹介されたり名前を聞いたりという相手はいないということだった。

「私は一度失敗していますし、母が生きてるうちに弟のことだけでも安心させてあげたかったんですけれど」

途切れた言葉の先を探す。加代がこめかみの後れ毛を耳に掛けた。

「四十九日にお会いになってから、何か変わったことや気がつかれたことがありましたら、どんなちいさなことでも結構ですから、教えてください」

「電話がきたのが二回くらいです」

加代はそう言ったきり黙った。辛抱強く次の言葉を待つ。外は街灯が目立ち始めていた。窓に加代の背中と自分の顔が映っている。席を立ちブラインドを下ろした。細かな埃《ほこり》が窓辺に舞った。加代の表情を見ながら、遺体発見時の様子を説明した。

「松崎さん」、加代の瞳《ひとみ》が不安げに揺れた。比呂は急いで彼女の前に腰を下ろした。

「洋介はいつもカラーコンタクトをしていました。レンズはどこに」

「所持品は一切なかったんです。外れたか、ご自分で外したかは不明です」

「あの子が人前でコンタクトレンズを外すなんてことは考えられません」

「どういうことでしょうか」

彼女はひとつひとつ、かみ砕くように鈴木洋介が自分の目の色を隠すようになったいきさつを話し始めた。

鈴木加代と洋介の両親は、ともに勤めていた小樽貯金事務センターで知り合った。母親の鈴木ゆりは結婚退職し、二年で加代を授かる。その五年後に洋介が生まれた。彼の誕生によって、それまでの幸福は一気に揺らいだ。洋介の瞳が美しい青色だったせいだ。

「弟は宝石を持って生まれてきたんだと思いました」

父親が持った疑いは、その後一家を精神的に痛めつけることとなる。温厚だったはずの父親は、妻に手を挙げるようになった。葛藤《かっとう》は、飲酒へと姿を変える。酒に酔った父親が母親にふるう暴力は、やがて幼い洋介にも向けられた。姉娘には手を挙げなかった彼も、息子の青い目を見ると抑制が利かなくなる。加代が改めて言葉にするのもためらうほどの暴言を、父親は家族に向かって吐き続けた。

「私はこのとおり何の個性もなく生まれてきたので、ずっと弟を守ることが自分の役目なんだと思っていました」

加代が十歳、洋介が五歳のとき夫婦は離婚した。

「おそらくそれが母が考えつく身の潔白を証明する唯一の方法だったと思うんです。でもどうして小樽の街で暮らし続けたのか、幼いころはわからなくて」

ときおり退職した父親が『ノクターン』にコーヒーを飲みにくるという。黙ってコーヒーを飲んで新聞を読んで帰る。十年も客商売をしていれば、街の噂《うわさ》はあらかた彼女の耳に入ってくる。父親が胃ガンを患って手術したことも、再発に怯《おび》えていることも加代は知っていた。彼はゆりと別れて五年後に再婚したが、その結婚も長くは続かなかった。

「父に声を掛けることができないんです。泣かれたらすぐに親子に戻ってしまう気がして、目を合わせることも怖いんです」

小学校に上がるころの洋介はもう、家族の離散が自分の瞳の色のせいということに気づいていた。彼は夜の仕事を始めた母親とは滅多に話もしなくなった。鈴木洋介が欲しくて得られなかった肉親の愛情は、姉の加代によって保たれた。中学・高校と、洋介は人と関《かか》わることを極端に避け続ける。そして高校三年の終わり、札幌のH自動車販売に就職が決まった彼は、貯《た》めていたバイト代でカラーコンタクトレンズを買った。

「隠す必要なんかないって言えませんでした。あの子、どんな人間関係だって目の色ひとつで簡単に壊れるもんなんだって笑ったんです」

カラーコンタクトで黒い瞳を手に入れた鈴木洋介は、H自動車販売のメカニック部門に配属になった。そして入社五年目、彼は営業へと配属替えになる。明るい人柄が認められて、ということだった。目の色ひとつで簡単に壊れる人間関係を知っている彼の、達観が窺《うかが》えるような話だ。

会社はメカニック経験のある営業社員を重宝がった。小樽から札幌へは電車で一時間掛からぬ距離だ。その距離は鈴木洋介にとって、色付きのコンタクトレンズひとつでまるで違う世界となる。彼はいっとき新天地で青い目の呪縛《じゅばく》から解かれた。

一月、小樽の街が雪一色に染まった夜、姉弟の母親「鈴木ゆり」は六十二年の生涯を閉じた。死の間際に母親が遺した言葉は、ふたりの胸に鉛のように重たく沈んだ。

『ねぇ、わたしって、幸せだったと思う？』

きれぎれの意識のなかで放たれたひとことに、姉弟は愕然《がくぜん》とする。

「正直な言葉だったと思うんですよ。母がいちばん訊きたかったことだって。でも、私たちは何も答えられなかったんです。何か言ってあげなくちゃって気づいたとき、母はもう昏睡《こんすい》状態に入っていました」

鈴木洋介が姉に「あること」をうち明けたのは、母親の葬儀を終えたあと、遺品整理の際に母の衣装ケースからでてきた紙袋がきっかけだった。

「母は入院する前に持ち物をおおかた処分していたようです。もう家に戻ってこられないことに気づいていたんです」

鈴木ゆりの遺品から、継《つ》ぎ接《は》ぎだらけの産着と古いセルロイド製の櫛《くし》、そして「ゆり・おくるみ」と書かれた紙袋がでてきた。

子供たちを育てるために、鈴木ゆりの持ち物は母子三人の生活費に換わった。噂がひとり歩きする狭い土地で、鈴木ゆりは子供を育てた。残っている貴金属は加代と洋介をそれぞれ身ごもったときに夫から贈られた指輪がふたつ。

青い目の息子が生まれて愕然とした夫に、ゆりは何代か前に外国人の血が混じったんだと思うと訴えた。夫は妻の言葉を信じなかった。

「外国人の血、ですか。根拠はあるんですよね」

「母には別に産みの親がいたらしいんです。樺太から引き揚げてきた人だと聞きました。母を産んですぐに死んだということでしたけれど、それも洋介から聞いた話です。鈴木の姓は母を自分の戸籍に入れて育ててくれた人のものなんです」

樺太引揚者。

比呂は手帳に書き込んである「樺太」という文字を再びペンで囲った。

「失礼ですが、育ててくれた人というのは、戸籍上はお母様ということですよね」

「実は私たち、その人にも会ったことがないんです。母が幼いうちに亡くなったと聞きました。母は留萌《るもい》の中学を卒業してすぐ札幌にでて、働きながら夜間高校に通ったそうです。卒業後に当時の郵政省の試験を受けたと聞きました。あまり子供時代や若いころの話をしたがらない人でした」

「洋介さんもそのことをご存じだった」

加代は浅くうなずいた。

「洋介はH自動車販売に就職したあと、免許を取って留萌を訪ねたそうです。それも母の葬儀のあとに知ったことですけど。母が生まれたのはマサリベツというところで、今はもう自衛隊の演習場になっていると言っていました」

紙袋の中の母のおくるみを見た洋介の思いは、加代の予期しない方向へと向かった。彼は姉に言った。

「俺は自分のやり方でけりをつけたい」

今さら何を調べるつもりなのか、もう母はいないのだと説得する加代を、洋介は振り切った。

「どうしてこんな目で生まれたのかわかれば、それでいい」

誰より母親を信じていたのは青い目の息子だった。死に際に幸せだったかどうかを訊ねた母の言葉は、息子にある決意をさせる。鈴木洋介は母のおくるみを持って札幌に戻った。

「その後、四十九日のほかは体調を気遣う電話が二度あったきりです」

どんな人間関係だって目の色ひとつで簡単に壊れる。比呂は手帳の文字を見つめた。

樺太引揚者――。


翌日午前八時半、遺体が発見される前日に「塘路橋の中ほどで停車していた車を目撃した」という情報が入った。通報したのは大型トラックの運転手だった。黒っぽい軽四輪、と彼は言った。ナンバーまでは覚えていない。運転手は無線を使って後続車両に気をつけるよう連絡していた。

霧深い橋の上にいきなり現れた黄色いナンバープレートを見て、運転手は慌てた。

「急いで対向車線にハンドルを切ったさ。接触どころかもう少しで追突するところだった」

「室内灯もテールランプも点《つ》いてなかったんですね」

「真っ暗の、真っ黒だよ」

エンジンを切っていたということだ。しかし後方からやってきた同業者はその車を目撃していなかった。三分から四分のあいだに、黒っぽい軽四輪は姿を消した。

「たしか、十二時をちょっと過ぎたあたりだった」

時間については無線を受け取った仲間が証言している。

遺体は殺害されてから川に投げ込まれていた。捜査本部全体の意識はぐらりと「物盗《ものと》り」の犯行へと傾いた。比呂の手帳からは一晩経《た》っても「樺太引揚者」の文字が消えぬままだ。

「キリさんはどう思いますか」

「鈴木洋介が自分のルーツを探っていたのははっきりしてるわけでさ。引揚者の話も、単なる世間話だったのかどうか探るのが、ウチらのお仕事じゃないの。じっくりいきましょうや」

片桐と比呂に与えられた仕事は、鈴木洋介の身辺の洗いだしだった。

比呂は鈴木加代を駅前のビジネスホテルまで迎えに行くことになっていた。片桐を署に残し駅前に向かった。九時ちょうどに加代がロビーに現れた。小樽に戻る前に遺体が発見された場所へ案内してほしいと言われていた。

街側の上空はうっすらと青みを帯びていた。塘路湖を背にして望むコッタロ方向は湿原の途中でふつりと霧に遮られている。まだ立ち枯れ色の目立つ湿地に目を凝らした。近くに寄ると、伸び始めた緑が葦《あし》の隙間《すきま》に色を添えているのがわかる。塘路橋のたもとに車を停《と》めて、鈴木加代の後ろを欄干の中ほどまでついて行く。アスファルトに白いチヨークでバツ印が付けられていた。鑑識の車が停まっている。橋の前後百メートルから片側通行になっていた。加代は煙る湿地を睨んだあと川面《かわも》に視線を移した。

「こんなところで」

かける言葉もないまま、黒い川面を見ていた。加代は数分経ってやっと口を開いた。

「湿原って初めて来ましたけど、広いばかりでずいぶんと寂しいところなんですね」

「全体的に緑が目立つようになるまでにあと一ヵ月ほどかかるそうです。昨日一緒にご挨拶《あいさつ》した片桐が、このあたりに詳しいんですよ」

片桐によれば、事件は湿原の草花に似ているという。一日放《ほう》っておけば養分を吸って翌日には信じられないほど成長していたりする。根だけ伸ばしていることもあれば、葉ばかり繁っていることもある。見えない場所で花を咲かせていたり、思いもよらぬものを糧にしていたり。

発見場所へ車を走らせる。入って行けるところまで車で進んだ。

川縁《かわべり》は春からの増水でずいぶんと足場が悪くなっていた。加代はヒールが埋まりそうな土を踏み、川の流れに手が届くところでしゃがみ込んだ。比呂は少し離れ加代の背中を見ていた。

「あの橋からここまで、どのくらいあるんですか」

「約一キロです」

若い葦の間を、川風が通り過ぎてゆく。阿歴内川は目と鼻の先で釧路川と合流する。しかし本流はここから先にある水門で塞《せ》き止められており、水門から先は人工の新釧路川へと名前を変える。塞き止められたほうの川にも流れがあるのは、そこかしこにわき水や細い支流があるせいだという。

湿原風が吹いた。うっすらと水のにおいがする。湿原は生きものを飲み込んで、その水の冷たさゆえになにひとつ腐らせてはくれない。湿地に足を取られて死んだ者は、土に還《かえ》ることもできずに永遠に水の中を漂い続ける。

同じ風のにおいを嗅《か》いだことがあった。遠い昔、まだ比呂にも家族がいたころだ。加代のほっそりとした背中は、弟の死を拒絶している。遺体を目にしていてさえそうなのだ。誰が貢の死を認められよう。

「鈴木さん、付き合っていただきたいところがあるんですが、いいですか」

加代が立ち上がりふり向いた。彼女からも湿原風が吹いてくる。

向かったのは釧路町の外れだった。凜子の助産院を抜けグラウンド脇を過ぎると雪里地帯に出る。貢が消えた場所だ。

車を停めた場所から五十メートルほど歩くと、もうそこは人の背丈よりも高い葦の原になっている。泥炭で膿《う》んだ湿地に下りる。足の下が巨大な生き物の背のように感じられた。やはりここは水に浮いた街なのだ。比呂の背中を、今度は加代が見ている。思ったより靄が薄かった。空も幾分青みを増しているようだ。風も川縁とはすこし違う。それでもやはり湿原から吹く風には、飲み込んできた生きものたちのにおいが混じっていた。低い場所から加代を振り返る。

「ここ、私の弟がいなくなった場所です」

加代が大きく目蓋《まぶた》を開いた。

「十七年前、十歳の弟がそこのグラウンド横に自転車を置いたまま行方《ゆくえ》がわからなくなったんです。湿原って遠くからだと草ぼうぼうの原っぱみたいに見えるけど、葦の下はずぶずぶの泥炭地でほとんどが水なんです。水が冷たくて植物は上手に腐ることもできないそうです。そんな植物が枯れては泥と一緒に積み重なって、巨大な浮き島みたいになってるんです。泥炭が途切れたり穴が空いたりした場所は、谷地眼《やちまなこ》って呼ばれています」

加代の視線が険しくなる。

「弟はたぶん、その谷地眼に落ちたんです」

永遠に漂い続ける十歳の弟を思った。貢は死んでいる。わかっている。でも認められずにいる。若葦の隙間を縫う風が皮膚にからみついた。

立ちつくしている加代に、弟を捜すために警察官になったことを告げた。言葉にしてしまえばあまりに幼かった。警察官になろうと医者になろうと、谷地眼から弟を取り戻すことはできない。

眼差《まなざ》しを穏やかにした加代がうなずいた。不思議なほど気持ちは凪《な》いでいる。

その日駅の改札で別れる際、彼女が言った。

「私、洋介のことまだ信じていないみたいなんです。実感がないの。昨日ちゃんと確認もしたっていうのに。夜もちゃんと眠れました。おかしいですよね」

「実感なんて、必要あるんでしょうか」

比呂は自分の放った言葉に傷ついていた。

「もしかしたらずっとこのままかもしれませんね。そのほうがいいかもしれない」加代が言った。ある日突然はっきりと腑《ふ》に落ちてしまうくらいなら、ない方がいい。加代も自分も、それぞれの体に永遠に温まることのない部分を抱えている。

この哀《かな》しみには名前がなかった。

7

「それで、鈴木洋介のルーツを調べたい、と」

片桐と比呂の報告に対し、課長の反応は渋かった。周囲もこの事件の残虐性と叙情的な思考を結びつけることに冷ややかだ。捜査員の多くが車の目撃情報と早期発見、物盗りの方向に分かれている。

凶器は直径九ミリの硬い縄状の紐《ひも》と断定された。被害者に激しく抵抗した痕跡《こんせき》はない。

遺体は絞殺《こうさつ》後、橋から川へ。すべてが荒っぽく通り魔的だ。疑う余地のなさが引っかかる。しかし根拠がない。勘に勘を重ねたところで説得力を欠く一方だ。

課長がパイプ椅子《いす》でふんぞり返っている片桐に言った。

「こいつを被害者の姉となんか会わせるんじゃなかったかな」

「いや、そうでもないでしょう」

「何さ、キリさんも被害者のルーツがどうのって言うわけ」

「どっちみちこれから鈴木洋介の部屋に行くんです。ちゃんと許可状もでてますでしょ。その帰りに留萌に行くってのはありじゃないですかね。捜査員が減らされる前に、松崎がなんかピカッとした石でも持ってきたらどうします」

課長が唸《うな》った。捜査員のほとんどがうす灰色の街に散っていた。街は朝から霧に覆われていた。比呂は「鈴木加代」と書かれた手帳の頁《ページ》を閉じた。課長が窓から室内へと視線を戻す。

「わかった、行ってこい」

へへ、と笑った片桐と目が合った。課長がH自動車販売から送られてきた鈴木洋介の顧客名簿と勤務表を指さした。

「釧路での足取りはこっちがやっておく。お前は鈴木が独自に調べたことをもう一度洗え。二日で足りなければ三日やる」

こんなときのために用意しておいたリュックをロッカーから引っ張り出す。使うのは、泊まり込みになった際と急な出張時だ。中には二日分の着替えと洗面道具、肌荒れ対策用の基礎化粧品、携帯の充電器が入っている。課長に粗い予定表を提出し、片桐とふたりで駅へと向かった。

「キリさんに恥をかかせることのないようにします」

「そう気張るんじゃない。空身でもいいと思ってたほうがいいお宝に会えるもんなんだ」

比呂は駅前の信号待ちで意を決して訊ねてみた。

「キリさん、一昨日《おととい》の開店案内の話ですけど」

「あぁ、純の店な。もう行ったか」

「ええ、このあいだ。キリさん、杉村純をご存じなんですか」

片桐は表情を変えず、うんとうなずいた。

「十七年前、純から話を聞いたの俺だから」

比呂はどんな反応をすればいいのかわからず、片桐の横顔を見た。

「お前お母さんに、俺と組んでること言ってないの」

「言ってません」

「そうか。助産院、すごく評判いいの知ってるよ。俺みたいなのが行っていいところじゃない気がして、なかなか顔をだせないでいるけど。元気なのか」

「おかげさまで」

片桐はちいさく「そりゃ良かった」とつぶやいた。貢の失踪時の捜査員なのだから、片桐が杉村母子と面識があることも不思議ではなかった。

十一時十七分、ふたりは釧路発の特急スーパーおおぞら八号に乗り込んだ。午後五時には現地で鈴木洋介の部屋に入る。今日だけで足りなければ明日も使う。そして留萌だ。奥歯に力が入る。本筋から外れたように見える細い道が、太いレールに繋《つな》がるときがくる。必ず繋がる。根拠はないが、ないからこそ動く。

列車が動きだしてから十分ほど経った。進行方向の左側に霧に煙った波打ち際が見える。すっきりと水平線が見えるのはいつのことだろう。

長時間の乗車でこわばる背骨を伸ばし、新札幌駅を出た。道央はもう初夏の風が吹いていた。気温は道東とは比べものにならない。住所を頼りに鈴木洋介の部屋へと向かう。徒歩十分くらいと思ったが、片桐の歩調につきあっていると倍の時間がかかった。

鈴木洋介の部屋は五階建て賃貸マンションの四階にあった。1DKの窓からビデオショップやユニクロ、ファミリーレストランの看板を見下ろしてみる。

部屋の内側に異常があれば、外側にもまた何か見つかるはずだった。入室の前、注意深く玄関のドア付近をあたったが、おかしなところはない。最近は表札もなく新聞も取っていない場合が多い。玄関先で異変を見つけるのが難しくなったと片桐が言った。

立ち会うことになった六十代の管理人はもともと警備会社の出身という。警察小説が好きだという彼は、玄関先で白手袋をはめた片桐と比呂に向かって、靴《ゲソ》カバーは要らないんですかと訊ねた。

閉めきっていた室内には排水口の臭《にお》いが漂っている。テレビ前のフローリングに積み上げられたDVDやCD、しっかりタッセルの掛かったカーテンがちぐはぐだ。部屋にそぐわない大きめの液晶テレビも、壁の本棚を占領する大河小説や歴史小説も、パイプハンガーに掛けられた数着のスーツも脚のかたちが染み込んだジーンズも、もう主《あるじ》が帰ってこないことを知っているように見えた。

「さびしい男だな」

片桐のひと言を合図に左右に散る。持ち主の内側に潜む孤独が透けて見えそうな部屋だ。彼がひとりくつろいでいる姿が想像できる。幅二メートル前後のパイプハンガーに手をつけた。上着のポケットをひとつひとつ探った。

彼が持ち歩いていたもののほかに、なにか外部と接触した痕跡《こんせき》を見つけなくてはいけない。鈴木洋介がわざわざ釧路まで行って殺害された理由はなにか。

パイプハンガーの足下に、折りたたんだタブロイド版の新聞が一部あった。二月二十六日付の『自動車タイムス』だ。一面の右下に「営業戦士がゆく」という囲み記事がある。取り上げられていたのは鈴木洋介だった。

『結局、頼みは自分じゃないんですね。人と人の絆が僕の仕事を助けてくれている。殺伐とした時代だからこそ、人と繋がれなくなったら仕事も続かない気がするんです』

大切にしたい「人」とは、彼が目の色を隠さなくては繋がり続けることができないのだった。鈴木洋介の胸の中で漉《こ》された思いはどこに降り積もっていたのだろう。記事から本心を窺い知ることはできない。

上着やパンツのポケットからも鈴木洋介の性質が見えてくる。この季節に着回しているふうの三着から、ハンカチが一枚、ポケットティッシュがふたつでてきた。スーパーやコンビニのレシート、小銭の類《たぐい》はない。クリーニング店のカバーが掛かった冬物三着には、防虫剤のシートが挟まれている。

Tシャツは洗濯後干したままワイヤーハンガーに掛けられていた。パイプの左端に引つかかっているユーズドブラックのストレートジーンズは、かかとのすり切れもなく清潔に穿《は》かれていた。細身のジーンズとカッターシャツとジャケットがこの季節の定番らしい。部屋に鈴木洋介以外の人間がいた痕跡を探すが、衣類からそれらしきものは見つけられない。

綿手袋の指先が白から灰色に変わる。布の織り目に入りこむ埃まで調べろと教わってきた。比呂は、鈴木洋介の衣服を手に取りながら「人はここまで人づきあいのあとを残さずに暮らせるものだろうか」と思った。

おおよその人間関係は通信履歴で判明するだろうが、その深さは一件一件調べなければ見えてこない。調べてさえ見えないことがある。彼の女性関係を想像してみた。ときどき体を重ねる相手がいれば充分という生活をしていたならば、履歴の多さでその関係は測れない。体を重ねる相手が誰でもかまわず、快楽に関係など不要と割り切っていれば、住む部屋の様子だって違ってくるだろう。

実家から持ち帰ったという母親のおくるみはどこにもなかった。パソコンのアダプターはあるが本体がない。封筒の束にも私信らしいものはなく、紳士服店やビデオショップのダイレクトメール、クレジット会社からの請求書が少し。カードで決済されているものもスーツや光熱費、車に関するものばかりだ。収入に見合わない買い物や飲食をしている様子もない。営業職の彼が情報のほとんどをモバイルに入れて持ち歩いていることは容易に想像がついた。

鈴木洋介の部屋からは、手がかりらしいものはなにも出てこなかった。見落としているのかもしれないと同じ場所を二度浚《さら》ったが、結果は同じだった。

洋介の部屋を出たあと、比呂と片桐は新札幌の駅でレンタカーを借りた。「鈴木ゆり」の本籍地である留萌に行けば、所轄に話が通っている。今日中に着ける列車はもうなかった。

レンタカーに乗り込む際、片桐が暮れた空に向かって大きく息を吐いた。

「キリさん、どうかしましたか」

「いや、どうもしませんよ」

いつもは飄々《ひょうひょう》としている笑顔が翳《かげ》っていた。

8

留萌市は日本海に面した静かな港町だった。人口二万五千人の街に、転勤以外で新しい人間が入ってくることは少ない。ニシン場のおおらかさを残した町であると所轄の警官が言った。片桐とふたり、留萌署の報告を聞く。

「戦後すぐのマサリベツを知る人間は地元にはもうほとんどいないんですわ。残念ながら、うちが把握できたのはふたりです。ふたりともほとんど寝たきりの状態でした。三月に被害者が会ったのは上野《うえの》さんという方です。町の名士ですよ。個人病院の院長なんですがね、聞けば十年以上前にも一度会っているって言うんですわ。こっちも驚きましたよ」

鈴木洋介はこの土地で何を得て釧路に向かったのか。彼が二度会っていたのは、沖見《おきみ》町で開業している上野孝蔵《こうぞう》という内科医だった。母親の上野稲子《いねこ》は認知症が進み、今は別棟で彼の妻が介護しているという。

上野孝蔵から「多少遅くなっても待っている」という言付けがあった。時計は午後九時前を指している。

「朝を待つほど遅くもないでしょう」

片桐のひとことで上野内科医院を訪ねることが決まった。大柄で穏やかな目をした院長は、すぐにふたりを自宅に招き入れた。

比較的上野の視線がそちらに注がれがちであることから、質問は主に片桐がすることとなった。同年代という気安さもあるようだ。今日は比呂が手帳を開き、先輩刑事の横に座る。

「うちの母親が上野の家に嫁に入ったのが、昭和三十三年だったはずです。僕が三十四年生まれですから、間違いないと思います。鈴木さんは最初、鈴木ゆりさんの本籍だったマサリベツという地名だけを頼りにしてこちらにこられたようでした。駅前の、古い店先を訪ねながらたどり着いたそうです。留萌署の方にもお話ししましたけど、彼が訪ねてきたのは十六年前と、今年三月の二度です。そのあいだは特別な連絡もやりとりもなかったんですよ。血の繋がりがあるというわけでもないですし。僕はただ彼の母親の話を多少でも知っているというだけの間柄です。どこかで割り切らないと、同情ってのはお互いに厄介だと思ってましたので」

上野孝蔵は「釧路の事件、残念です」と言葉を切った。

十八歳の洋介に、鈴木ゆりの産みの親が長部キクということを教えたのも彼だった。洋介がH自動車販売の整備工として働きだしたころ、彼もまた留萌の市立病院を退職して内科・小児科を専門とする開業医になった。

「留萌署から電話をもらったときに、だしておきました」

テーブルに滑らせた名刺には、H自動車販売営業部次長の肩書きが刷り込まれていた。名刺の裏には三月九日（月）、と記されてある。

「いつお会いしたのか書き込むことにしています。一度会ったきりだと忘れてしまうことも多くなって、失礼のないようにと思って」

彼は半分ほど白くなった頭に手をやった。片桐が目元を柔らかくして「わかりますよ」とうなずいた。

「僕が話す内容というのは母や叔父から聞いたことですし、伝聞の伝聞みたいなところもあります。事実かどうか、僕もよくわからない。そこはご理解いただけますか」

「我々は鈴木洋介さんがここでどんな情報を得たのか知りたいんです」

上野はひとり掛けの椅子から背を離した。

「基本的に十六年前と今回と、話したことはほとんど同じです。前回はまだ十代だったけれどしっかりした子だという印象があったので、僕も訊かれたことにはなるべくちゃんとお答えしました。十八の頃は、自分の目が青い理由を知りたいと言っていました」

「今回は、そうじゃなかったんですか」

「彼のお母さんが、一月に亡くなったそうで。四十九日を終えたばかりだと言っていました。自分のルーツなんか一度はもういいと思ったんだそうです。祖母の過去がどんなものでも、自分の来し方とこれからに何の変化があるわけでもない、と。でも、お母さんが最期に言い残した言葉がそうした気持ちに刺さったそうです。十代の頃と同じ目をしていましたね。彼はきっといろんな経験をみんなプラスに変えてきたんだ。ああいう目をしていないと、僕らも長く医者を続けることができないんです。ある種の青臭さというのかな」

「最期に、自分が幸せだったかどうか子供たちに訊ねたそうですね」

上野は視線を膝《ひざ》に落とし「まったく罪なことです」と言った。

「僕も仕事柄いろんな臨終に立ち会いましたけれど、最期の言葉というのは生きている人間にとって本当に罪なものなんです。なにを言い残しても、重たいものなんですよ。

真意を確かめる灯《あか》りが目の前で消えるわけですから」

　三月九日にやってきた鈴木洋介は、上野の前で頭を下げた。

「彼は、もう僕も三十を過ぎたのだから同情や遠慮などなしにして包み隠さず話してくださいと言うんです。僕がいろいろとオブラートに包みながら話していたことに、彼は気づいていたんだ。初めて会ったときは、自分のルーツを知りたいという少年の目に、三十半ばの僕もちょっと気圧《けお》されていた。時間が経って、彼も僕も少し世間に揉《も》まれたんでしょうね。今なら伝聞でも事実でも、少し距離を置いて話せるような気がしたんです」

　上野孝蔵の母親は彼に、お前は本家筋の長男なのだからと上野家の人間関係や出来事をすべて話して聞かせていた。父親は酒を飲むと手が付けられなくなる無学な男だったが、母親の稲子は当時としては珍しく女学校をでていた。姑《しゅうとめ》トキエの嫁いびりも、嫁に学があることについてのひがみだったろうと彼は言う。

「祖母は僕の目の前で母を叩《たた》くんですよ。そりゃあすごい剣幕でね。すこしばかり頭がいいからって人を小馬鹿にするなって。今でも覚えてますよ。母は上野の家の三人目の嫁だったんですが、前のふたりもけっこう良家のお嬢さんだったと聞いています。祖母は土地を売った金で、人買いみたいに没落した家の娘を連れてきたんだそうです。これは叔父が言ってました。子を持ったのは僕の母ひとりで、まぁ生まれたのが男だったお陰でいびりだされずに済んだんでしょう。親戚《しんせき》や嫁には厳しい祖母だったんですが、不思議と僕には優しかった。あれはいったいどういう感情なんでしょうね。単純に孫だからかわいいというような感じでもなかったな。祖母のことは、今でもよくわからないんですよ」

上野家の二番目の嫁だったのが「つや子」という女で、当時樺太から女がふたり彼女を頼って引き揚げてきたのだという。そのうちのひとりが「鈴木ゆり」の戸籍上の母「鈴木克子《かつこ》」で、彼女は一緒に引き揚げてきた長部キクの産んだ子を引き取って五つの年まで育てた。

「もとは馬小屋だったところで産んだそうです。ふたりは仕立て物や染め物、畑の繁忙期は農作業の手伝いなどしながら暮らしていたそうです」

「仕立てと染め物ですか」

「ええ。鈴木克子さんは村の女たちが持ち込む繕いものや反物の仕立てなんかを請け負って、生みの親の長部キクさんは染め物をやっていたそうです」

一緒に引揚船に乗ったという以外になんの関わりもない女ふたりは、畑のそばにある粗末な小屋で暮らすことになった。

鈴木克子が上野家に疎まれながらも留萌に残ったのは、樺太で生き別れた許婚《いいなずけ》を待っていたからだった。長部キクは、留萌にやってきた翌年の春に女の子を産んだ。それが鈴木洋介の母親「ゆり」だった。

長部キクは出産後すぐ、赤ん坊を残して留萌を出た。鈴木克子は留萌で取得した戸籍に実子として「ゆり」を入れている。

長部キクが姿を消したあとも、鈴木克子は留萌に留《とど》まった。克子の許婚は引揚船が何度か函館に着いたあとも訪ねてはこなかった。克子はひとりで仕立物をしながら、上野つや子の助けを借りて娘を育てた。

克子が病に倒れたのは「ゆり」が五歳のときだった。最初は流行病《はやりやまい》で咳《せき》が長引いた。半年ほど寝たり起きたりの生活をしたが衰弱する一方で、最期は五歳の娘がひとりで看《み》取《と》った。ゆりは克子が死んだ明け方、上野家の母屋にやってきて「おかあちゃんが死にました」と告げたという。

村の人間が集まって葬儀をしたが、ゆりは一度も泣かなかった。上野家の姑トキエがそこだけ気に入って、当時の嫁だったつや子に彼女の面倒をみさせることになった。

しかしゆりが十歳のとき、頼みの綱のつや子も子供を産まないことを理由に上野家から離縁されている。

「つや子さんは、離縁されたあと実家に帰ることもできなかったそうです。親戚のひとりが何年か経って、定山渓《じょうざんけい》の温泉旅館で働いているところを見たという話をしていました。それにしても、祖母については本当にいろいろと言われました。ひどい婆さんだったというのがおおかたで、祖母が死んだときはどんちゃん騒ぎになったくらいです。死んで喜ばれるというのも、あれはあれで偉業ですよ。残された人間は誰も悲しまないわけですから。ただ、母だけは泣いてました。あれはいったい何の涙だったんでしょうね」

上野は三月にやってきた洋介に、祖母から聞いたことを話して聞かせたと言った。

「自分のことを語りたくなってくる年齢なのかもしれません。このことは今回初めて話したんです。もう祖母を知るひともほとんどいなくなって、母もそろそろ寿命が尽きそうだ。僕も人の世のうつろいなんてものを考える年になったんでしょう」

洋介は上野の話を、熱心に聞いていたという。

「上野家がマサリベツの土地をすべて売ってここへ移ってきたのは、僕が中学に入る年でした。すべて祖母が決めたことだったといいます。留萌の中学を出たら札幌の高校に行けと言われました。マサリベツを出る少し前祖母に、畑や森や、とにかく上野家が持っていた財産のすべてを説明されました。それをすべて使い果たしても、お前は医者になるのだと言われたんです。頭のいい嫁を迎えたのも、自分にはそういう夢があったからだと言っていました」

彼の祖母トキエは上野孝蔵を連れて畑や森を歩きながら、昔の話を聞かせた。

「もう、屋根が潰《つぶ》れてほとんどがれきみたいになっていた小屋跡で、祖母から聞いた話です。昨日のことのように話せるものなんですね、年寄りというのは。身ごもっていたのは長部キクさんで、戸籍に入れて育てたのは鈴木克子さんということはお伝えしていましたよね。鈴木さんに祖母のことを話しているうちに、ずいぶんと細かなことを思いだしたんです」

祖母のトキエは孫に、その小屋で暮らしていた女たちの話を聞かせた。女たちは樺太の「恵須取」と「敷香」からやってきた。

比呂は手帳にふたつの地名を書き込んだ。

「エストル」「シスカ」

「女性ふたりは、出身地が違っていたということですか」

「ええ。鈴木克子さんが敷香と聞いております。長部キクさんは恵須取ということでしょう。ふたりがどういう経緯で一緒に引揚船に乗ったのか、子供を引き取ることになったのかはわかりません。ただ、祖母は『あんなに骨のある女たちも珍しかった』と、そんなことを言っていました。だから、鈴木ゆりさんが中学を卒業してすぐにマサリベツから出て行ったときは、ずいぶんと気持ちが沈んだそうです。周りからはさんざんこき使ってひどい仕打ちをしたという話しか聞かされていませんので、祖母の中で美しい話になっていることも考えられますが。でも僕には、彼女がふたりの女性たちをとても懐かしがっていたように思えるんですよ。小屋の前にいた祖母は、それまで見たこともないような優しい顔をしていましたから」

その場の誰も、いちど沈んだ空気を持ち上げることができずにいた。片桐も黙っている。なにをどう繋げてゆけばいいのか、比呂も思案する。

長い沈黙のあと、ひとつの問いが降りてきた。

「長部キクさんは、どこへ行かれたんでしょうか」

「そこなんです」上野孝蔵の声が低くなった。

「十八歳のころの鈴木さんには、ゆりさんを産んですぐに亡くなったとお伝えしたんです。でも彼は僕の嘘《うそ》に気づいていたんですね。今回やってきたのも、それを確かめるためだったようです」

鈴木ゆりには「キク、克子、つや子」という三人の母がいたが、うちふたりに捨てられたという事実は、いくらゆりの息子といえども聞くのは辛《つら》かろうと当時の上野は判断した。

「今回は、本当に母を産んですぐに死んだのか、と訊かれました。ゆりさんが亡くなったと聞いて、僕もそれほどつよく黙っている必要を感じなくなった。重い荷を下ろすような気持ちで謝りました」

鈴木洋介は、長部キクが母親のゆりを産んですぐにマサリベツを出たことを知る。上野は「これも今回鈴木さんにお伝えしたことですが」と前置きをして言った。

「ゆりさんは、畑仕事と僕の子守りをしながら学校へ通ったと聞いています。そんな生い立ちだったせいだと思いますが、無口であまり笑うことのない人だったそうです。僕はまだ幼かったから、ほとんど記憶もなにもないんですが。そんな話をしてしまったせいか、鈴木さんの様子も妙に意欲的になったんです。それでつい要らぬことを言ってしまった」

深いため息。上野の逡巡《しゅんじゅん》が伝わってくる。

「引揚者の線から何か出てくるかもしれないと、そんなことを口にしてしまった。鈴木さんはすぐに『ひとりぐらい生きていたっていいですよね』って言ったんです。彼、僕が言った地名をメモしていました。『恵須取』ですよ。樺太引揚者の会もいろいろあるらしくて、資料館に行ったこともあると言っていました。地名がわかればもっといろいろ調べられるとひどく嬉《うれ》しそうな顔をしたんです。僕はまさか彼がそこまで肉親捜しに入れ込んでいるとは思わなかった。母親の産みの親ですよ。彼にそこまでさせる何があるんですか。生きていたって八十を過ぎているんですよって、何度も言いました。産んですぐに捨てた娘本人が訪ねてきたというのならわからないでもないが、顔も知らないそのまた子供が現れて嬉しい人間なんかいますかね。喜ぶ方がどうかしてる。でも彼は屈託なく、ただ僕の青い目を見せたいだけなんだと言うんですよ。それが母親の無念を晴らすことだと思っていたのだとしたら、とんだ間違いだったよと言いたい。正直に言えば、我が子に自分の幸不幸を訊ねて亡くなったという母親に怒りさえ覚えました。同時にあのとき、僕は医者のくせに、長部キクさんが亡くなっていることを祈ってしまったんです」

鈴木洋介にとっての「決着」が、長部キクにとって過去のものとなっていたのかどうか。時系列を整理しながら取ったメモが大きな楕円《だえん》を描き人と人を結んでゆく。鈴木洋介はコンタクトレンズを外して会うべき人間を、釧路の街で見つけた。比呂は楕円の真ん中にある名前をぐるりとペンで囲んだ。『長部キク』。その下に『樺太引揚者の会』。胸に溜まっていた息をゆっくりと吐き出した。

「刑事さんたちは、彼が釧路で不幸な目に遭ったことと今のお話に何か関係があると思っていらっしゃるんですか」

片桐は、彼の足跡をすべて洗い尽くさなくてはわからないと答えた。あなたはどうですかと訊ねられ、比呂も「同じです」と答えた。上野孝蔵はため息をひとつついた。

「僕はまったく関係ないことを祈っています」

翌日、片桐と比呂は新札幌でレンタカーを返し、電車で札幌へ向かった。行き先は大通公園の突きあたりにある元の道庁「赤れんが庁舎」だ。

古い建物の中に入ると、埃っぽい日向《ひなた》のにおいがした。外観は何度も目にしていたが建物に入ったのは初めてだった。そこに「樺太関係資料館」があったこともネット検索するまで知らなかった。

建物は観光施設となっている。比呂は資料展示室に置かれたパンフレットにより、長部キクの出身地である「恵須取」が樺太の国境線近くにあることを知った。鈴木克子の「敷香」は峠を越えたオホーツク海側だ。ふたりの女はいったいどういった関係で一緒に留萌まで流れてきたのか。

展示されているものは引揚者の持ち物だったりソ連侵攻時の証言であったり、国境に置かれた碑のレプリカだったり。樺太の歴史をおおまかに知ることはできても、ふたりの女の足跡はわからなかった。

展示室とは別に、書類の資料室があった。片桐と比呂は資料館長に事情を話し、閲覧者の名簿を出してもらった。洋介はやはり上野孝蔵の忠告を聞かなかった。日付は三月二十日。亡霊を追う旅だ。建物内は人もまばらで、資料室にいるのは片桐と比呂だけだ。

資料館の話では、確認の取れる範囲でデータ化しているということだった。パソコンが苦手な片桐に代わり、比呂が名簿の検索を始める。

洋介がにらんだとおり、引揚者の会はその土地ごとに大きいものから小さいものまで多数あった。途中、比呂はスクロールの手を止めた。

「キリさん、これじゃないですか」

樺太と恵須取というキーワードに引っかかるものは、その一団体だけだった。片桐が会の名前と本部の住所、代表の名前と電話番号をメモする。

『恵樺会《けいかかい》』の本部は札幌から電車で二十分ほど離れた江別《えべつ》市にあった。

比呂と片桐は札幌駅に戻り江別に向かった。着いてみれば、本部とはいってもごく普通の民家であり、表札の下に小さな木製の看板を下げているだけだった。会は南樺太北部、恵須取地区の出身者で構成されていた。しかし、インターネットでは検索できないくらい、活動も存在も知られていない。

本間《ほんま》亀太郎《かめたろう》は突然訪ねてきた片桐と比呂を快く迎えた。

「わざわざ釧路からおいでになったんですか、そりゃそりゃ難儀なことだ」

つるりとはげ上がった頭をぽんぽんと叩きながら、ふたりを居間に通した。今年で米寿を迎えるという。

会は、十年前に病床に就いた前会長から本間老人が引き継ぐかたちで江別に本部を移した。しかし会の活動はほぼ休止状態で、会員の消息も現在はほとんど把握できていないという。引揚者という言葉が既に過去のものになっているのだった。

戦後に生まれた者も還暦を過ぎ、その親ともなれば本間夫妻のように夫婦存命であることも稀《まれ》だ。会は運営資金も底を突いている状態で、会員の安否を確かめることもなくなった。引揚者二世の活動意識も低くなっている。金銭が絡む提案を避け続けているうちに、恵樺会の活動も細っていったという。

傍らに小柄で物静かな妻が座り、お茶の用意をしている。彼女は夫の言葉にときどきうなずき、夫が笑えば一緒に微笑み、気むずかしい顔をすればうつむいた。居間の片隅にちいさなテレビと黒電話があった。古い応接セットの足下に白い猫が寝そべっている。

片桐が、釧路で遺体となって発見された鈴木洋介の身辺を調べていることを告げた。本間老人は「あぁ」と言ってそれまでの笑みを消した。ふたりの前に湯飲み茶碗《ぢやわん》が置かれた。

「新聞で見ましたよ。名前が同じで札幌在住とあったから、もしやとは思ったんです。仕事先が書かれてなかったんで、どうかなあと。そうか、やっぱり彼だったか」

鈴木洋介は江別の本間老人を訪ねていた。片桐が懐から手帳とペンを取りだした。

「お会いしたのは今年の三月二十三日でした。孫の誕生日なのでよく覚えております。名刺を持って現れてね。私はこのとおり年寄りだから車なんぞ買いませんよと言ったら、実は用向きは仕事じゃないなんておっしゃって」

当日鈴木洋介は本間宅を訪ね、表札の下にある『恵樺会』という看板が気になって足を止めたと言った。どんな会かと訊ねられた本間老人が「樺太引揚者の会」と説明すると強い興味を示した。洋介が資料館では手に入らない情報を求めてやってきたことは明らかだ。人あたりの良さと、はったりをきかせた営業手腕が垣間見《かいまみ》える話だった。

「詳しく話を聞きたいなんていう人間が訪ねてきたのは、初めてのことだったんですよ。ましてやあんな若い人が樺太に興味を持つなんて、聞いたときは驚いたよなぁ」

本間老人は傍らに座る妻に同意を求めた。妻も深々とうなずく。比呂が茶碗に手を伸ばすと、彼女が微笑んだ。

「当時樺太から引き揚げてくるのがどんなに大変だったか、真岡で引揚船を待つ二年間のしんどい生活のことや、北海道に縁故のない私たちがどうやって食いつないだかなんていう話を、そりゃ熱心に聞いてくれるんですよ」

彼は「もう息子だってうんざりしてるような話ですからねぇ」と言って目を細めた。誰かに話して聞かせたい老人と、樺太の話を聞きたがった青年は昼時から日が暮れるまで語り合った。

「話しているうちに、なんでそんなに樺太に興味があるのか不思議に思えてきましてね。それで、訊ねてみたんですわ」

洋介は本間老人に訊ねられて初めて訪問の理由を口にした。彼は本間が話したいことを聞き、その上で自分の用件を切りだしたのだった。

「そうしたらね、人を捜しているって言うんですよ。最初から言いなさいよって思いましたよ。さんざん年寄りのつまんない話を聞かせちゃって、こっちもちょっと申しわけない気持ちになりましてねぇ」

本間老人は手元にある名簿や資料をあるだけ洋介に見せた。

「もう、住む場所も違ってるだろうし生き死にもわからないような名簿だけど、何かの役に立つならって思ったわけですよ。個人情報云々《うんぬん》って言われてるけど、彼が悪い人じゃないのはわかってるわけだし」

鈴木洋介は相手に警戒をされることは承知の上で根気よく昔話を聞いた。警戒心が解けたところを見計らって資料を引きだす腕は見事だが、老人から金を騙《だま》し取る事件の多くもこうした手口で行われている。

本間老人は本棚から資料の入った文箱《ふばこ》を抜き取った。

「鈴木さんに見せたものがそっくりこの中に入っています。どうぞご覧になってください。彼が捜していたという人の名前もここにあります」

片桐が手を伸ばし、文箱の蓋《ふた》を開けた。古い紙のにおいがする。箱の中には連合から寄せられた文書のファイル、会が発行した刊行物、会計ノート、会員名簿がひとまとめにされていた。名簿を開いてみる。死亡が確認された会員の名前には赤ペンが引かれていた。名簿は昭和六十年作成だった。

「恵須取地区ってのは、南樺太でもかなり北にありましてね。ソ連兵が上陸したときは本当に地獄のようでしたよ。私はたまたま家族みんなで逃げられたけれども、それだって奇跡みたいなもんだったんです」

彼は妻から老眼鏡を受け取り、名簿の名前を指で示した。

「限られた地区の名簿だからね、彼が『あった』って言ったときは本当にびっくりしたんです。なんであんな若くていい子が釧路まで行って不幸な目に遭わなきゃならんのでしょうか」

彼が指さした欄にはえんぴつで薄く丸印が付けられていた。

『長部キク』

片桐が名前と名簿作成時の住所を書き写す。札幌市中央区。住所からするとススキノのあたりだ。長部キクの連絡先は『夢や』となっていた。

「恵須取ってのは人口もけっこうなもんで、当時で三万くらいいたはずですよ。ですから海の者は海の者でひとかたまり、炭鉱の人たちはそっちでかたまって暮らしてたんで、まぁお互い誰でも知ってるってわけではなかったんです。私は海の方におりましたので、たぶん長部さんというのは山方面の人じゃなかったのかなと思います。引き揚げてきてから、しばらくのあいだ留萌に居たんだそうです。それは鈴木さんご本人から伺いました」

本間老人は長部キクとの面識はないという。他の会員がふたりないし三人ずつ同じ名字のところは家族か夫婦だろう。長部キクの欄だけはひとりで、連絡先も職場だった。

「この、『夢や』というのが、もともと『恵樺会』の大口スポンサーだったんですわ。この人もたぶんそうした関係で名前を載せていたんでしょう」

恵樺会の前会長が親しくしていた『夢や』の専務が亡くなってから、会の維持が難しくなったという。

「ちょうどバブルがはじけた時期でしたから。加えてこのご時世ですからね、何も生まないところに金を落とすわけにもいかんのでしょう。女将《おかみ》さんも樺太の豊原から逃げてきて一代でススキノの店を築いた人だからね、生粋の商売人なんです。専務さんが死んでからはいろんな関わりを整理したと聞きました」

長部キクはおそらくこの『夢や』で働いていたのだろうと彼は言った。さらりと「女給」という言葉を使った。

「鈴木さんにも同じことを申しあげましたよ。『夢や』は大きな店ですからね、現在の連絡先もすぐにわかったでしょう。女将の菊池《きくち》さんはもう一線からは退かれたと思いますが、今は息子さんが手広く商売をされているはずです」

別れ際、玄関先まで見送りに出た本間老人がぼそりとつぶやいた。

「自分のルーツだ根っこだと言ったたって、人はみんな死ぬ時はひとりです。安易に人捜しなんかするもんじゃありませんな」

携帯電話の発信記録によって、鈴木洋介は本間老人と会ったその日のうちに、『割烹《かっぽう》夢や』の会長「菊池小夜《さよ》」を探しあてていたことがわかった。

彼女は連絡を入れた比呂と片桐を、円山《まるやま》にある自宅へ招き入れた。

「正直申しあげれば、警察の方をお店にご案内するのはちょっと。げんが悪いと言っては申しわけないんだけれど。そこのところはご理解くださいませね」

菊池小夜は一線を退くにはもったいないほど艶《あで》やかな気配を漂わせていた。声の張りはとても八十七歳とは思えない。ゆったりと着込んだ和服の襟に、小花の刺繍《ししゅう》が散っている。戦後のススキノをひとりで闊歩《かっぽ》してきた女傑は、驚くほどゆったりと話す。淡く紫色の入った眼鏡が、その向こうの瞳を柔らかくしている。

小夜は現在ほとんどの時間を自宅で過ごしていたが、鈴木洋介と会うときだけは場所を『夢や』に指定した。営業職と聞けば今後『夢や』を使ってもらうことを考慮して、ということだ。

「こんなに長い時間経ってから、キクちゃんの名前を二度も訊ねられることになるとは思いませんでしたねぇ」

彼女が長部キクと知り合ったのは、昭和二十三年。当時街頭で客を引いていた女たちを十二人集めて、小夜は『カフェ 夢や』を開いた。長部キクもその中のひとりだった。

『カフェ 夢や』は、表向きは飲食店だが建物の裏には小夜が経営する連れ込み宿があった。客は酌婦と話が合えば、裏の宿へと場所を移す。女たちは店を不在にする穴埋め銭と宿代を上乗せした額を客に請求する。『夢や』は手練手管に長《た》けた女たちのお陰で常に黒字だった。

「見まわせば、みんなそんな商売ばっかりでしたよ。そういう女たちがいなけりゃ戦後の復興なんかなかったの。女の元気がなくなったら、男は働かないでしょう。誰も卑屈になってる暇なんかなかったんです」

長部キクはからりとした性分が客にうけて指名も多かったと小夜は言った。

「そのうち、体を壊す子なんかもでてきました。当然ですよ、身を削ってるんですから。長くやるような商売じゃありません。悪い薬も流行《はや》りました。ひとり抜け、ひとり死にってしているうちに、女の子の数も半分になってしまいました。私もそこいらで命を縮めるような商売に見切りをつけたくなりましてね。昭和三十年には今の店の前身になる『キャバレー 夢や』をオープンさせたんです。売《う》りは一切なし。女の子たちにもよく言って聞かせました。もうそんな時代じゃなくなるよって。案の定、三十二年には売春防止法が施行されましたものね」

長部キクは、『夢や』がキャバレーに変わった年に一度菊池小夜の元を離れていた。

貯《た》めた金で、自分も店を持つというのが理由だった。でもね、と小夜が続ける。

「商才って、持って生まれたものなんですよ。好き嫌いにかかわらず、客商売ってのは使う者と使われる者にはっきりわかれてしまう。ここいちばんの決断ができないのは当然駄目で、なにより男に弱いのはもっと駄目です。夜の街で大きくなるには、一生に一度と思うようなやせ我慢を何度もできなけりゃね」

長部キクは商売に失敗したあと、年を十も偽って再び『キャバレー 夢や』で働きだした。その頃は既にカフェ時代の仲間は全員辞めていた。消息については流儀として追わないことになっているという。幸せでも不幸でも、お互いここで得た過去は切り捨てなければならないというのが菊池小夜の考えだった。

「でも、そうやって働きだして一年もしない頃、キクちゃんはまたこの仕事を辞めたんです。ちょうど支店を出そうというときでしたから、春だったと思います。ママを任せる器じゃあなかったけれど、客あしらいは下手じゃないしそこそこ贔屓《ひいき》もいる人だったんで、ママを彼女よりちょっと年上にすればいい店になるんじゃないかって」

キクと最後に交わした言葉を、小夜は今も覚えているという。

「自分に商才がないなら、ちゃんとした商売人のところに嫁に行けばいいんだって。室蘭の魚屋に後妻に入るだなんて。大店《おおだな》だかなんだか知らないけれど、あれを聞いてなにからなにまで甘い子だと思いました。あの楽天的なものの考えかたは、性分でしょうかね。自分じゃどうにもならないものに動かされているのは私も同じだけれど、キクちゃんはなんだかいつも、二兎《にと》を追ってる感じがしてたわね。他人より得をしたい人は商売人にはなれないんですよ」

　昭和三十六年三月、長部キクは再び菊池小夜の元を去った。小夜は鈴木洋介がやってきた際も同じ話を聞かせたと言って目を伏せた。

「もっとちゃんと関係を確かめてからお話しすれば良かった。私が最初に聞いたのは、単純に人に頼まれて捜しているってことだったから。久しぶりに、自分の甘さがいやになっていますよ」

「鈴木さんは長部キクさんについて、室蘭の魚屋に嫁いだところまでは把握したんですね」

　菊池小夜はうなずいたあと、テラス窓の向こうにいちど視線を泳がせた。

「彼、キクちゃんの容姿にずいぶんとこだわっているようでした」

「容姿ですか」

　身を乗りだしてしまいそうになるのをこらえる。片桐も微笑んでいる。

「そう。日本人離れしていなかったかとか、目の色がどうとか。正直、キクちゃんがバタ臭い顔立ちと思ったことはなかったですねぇ。でも」

　菊池小夜の言葉が途切れた。次のひとことを待つ時間がひどく長かった。

「シゲちゃんなら、何か知っているかもしれません」

片桐が身を乗り出した。誰かと問うと、菊池小夜は今日初めて戸惑いの表情を見せた。

「ススキノの生き字引みたいなバーテンダーです。彼ならうちで働いていた女の子のことをひとり残らず把握していたんじゃないかしらね。どんな子にも表と裏があるんです。私が表側から彼女たちの面倒をみていたとしたら、シゲちゃんはそれを裏側で支えてくれていたと思いますよ」

「鈴木さんもその方、シゲちゃんに会ったんでしょうか」

彼女は首を横に振った。

「言いません。みんな二人三脚でやってきた仲間ですから。そうそう出せる名前じゃないんですよ。そこをわかってもらうのは無理かもしれませんけれど」

鈴木洋介は最後になってようやくこれが単純な人捜しではないことを打ち明ける。

――実は、僕のルーツを知りたいんです。

それを聞いた小夜は洋介に、もう捜すのはお止《よ》しなさいとつよく忠告した。それがお互いのためだという言葉に、彼はうなずいて帰った。上野孝蔵も菊池小夜も、これ以上の深入りを止めた。鈴木洋介はなぜ誰の忠告も聞かなかったのか。

――安易に人捜しなんかするもんじゃありませんな。

本間老人の言葉が頭の隅からゆらりと持ち上がった。

「シゲちゃん」こと滝田茂《たきたしげる》は、片桐を更に柔らかくおっとりとさせたような、小柄な男だった。彼の風貌《ふうぼう》とススキノの生き字引という言葉がうまく結びつかない。店内に足を入れた片桐と比呂を、滝田茂は「シェーカーを持った神様」という異名に違《たが》わぬ微笑みで迎えた。

「年を取りますと、昔のことの方が鮮やかに思い出せるんですよ。おふたりのことは、小夜さんから連絡がありました。ご安心ください」

滝田はそう言って、カウンター席に並んで座った片桐と比呂の前に立った。

「小夜さんもきっと、亡くなった方やおふたりのために何かしてさし上げたくなったんでしょう。昔は警察と聞いただけで塩を撒《ま》くような人だったんですよ。ここで生き延びるには、そりゃあ多少は後ろ暗いところもありますからね。聖人君子じゃないからこそ笑い方が上手《うま》くなっちゃうってのもあるんですよ、夜の街では。僕の名前を出したということは、おふたりはあの方に気に入られてるんじゃないでしょうかね」

滝田茂は「最初から話しましょうね」と言った。

カウンターに等間隔に落とされた光の円に、片桐の頼んだハーパーのダブル、比呂のスロージンフィズが並ぶ。ひとくち飲んだところで滝田が話し始めた。

「僕はずっとこの街の女の子たちの愚痴を聞いてきました。特に『夢や』の女の子たちは店がはねると必ず寄ってくれましたよ。で、朝まで客の愚痴やらとりとめのない夢の話なんかするわけです。ささやかなものもあれば、本人も無理だとわかってて言ってるような壮大なものまで、そりゃあ女の子の数だけ夢はありましたよ。夜の街なんて毎日辛いことの連続ですから、好いた男に貢ぐか夢物語を語るくらいしか日々の穴を埋める手だてがないんです」

ふっと息を吐いた。そして「小夜さんじゃないけれど」と彼はシェーカーの水を拭《ふ》き取りながらぽつりとつぶやく。

「僕なんかの記憶でも何かお役に立てたら嬉しいような、何だかそんな気持ちになってきました」

ススキノを支えてきた彼らの関係がいかなるさびしさを含んでいるかはわからなかった。比呂には、片桐と自分が細い糸を手繰りながらここにたどり着いたことを、彼が静かに喜んでいるように見えた。

「キクちゃんが最初に『夢や』を辞めたとき、僕は珍しく反対したんですよ」

長部キクは『夢や』で貯めた金を元手にして、当時つきあっていた男と小さな店を出した。誰もが感心しない相手だった。

「この街に長くいる女の子たちはみんな、嘘でも本当でも『天涯孤独』なんです。たいがい親兄弟の縁が薄いんだ。血の繫がりなんてあるようでないってこと、信じるに値しないことを、それこそ血や皮膚でわかってるんですよ。キクちゃんもやっぱりそういう子でね。樺太から流れてきたときの話を聞いて、僕はちょっと彼女に同情しました。僕ススキノの女の子に同情したのは、後にも先にもあの話だけでしたよ」

長部キクは滝田に「樺太で人を殺したことがある」と打ち明けた。

「戦争を挟んでますからね。みんなどこかで人殺しだよって言いました。気づかないうちに誰かを殺してる。だからそんなに泣くようなことじゃないんだって」

「長部キクさんは、人を殺したことがあると言って泣いたんですか」

滝田がうなずく。比呂は持っていたグラスをコースターに返した。片桐が横でひとくち飲んだ。

「惚《ほ》れた男だったそうです。どんな男ということまでは言いませんでしたけれどね。好きで好きで、それで殺してしまったんだと言うんですよ。そんなことあるかと思いますよね。でも、嘘じゃなかったと思うんです。ただの勘でしかないけれど、僕は女の子たちが嘘を言ってるかどうか、けっこう聞き分けるんです。キクちゃんが惚れて殺してしまった男って、きっと最初に店を持った男に似ていたんだと思いますよ。日本人離れした顔の、色の白い優男でした。いい噂なんかひとつもない。そんなことはキクちゃんだってわかっていたはずなんだ。だけど、一文無しになるまで男に貢いだんです。本人もわかっていてやってるんだと、僕は思ってました。なにか、憑《つ》きものが落ちたみたいにして『夢や』に戻ってきましたから」

店内に流れている低いジャズトリオを背に、片桐と比呂は彼の話を聞いた。

「キクちゃんは二度目に『夢や』を去る前、何だか浮き浮きしてました。後添えの口が見つかったということでした。行き先は僕にだけ教えてくれるって言うんです。女の子たちは今でもみんな同じことを言いますよ。足跡をすべて消して次の場所へ行くと決めているのに、なぜか細い糸をこの街に残して去って行くんです。僕は細い糸を何本も持ってここに立っているんですね。こちらから引っ張ったことはありません。僕は五十年経っても六十年経ってもススキノのシゲちゃんなんです」

滝田茂はそう言ったあと、静かに笑みを消した。

「キクちゃんは、室蘭の魚屋さんの後妻に入るって言ってました。魚屋の女将がつとまるのかいって訊ねた僕に、そんじょそこらの魚屋じゃあないって。たいそう手広くやっている大店だったようです。名前は聞いたけれど、忘れてしまった。ごめんなさい。屋号だと思うような名前だったから、しっかりした卸問屋だったと思います。当時の室蘭といえば富士製鐵を抱えてましたし、そんなお店もあったでしょう。正直、また戻ってくるかもしれないな、と思いました。幸せになりなさいと言って送り出しましたよ。いつも同じです。何度でも、僕は同じように女の子たちを見送ります」

比呂は「そのことを、菊池さんにお話しになったことはないんですか」と訊ねてみた。

「しつこく訊かれれば話さないこともないんでしょうが。お互いのポジションというのか、小夜さんも僕の存在をちゃんと認めてくれていたってことじゃあないでしょうかね。バーテンのシゲは女の子たちのガス抜きみたいなもんですからね。裏で女将と繋がってちゃまずいでしょう。たまに会っても仕事の話なんかはしませんでしたねぇ。ひょっとしたら仲が悪いと思われてたかもしれないな」

滝田茂は肩をすくめて、そこだけ艶っぽく笑った。

「明日なにがあるかわからないことをいやと言うほど知っているはずなのに、心が痛みます。この世には気づく気づかないにかかわらず、聖人君子なんてやっぱりいないと思いますよ。小夜さんも僕も悪いことといっぱいしながら、人を傷つけながら生きてきた。今夜のお話は、死ぬ前にちょっといい人になりたい僕の、ただのパフォーマンスだと思っていただけるとありがたいです」

老バーテンダーはそう言うと、片手に持った拳大《こぶし》の氷をあっという間に見事な球体にしてしまった。グラスに収まった氷の上からハーパーがダブルで注ぎ入れられた。片桐が目の前に置かれたグラスから顔を上げ、礼を言った。

9

翌日、小樽へと向かう札幌発いしかりライナーから見た凪《なぎ》の海は、太平洋とは違う澄んだ青をしていた。海岸沿いの空はすっきりと晴れており水面の縮緬《ちりめん》模様に跳ね返る陽光が眩《まぶ》しかった。

「キリさん、洋介の姉は母親が中学を卒業したあとのことしか知らないんですよね。どうして弟のほうだけがこうまでしてその前を知りたかったんでしょうか」

「男の子だからな」

「答えになってませんよ、それ」

「青い目がどうのっていうだけじゃないんだ。お前、あの部屋を見たろう。人との関わりを完全に断って生活しながら、営業手腕は日々上達している。あれじゃあ仕事以外の人間と知り合ったとき、身の置き場がなくなっちまうだろうよ。仕事という理由を抜きにして人と関われなくなったら、お前どうする」

片桐の質問に答えることができなかった。

「仕事は経験と押しで転がっていくが、私生活は荒《すさ》むいっぽう。だんだんその差に押しつぶされそうになるだろうさ。なにかきっかけがないと、一歩踏みだすことができないのと違うか。仕事と生活のあいだにある溝は、人との関わりが埋めていくもんだろう。鈴木洋介にはそれがなかったんだ。青い目の理由がはっきりすれば、すべての霧が晴れると思うのは、間違いじゃないが正解でもない」

「正解ではないんですか」

片桐は首をぐるりと回したあと言った。

「鈴木洋介の霧が晴れれば、今度は違うだれかの視界が曇るんだよ。水になったり水蒸気になったり、いつもどこかで曇り続けるんだ。見えないことを受け入れる度胸も、ときには必要なんだ」

『茶房ノクターン』は小樽駅を出てすぐの、通りを挟んだビルの一階にあった。カウンターに五席、ふたり用のボックス席がふたつ。清潔で明るい店だ。

「いらっしゃいませ」

比呂と片桐が入って行くと、鈴木加代の視線が止まった。出張の途中であることを告げる。カウンターの端に、ひとかかえもありそうな白いデンファレが活《い》けてあった。クリスタルの花瓶の中で、鮮やかな茎の切り口が水を吸っている。花は店内に流れている音楽さえ吸い込んでいるように見えた。

他に客はいない。片桐と比呂はカウンターに席を取った。メニューは豆のストレートと店のオリジナルブレンドのみ。ブレンドを頼むと、加代の表情はすぐに仕事用の笑顔に戻った。

「常連のお客様は何も言わずにコーヒーを飲んでいかれます。狭い街ですからみなさん知っているんでしょうけど。ここにはここの呼吸があるようです。お仕事は順調ですか」

「留萌と江別に行ってきました」

ケトルを持った手が止まる。表情に目立った変化はない。片桐がカウンターの水に手を伸ばした。比呂が続ける。

「洋介さんが留萌に行かれたのは四十九日の法要を終えた、週明けのようです」

「何かわかったんでしょうか」

「終戦当時のマサリベツを知る人はかなり限られている上に高齢ということでした。洋介さんが十八のときと今回訪ねた先は同じで、お母様が十五歳まで育った家のご長男でした」

加代の目元が翳る。上野孝蔵が洋介に話した内容を、要点をしぼって彼女に伝えた。

もうコーヒーを淹《い》れる手元が止まることはない。淡々とした作業がカウンターのこちらと向こうの空気を繋いでいる。

ふたり分のコーヒーを落としてカウンターに出したあと、加代が背後の戸棚を開けて紙包みを手に取った。片桐と比呂の方に向き直る。

「今朝、これが届きました」

渡された包みには湿原染工房のスタンプが捺してあった。傍らで片桐が小さくうなずいた。中に入っていたのは渋いサーモンピンクのストールだった。なめらかな絹製のストールは肌に優しそうだ。何より、白い彼女の肌によく似合う。差出人は『鈴木洋介』。釧路から送られたものだった。

「洋介さんは、これについて何も」

加代がうなずく。バロック音楽が音を増す。片桐がコーヒーをすする。

「家に戻ったら、郵便受けに不在票が入っていたんです。あの子が旅先からなにか送ってくれたのって初めてなんです。なんだか受けとるのが怖くて、今日になってしまいました」

発送日は五月十八日だった。このストールを姉に送った夜、彼は殺害された。

「お借りしてもよろしいでしょうか」

「なにかお役に立てるのなら、どうぞ」

彼女は数秒目を伏せた。買った場所と時刻を特定できれば、鈴木洋介の足取りがわかる。加代がゆっくりと顔を持ち上げた。

「あの子の部屋は、もう引き払ってよろしいですか」

「おひとりで行かれるんですか」

「私しかおりませんから。昨日、H自動車販売の一柳さんという方が見えました。洋介は会社の女性とはお付き合いがなかったようです。特定の女性がいればどなたか釧路へ行く前後のことをご存じかと思って伺ったんですけれど、そういう人はいないということでした。会社というのは、知らんぷりしながらけっこう社員のことは把握しているものなんだそうです。初めて聞きましたけど」

捜査で知り得た彼の暮らしぶりを口にはできない。鈴木洋介の交友関係はほぼ皆無に近い。メカニック部門から営業に引き抜かれるほどの人当たりの良さは、プライベートではほとんど発揮されていなかった。カラーコンタクトを外してくつろげるほどの相手には出会えなかったのか、それとも出会う気がなかったのか。比呂は彼の見事なまでに閉じられた生活空間を思いだす。片桐の言葉どおり、鈴木洋介の深追いは誰かの身辺を曇らせたのかもしれない。

「洋介さんのお部屋には、お母様のおくるみはありませんでした。おそらく釧路へ行く際に持って行かれたんだと思います。どんなものだったか教えていただけませんか」

「赤ん坊をくるむには少し大判の、手編みのようでした。色は渋い藍《あい》色だったと思います」

手帳に滑らせたボールペンがかすれ始めた。

「いろいろな手続きやあとかたづけがたくさんあって、ひとつひとつ終えるたびに思うんですよ。こんな結果、あの子がいちばん信じてないんじゃないかって。私ときどきお客さんの冗談に笑ったりするんです。弟が殺されたっていうのに何やってるんだろうって思います」

三人の視線がいつの間にかデンファレの花へと集まった。不意に加代の視線が窓の外へと移り、唇がわずかに開いた。比呂も彼女の視線を追って窓を見る。中を覗き込むように男がひとり立っていた。スラックスとブレザー姿の男は、コーヒー豆のショーケースではなく、カウンターを見ていた。

「父です」

加代が静かに目を伏せつぶやいた。片桐がそっと席を立ち、店の外にでる。話しかけられた男が頭を下げた。片桐が男を中へ誘った。比呂が目で問うと、加代は唇の両端を微《かす》かに持ち上げてうなずいた。

片桐と、洋介の父萩原幸二《はぎわらこうじ》は奥の席で向かい合った。比呂は体の向きを斜めにしてふたりを窺った。加代がブレンドをふたつテーブル席に運んだ。比呂のカップにも二杯目のコーヒーを注《つ》ぐ。

萩原幸二の頰はこけ皮膚の艶《つや》はなかった。頭髪は真っ白で瞳も顔も黄色っぽく濁っている。片桐がのんびりとした口調で彼に訊ねた。

「息子さんの事件《こと》、ご存じだったんですね」

「テレビで。あと、昔の知り合いが電話をくれたりもしましたんで」

「お嬢さんが同じ街にいてくれるのは心づよいことですね」

萩原の頭が持ち上がる。片桐の真意を測りかねているようだ。数秒の沈黙のあと萩原はうなだれ、首を振った。

「もう、そういった間柄ではないんです。加代には、許して欲しいとも言わないし、言ってはいけないんです」

加代はカウンターの中で黙々と煎《い》った豆の選《よ》別をしていた。袋から袋へ移す間に、一粒一粒に目を走らせ傷のある豆を選りわける。母と弟を失い、彼女の肉親は自分たちを捨てた父ひとりになってしまった。加代の横顔は、そんな現実も一緒に選りわけているように見えた。

「古い記憶をかき回すようで申しわけないんですが、今でも洋介さんの出生についてわだかまりを持っておられるんでしょうか」

萩原は落ちくぼんだ目と頰を持ち上げ、首をゆるゆると横に振った。コーヒーカップを持つ手が震えている。事務職だった指先は細く、皮膚も薄そうだ。妻や加代、洋介への仕打ちを、彼は一体どの時点で後悔したのだろう。

「信じてやれば良かったと言いたいんですが。当時できなかったことを今ごろ謝っても。いっそ娘には恨まれたまま死ぬべきだと自分に言い聞かせています」

泣かれたら親子に戻ってしまうことが怖いと言った加代の言葉を思いだした。

「とても許してくれとは」

「萩原さん、そんなことを聞きたいんじゃないんだ」

彼の言葉を遮り、片桐が珍しく語気荒く言い放った。加代の手が止まる。片桐は怯える表情の男から目を逸《そ》らさない。声を荒らげた片桐を見たのは初めてだった。

「私はそういうせりふを長々と聞きたいわけじゃない。今でも洋介さんのことを自分の子ではないと思われているのかどうか伺ってるんです」

萩原の目がゆらゆらとテーブルの上を泳ぐ。彼は片桐の問いに答えなかった。

幼い鈴木洋介に「人間関係なんて、目の色ひとつで簡単に壊れてしまう」という思いを植え付けたのが彼だった。父親は今も巧妙に自分の居場所を確保しようと懸命だ。

「洋介さんはあなたの子ですよ。そうじゃなければ、母親が自分の一生に疑問を持ったりはしない。同じ街で、子供の成長を見せ続けたりはしない。鈴木ゆりさんの一生は意地じゃなかったんだ。ふたりともあなたの子であることの証明だったんじゃないですか。自分は恨まれたまま死ぬつもりだなんて、目の前でそんな都合のいい言葉を吐かれた娘の気持ちなんか、あなた、一生わからないんじゃないでしょうかね」

萩原の目が揺れる。加代が再び豆を選りわけ始めた。それぞれの胸奥で蠢《うごめ》くものを絡め取りながら、バロック音楽のパイプオルガンが響く。

萩原が店をでて行ったあと、片桐は勢いつけて水を飲んだ。氷が鳴る。彼はひとつ大きく息を吐いて言った。

「余計なことをしましたね」

加代が微笑みながら首を横に振った。

蝦夷梅雨《えぞつゆ》の時期が近づいているのか、札幌には湿った風が吹き始めていた。片桐が本部への報告を終えたあと、釧路へ戻る「スーパーおおぞら」の席に着き言った。

「湿原染工房ときたか」

「知ってるんですか」

「阿寒の麓《ふもと》にある染め物の工房だ。主宰《そごう》は十河キク、年は八十といくつだったかな。うちの湿原ボランティアの最高齢会員だよ」

「十河キク、ですか」

「あぁ、そうだ。息子の十河克徳《かつのり》は去年市長選で敗《やぶ》れてる」

地方都市では土地で広く知られた名前というのがいくつかある。建築関係、電気関係、医者、議会、商業界と、必ずその業界をまとめる役割を担っている一族がいる。町を牽引《けんいん》してきた地元商業界が、道議会議員はおろか市議も市長も輩出できないと聞いた。地元志向の世襲でやってきた一族が、時代の一歩先を見るのは難しい時代になっている。

片桐は、不況に加え選挙の落選、選挙違反の検挙と去年の十河家には何ひとつ良いことがなかったと言った。

「だけどな、十河の婆さんだけはいい話題をくれたんだよ。道の、ハマナスだかタンポポだかっていう文化功労賞をもらったんだな。工房や湿原保護の活動が認められて。まぁ、息子もそれで市長選の出馬を決めたのかもしれんが、追い風にはちょっと足りなかった」

片桐は十河キクと長部キクの名前についてはは触れなかった。

「室蘭の魚屋、湿原染工房、どこでどう繋がるかね」

比呂も片桐も乗車時間のほとんどを寝て過ごし、ひとつ手前の白糠《しらぬか》駅でようやく目を覚ました。釧路に着いたのは二十三時五十二分。疲れが体の隅々に溜《た》まっている。片桐がタクシーに乗り込み、比呂を呼んだ。

「明日の作戦を練ろう。飯でもつきあえよ」

うなずこうとすると首のつけ根に痛みが走る。頭をおかしな具合に曲げて寝ていたらしい。片桐は比呂がタクシーに乗るとすぐ、運転手に「川上町まで」と告げた。

ビルの一階つきあたりに「純」の看板があった。時計は十二時ちょうどを指していたが、まだ縄暖簾《なわのれん》が下がっている。

ようう、と言いながら片桐が先に店に入った。

「いらっしゃいませ」

張りがあってよく響く声だ。杉村純は紺色の作務衣《さむえ》に白い前掛け姿で片桐に頭を下げる。比呂を見て更に丁寧に頭を下げた。菜箸《さいばし》を手にした作務衣姿の青年は、小さな炉端のカウンターに馴染《なじ》んでいる。

端の席でひとり飲んでいた体格のよい男が、財布を取り出し「ご馳走《ちそう》さん」と言いながら席を立った。常連なのか精算する前に千円札を三枚だす。

「釣りはいい」、上機嫌だ。杉村純は客を見送り縄暖簾を外して店内に戻った。

「びっくりしました。おふたり一緒だなんて」

比呂は四角い椅子に腰を下ろした。店に漂う焼き物のにおいが空腹を呼んで、気づくと壁に貼られた短冊の品書きを追っている。

「腹が減ってる。悪いけどなにか適当に頼むよ」

純は「はい」と返事をして背後にある冷蔵庫からいくつかの包みを取りだした。かすかな衣擦《きぬず》れと無駄のない所作、派手な動きは一切ない。緊張に包まれた厨房《ちゅうぼう》の気配がこちら側に同じ緊張を強《し》いることもない。殻付きの牡蠣《かき》が身を露《あら》わにした。

突き出しの肉じゃがをつつきながら、片桐とビールを注ぎ合う。疲れた体にアルコールが沁《し》みた。

「今日、厚岸《あっけし》で上がったものです」

カウンターに、牡蠣酢とカジカ汁が並んだ。牡蠣の握りも添えられている。比呂は岩塩を振りレモンを垂らした牡蠣寿司《ずし》を口に入れた。貢もこのくらいの青年になっているんだろうという想像を振りはらう。凜子の顔が浮かんだ。

カジカ汁で胃を温めた。比呂がビールを注ぐと片桐は「似合わないことされると落ちつかねぇな」と言って笑った。

「ここは五階まで、びっしり店が入ってるのかい」

「いいえ、各階に四軒ずつの店子《たなこ》が入るビルですけど、今は半分しか埋まってないようです」

「せめて一階が全部埋まってないと、見た目が悪くてしょうがないわなぁ」

「そのとおりです」

片桐はグラスに残っていたビールを飲み干し、ひと呼吸置いて言った。

「やっぱり生まれた土地ってのはいいもんか」

「そうですね、ありがたいことです」

「波ちゃんはぜんぶ処分して札幌に行ったたって聞いたが、新規で店をだすってのもまた、手間のかかるもんなんだろうな」

「想像していたより流れは良かったと思います」

「スポンサーでもいるのかい」

片桐が小指を立てた。純が眉尻《まゆじり》を下げ困惑した顔で「まさか」と言った。

「毎日店を開くのがやっとです。母のご贔屓《ひいき》さんに辛口のご意見をもらってはへこんでます。昨日より今日、今日より明日って、毎日一生懸命やってないと、商売なんて怖くて仕方がないですよ」

疲れた胃を満たしたあと、純に見送られ店を出た。片桐と肩を並べ釧路川沿いを幣舞橋に向かって歩きだした。

片桐は橋を渡って右側に伸びる南大通りのマンションで暮らしている。比呂のマンションは橋を見下ろす高台にある。橋を渡りきるまでは同じ道だ。ジャケットの袖口《そでぐち》や首筋から、冷たい夜風が入りこんでくる。比呂はリュックを両肩にかけ、ポケットに手を入れた。

見送りにでた純は暖簾の前で深々と頭を下げていた。十歳の少年が二十七歳の若き板前になるくらい時間は過ぎているのだった。

店を出てから無言だった片桐が、橋の途中で立ち止まった。川面に金モールのようなネオンが揺れている。湿った冷たい風が海から街、川の上流へと吹いていた。上空に漂う霞《かすみ》が月の輪郭を曖昧《あいまい》にしていた。明日もまた霧が出るだろう。課長の言葉を思いだす。片桐が独身でいたことと十七年前のことがどう繋がっているのか、まだ誰からも聞いていなかった。

「キリさん、なんで結婚されなかったんですか」

「なんだいきなり。俺と結婚したくなったのか」

「残念ながら違います。独身でいる理由について、うちの弟のことが関係しているようなことを聞いたので」

「お喋《しゃべ》り課長が。つくづくいやらしい職場だな。で、お前は何て聞いてるんだ」

「何も聞いてません。だからこんなところで酒に紛れて訊ねてるんです」

片桐が肩を上下させせながら笑う。風が湿原へ向かって吹いている。片桐が欄干に肘《ひじ》をついて模造煙草《タバコ》を口に挟んだ。

「男になるより先に、お父ちゃんの気持ちを手に入れちまった。死なれてから初めてわかることもあるんだなぁ。格好悪いもんだ。頼ってもらえないってのは、案外傷になる。つよい女ってのも考えものだぞ、お前も気をつけろ」

化粧気のない、色気とはほど遠い杉村波子を思いだす。これ以上訊くべきではないという思いと、真相を知りたい気持ちが喉のあたりで空回りしている。背後を高速で通りすぎる車の音。風の束が片桐と比呂の間に割って入る。

「お互いに頼るチャンスを逃し続けた。ひとつの目的に向かって、真面目《まじめ》に向き合いますぎたんだな。気持ちを確かめるほど不安がないってのは、結局近づく理由がないってことなんだ。でも、だからって何もひとりで札幌まで死にに行くことはなかったんだよ」

「目的って、何ですか」

「子育てかな。純はいい子に育ったよ。すごい母親だったんだ、波ちゃんは」

片桐の唇から模造煙草がこぼれ落ちた。目の前でくるりと一回転したあと風に連れられ、川面に吸い込まれてゆく。片桐は落下を見届ける前に歩きだした。比呂も慌てて続いた。横に並んで盗み見た彼の横顔は、既に酔いを手放していた。

いつもは飄々としている片桐の顔が『ノクターン』を後にしたときと同じように硬く強《こわ》ばっている。

「室蘭に行くことになるぞ」

10

札幌から戻って二日後、片桐と比呂は再び朝八時過ぎのスーパーおおぞらに乗り込んだ。行き先は室蘭だ。目覚めても前日の疲れが取れなくなっていた。重たい体をひきずりながら移動している。室蘭まで行くには、南千歳《みなみちとせ》から函館行きのスーパー北斗《ほくと》に乗り換えなくてはならない。南千歳での待ち時間を入れると約五時間かかる。鉄路を使っているせいなのか、札幌よりも遠いという印象があった。比呂は途中コンビニで買ったビスコの箱とドリンク剤を片桐に手渡した。

「とうとうこいつに頼るか」

「私よりキリさんのほうが年齢的につらかろうと思いまして」

「口へらねぇなぁ、お前」

列車内で事件について語るのはためらわれた。人名を整理した手帳には、円や楕円《だえん》の囲みが散り、重なったり線で結ばれたりしている。室蘭に、果たしてどんな手がかりがあるのか。なんとしても鈴木洋介がたどった道を手繰らねばならなかった。

比呂は南千歳で立ち食いそばを食べながら片桐に話しかけた。

「同じ太平洋側の街とは思えないほど遠いですね」

「この遠さがくせ者なんだろう」

「昔はもっと遠かったんですよね」

「特急なんか走ってなかったろうしな。真ん中には大雪山と日高山脈がある。地続きのほうが遠いってこともあるんだ、北海道には」

室蘭で自分たちは、鈴木洋介の行動を支えた動機を探す。所轄の協力がどこまで得られるか、比呂の不安はそこに集中していた。

室蘭署でふたりを待っていたのは、来春に定年を迎えるという津田《つだ》という男だった。

父親が長部キクが嫁いだという『魚十《うおじゅう》』について詳しい、という。

「ご連絡いただいたあと、すぐに私のところに話がきました。昭和三十年代の魚屋で大店《おおだな》といえばおそらく『魚十』です。室蘭の生き字引みたいな父親がおりますので、どうかお役にたててください」

津田がふたりを案内したのは、室蘭本輪西《もとわにし》地区にある彼の実家だった。花曇りの空に白い橋が浮かび上がる。「白鳥大橋です」と津田が言う。工業地域らしい海の色だ。同じ太平洋でも、街のにおいは釧路のそれとは違う。

ハンドルを握る津田が、今回片桐と比呂を案内できるのは自分の少ない親孝行のひとつだと言った。

「うちの父親が、ずっと『魚十』で働いてたんですわ。あそこはただの魚屋とは違ってね、魚の卸業のほかにすり身を揚げたテンプラやらかまぼこやら、総菜屋みたいなこともしていたんです。当時は『富士製鐵さま』の時代ですから、お膝元《ひざもと》で手広く商売やってりゃ儲《もう》かりますよ。まぁ、そのへんはうちの父に訊《き》いてください。私もまだ子供のころでしたので、『魚十』のテンプラが口に入ったときはやたらしあわせだったなぁというこことくらいしか覚えてないんですよ。父は昨日の飯のことより五十年前の記憶のほうがはっきりしてるんです。あれもこれもと語らせると長くなりますので、困ったときは合図してください。私がそれとなく方向を変えますから」

ほとんど髪がなくなった頭を撫《な》でて、津田が笑った。

海沿いにある彼の実家には、津田にそっくりな父親が住んでいた。一緒に暮らしているのは妹夫婦で、津田の義弟は地元工業大学の准教授だという。妹も五十代半ばで、ふたりの子供たちはいずれも成人して道外に就職していた。

「お父さん、昨日話していた釧路署のかたがみえてるんだよ。今日は耳の調子、いいかい。補聴器は要らないのかい」

津田が耳元で言うと、父親は前歯が一本欠けた口を大きく開けて笑った。茶の間のテーブルを挟み、正面に片桐と比呂が、その間を取り持つ場所に津田が座った。

「俺は『魚十』の全盛期にかまぼこの職人やっとったんだわ。板付きかまぼこ、知ってるかい。板の上にすり身を盛るんだけどね、腕は工場いちばんだった。『魚十』の板付きって言やぁ、当時は高級品だったんだ」

「父さん、十河さんのところは長男の後妻がきてから、ずいぶんおかしなことになったんだよね」

「そうだ。あの女がきてから、天下の『魚十』が傾いちまったんだ」

「室蘭」と「釧路」が「十河」という名で繋がった。比呂はふたつの地名を太い線で結んだ。津田が水を向けると、それまで柔和だった父親の顔に棘《とげ》が混じる。

「長男坊の正徳《まさのり》が根っからのボンボンでな、男ひとりしかいないもんだから甘やかされて育ったんだ。羽振りのいい商売人の息子だら、多少はしゃあないんだが、あれはひどかった。毎度札幌さ遊びに出てなぁ。カメラ何台も持って旅だかなんだか、あちこち行くのよ。何日も帰らなかったり、帰ってきたと思ったら社長と喧嘩《けんか》だ。一度目の結婚のときは富士製鐵の重役の娘をもらったんだが、すぐ駄目になった。こりゃあ二代目に変わったらえらいことになるぞって、従業員みんな言ってたんだわ」

津田老人は深いため息をついた。一度目は親の決めた結婚だったが、それが駄目になったあと、十河家の長男正徳は札幌へ遊びに行くようになった。

「もう、誰もなにも言えないんだ。そのうち、女をひとり連れて帰ってきた。この女が離れに住み着いて、そこからはぐちゃぐちゃだったな。働くわけでもなく、金ばかりせびる穀潰《ごくつぶ》しがふたりに増えたんだ。あのころは社長も奥さんも、大変だったべなぁ。東北から裸一貫でこっちさ渡ってきた夫婦でな。リヤカー一台の商売から、一代で魚屋を興したんだ。俺たちは、みんなそうだ。しょっぱい川渡ったら、ひと財産つくるまで故郷の土は踏めない者ばっかりだ。帰れた人間のほうが少ないべ。流れるにいいだけ流れたら、骨になるまで会えないのが捨てた親兄弟ってもんだべ」

「父さん、正徳さんがススキノから連れてきた女って、どんなだったの」

長くなりそうだと思った矢先、津田が合いの手を入れた。息子の言葉に、老人が深くうなずく。人の好《よ》い笑みは消えていた。比呂は膝の上に広げた手帳に老人の話を書き込む。名前が増えてゆくことを考え、余白を多めにとった。

「そいつがとにかく派手好きな女でなぁ。社長も息子の正徳に恩を売ってなんとか『魚十』の看板を継がせたいと思ってるから、ふたりの生活の面倒は丸抱えだ。俺たちは毎日少ない金ですり身を板にのっけてるってのに、あの嫁はそういう金を自分の服だの趣味だのに変えてしまうんだ。あの女が派手な服着て道歩いてるのを見るたび、俺ら従業員はみんな腹が立ってよ。石のひとつも投げてやりたいと思ったもんだ」

そのうち、と老人が数秒のあいだ言葉を切った。

「女が自分でも商売をやりたいなんて言いだしたんだ。どうも、それがススキノからこっちに来るときの正徳との約束だったらしいのよ。社長夫婦も、言うとおりやらせれば放蕩《ほうとう》息子も少しは落ち着くと踏んだんだろうさ」

十河家長男の正徳がススキノから連れてきた女は、『夢や』のホステス長部キクだった。

キクは昭和三十六年五月、十河正徳と入籍する際に戸籍回復手続きをする。戦後すぐに留萌を経由して札幌に流れた女は、実に十六年のあいだ無戸籍で暮らしていたことになる。『魚十』十河家が仕方なく出資した嫁の商売は「染め物屋」だった。

「白いものならばなんでも染めます、白くなくても染め直しますって、そんな看板揚げてよ。商売の傍らで染め物教室なんかも開いてるのよ。最初こそ街の女たちが寄ってきたけど、あの気性だ。後ろに『魚十』の十河家がついてるもんだから、えらい高飛車だったらしいんだな。十河って言やあ、このへんじゃ名の通った商売人だべし。蓋《ふた》を開ければねたみやっかみ、そりゃあひでぇもんだったたって聞いた。女同士ってのは、洋服一枚の話題にしたって一度こじれるとどうにもならんらしくてよ。正徳の嫁は、富士製鐵の偉いとこの奥さんを怒らせちまったんだなぁ。ただでさえ、先妻のことであそことはひともんちゃくあったし、嫁の店にはそのうち誰も行かなくなった。上り調子のときはまだなんとかなってた屋台骨も、あのときばかりはぐらついた。ここで富士製鐵と袂分《たもと》けたら、商売なんか無理だ。一代で築いた商売ってのは、上るときも天井なしだが、落ちるときも同じだったなぁ。社長は人格者だったが、息子の正徳だけはうまいこと育てきれんかった」

十河家の援助がなくなったキクは店も教室も畳むところまで追い込まれた。

「店が傾くのと一緒に、正徳との仲も駄目になっていったんだ」

長男はキクの店を手伝っていた女と関係ができた。十河正徳は、女のことを隠しておけるほどの才覚もない男だった。夫と自分が雇っている店員の関係に逆上した十河キクは、店で女の腹に裁ちばさみを突き刺す。致命傷とはならなかったが、そこから『魚十』の決定的な没落が始まったのだった。

「嫁はそんなふうだったが、正徳が手を出した女は評判が良くてなぁ。なんであっちが嫁じゃなかったんだって、みんな言っとったわ。とにかく働き者だったらしいんだな。どこでどうしてあの嫁と気があったもんかな。こっちの人間じゃないようなことを聞いたな。俺は直接話したことはないんだが、言葉のきれいな女だったらしい。何度か見かけたが、嫁とは違ってめんこい顔立ちだったな。正徳の女房が請け負った仕事のほとんどは、こっちのほうがやってたっていう話だ」

父親が立てた小指を、津田がそっと押さえた。片桐が訊《たず》ねる。

「その女の名前を覚えていらっしゃいませんか」

「なんだなぁ、それが思い出せなくて困ってるんだ。たしか花の名前だったなぁ。嫁の名前がキクで、そっちの女がなんとかで。ふたりとも花の名前だっていう話をしてたのは覚えてるんだ」

「裁ちばさみで刺されたということは、病院に運ばれたはずですよね」

「鎌本《かまもと》病院だ。当時で相当爺《じい》さんだったべ。駅の通りにあったんだが、もう建物も残ってないな。親戚《しんせき》もおらんかったはずだ」

十河キクへ繋《つな》がる糸は張ったと思うとたるみ、再び張ってはふつりと切れた。

「刺した刺されたとなれば、かなり問題になったと思うんですが、警察へは届けられなかったんでしょうかね」

「それがよ、社長がもみ消しちまったんだよ。命に別状なかったのが幸いでな。長男の嫁を犯罪者にするわけにはいかねぇさ。だけどな、あそこで息子を助けたのが間違いよ。諦《あきら》めりゃよかったんだよ、なぁんも、娘に婿取って商売継がせる道だってあったろうさ。そこを長男で通そうと思うからおかしなことになるんだ。内地を出てきた時点でもう家だの長男だのっていうしきたりも捨ててるくせに、おかしなことだ。俺を見たらいいさ、長男もなんも関係なく、こうやって娘のとこさ厄介になってる。世間体なんか気にする前にやることあったんだよ、社長だって」

横にいる津田の表情がわずかに翳《かげ》った。

「女はその後も室蘭にいたんでしょうか」

「いや、刺されたあとは街を出てったらしい。おおかた傷もふさがらないうちに十河の社長に追い出されたんだべ。こっちは女房のほうをなんとかして欲しかったよ」

刃傷沙汰《にんじょうざた》をもみ消してもらった上に離婚を拒み続け、十河キクは女房の座に居座る。悪い噂《うわさ》が街を巡り屋台骨もぐらついていた。じきに十河家は「室蘭に『魚十』あり」という看板も失うことになった。

「仕入れものひとつにしても、蓄えが底を突いたあとでは質を落として行くしかねぇのよ。俺たち現場は泣きながらすり身に混ぜ物やつなぎを入れてた。ふわふわしちまって、あんなものかまぼこじゃねぇよ。そんなんで、社長は金策と富士製鐵との関係回復で疲れてた。銀行の玄関をでたところでばったり倒れて、それっきりだ」

社長が脳溢血《のういっけつ》で死んだあと、『魚十』は他人の手に渡る。社長の妻と娘たちは親戚を頼り宮城へ行った。

「長男の正徳さん夫婦は、どうされたんでしょうかね」

片桐が訊ねると、津田老人は顔中の皺《しわ》を口元に寄せた。

「奥さんたちより先に室蘭をでたよ。行方《ゆくえ》知れずだ」

「ふたりの行き先を知ってる人は、いらっしゃいませんかねぇ」

「俺が知らないんだから、誰も知らんべ」

比呂の疑問は一点に絞られた。そこまで悪化した関係を、十河夫妻はどこで回復したのか。釧路で落ち着き、どうやって街の有力者にまでのし上がったのか。

「津田さん、『魚十』のこの話、街ではかなり有名だったんでしょうね」

津田老人は大きくうなずいた。

「おうさ、俺くらいの年寄りなら誰でも知ってる。尾ひれはいっぱいついてるだろうが、俺の話がいちばん正しいから安心してくれ」

今度は片桐が深く何度もうなずいた。比呂は室蘭と釧路の距離を思い浮かべる。同じ太平洋沿岸部でも室蘭は鉄と漁業、釧路は石炭と漁業とパルプ。ふたつの街は別々のパイプで各地と繋がる。道東の港町は、因習を放《ほう》り捨て血族にも縁薄い人間たちがひしめき合っていただろう。

片桐が唸《うな》る。津田老人が満足そうに茶をすすった。比呂の手帳には『魚十』の没落と長部キク、そして十河キクの文字が大きく記された。欲しい名前がひとつ埋まらない。夫の正徳と関係していた女だ。

津田が「女のことは自分があたりましょう」と言った。正式な手続きを踏むと面倒なことになる。津田は軽い目配せをして、非公式であることを示した。片桐が頭を下げる。場の気配が変化した。ひと呼吸置いて、片桐が言った。

「すみませんが、見ていただきたい写真があるんです」

片桐が胸ポケットから十河キクの顔写真を取りだした。横で津田が「あぁ」と語尾を下げた。

「片桐さん、申しわけない。うちの親父《おやじ》は目が薄くなってしまって、ほとんど見えてないんですわ。家の中なら自由に動き回りますが、テレビも見えないくらいです。顔写真の確認は無理かと思いますわ」

息子の助け船にむっとした表情の老人が、大丈夫だと手を伸ばした。片桐は老人に写真を渡した。老人は白く濁った目でしばらく写真を見ていたが、やがて諦め、返した。

「見えんわ」

老人の口から大きなため息が漏れた。

「こりゃ、誰の写真なんですか」

も見えた。

「今現在の、十河キクさんのお写真です」

老人が唇を閉じて目元を指先で擦《こす》り続ける姿は、体の衰えに怒りを感じているように

比呂と片桐は礼を言い津田家を後にした。津田が後部座席に片桐と比呂を乗せたあと、バックミラー越しに言った。

「今日が警官になっていちばんの親孝行だったかもしれません。ありがとうございます。刺された女の名前は、私に任せてください」

津田は片桐と比呂を連れて、父親と親しかった家に何軒か立ち寄り十河キクの写真を見せて歩いた。その中には教室に通っていたという人間も十河キクの顔を覚えている者もいなかった。働き者で決して店主より前に出ようとしなかったという女の存在は知っていても、名前や顔を覚えているものは皆無だった。

「嫁さんは、道ばたで見かけたとか、濃い化粧して酒場に行くのを見たとか、そんな程度だったよ。何年もここにいたわけじゃないし」

名前の出た数軒の酒場も、今はあとかたもなかった。一年足らずで大店の屋台骨を揺るがし街の醜聞として語られる十河キクのその後を知ったら、この港町は再び怒りに包まれるかもしれない。比呂は晴れ上がった空と白い橋を見ながら、洋介が果たして津田老人の話にまでたどり着けたかどうかを考えた。彼は長部キクが十河キクであるという

確証をいったいどこで手に入れたのか。街角を訪ね歩いてというのなら、まるで年季の入った地取捜査だ。鈴木洋介の捜査網が自分たちを超えていたとは思えなかった。

所轄に挨拶《あいさつ》をしたあと、比呂と片桐は室蘭から南千歳へ戻り、札幌行きの列車に乗り換えた。ふたりが札幌駅のホームに着いたのは、午後六時だった。駅構内に増えてゆく人波に揉《も》まれながら改札を抜け、北口からタクシーに乗り込んだ。タクシーの中で胸ポケットの写真を確かめる際、片桐が言った。

「胡散《うさん》くせぇな」

片桐がふん、と鼻を鳴らして写真を胸ポケットに仕舞った。

再び自宅に現れた刑事を快く迎え入れた『夢や』の女将《おかみ》は、今日はゆったりとした幾何学模様のチュニックとクロップドパンツ姿だった。菊池小夜は土いじりをしてそのままの服装であることを詫《わ》びたあと、テラス窓を指さした。

「今年はアスパラがいい太さになってます。六月になれば食べ頃でしょう。朝食に自分で育てたお野菜をいただくのは本当に幸せなことですよ」

一線を退いてから覚えた趣味だという。道央の気温は朝から上がり、夕どきを過ぎてもまだ二十度あるという。窓から居間、廊下へとぬるい夜風が通り抜けてゆく。

「すみません夕食時に。今日はひとつ確認していただきたいことがございまして」

これなんです、と片桐が差しだした写真を見て、菊池小夜は眉《まゆ》を寄せ首を傾《かし》げた。

何だか――。菊池小夜の語尾が濁る。写真に落とした眼差《まなざ》しを動かさず、彼女がつぶやいた。

「いろんな女の子の顔を見てきたけど、この人がキクちゃんの老後というのがぴんときませんね。あの子はちょっと面長のお姉さん顔だったのね。この人、あんまり太ってないでしょう。なのに顔が丸いじゃない。若いころ、とてもかわいい顔立ちだったと思うの。年を取って歯を治したりすると、そりゃあ多少は上下が縮むでしょうけど、こんなに丸くなるのはどうかしら。なんだか、骨格がまるきり違うような気がする」

片桐が身を乗りだす。

「何か、顔のかたち以外に決定的な違いというのは見あたりませんか」

「これほど時間が経《た》ってしまってはねぇ。顔に目立った黒子《ほくろ》なんかがあればはっきりするんでしょうけれど」

しばらく黙ったあと、小夜が「あぁ」とうなずいた。

「生え際。おでこですよ。このかた、髪の生え際が丸いでしょう。キクちゃんは立派な後家相の富士びたいでした。一度女の子たちとそんな話で盛り上がったことがありました。これだけは整形したってそうそう変えられるもんじゃあないの」

片桐が手元に返ってきた十河キクの写真を胸ポケットに入れる。

「大変助かりました。何度もすみません。ありがとうございます」

菊池小夜の家を出てその日の予定を終えた。すでに八時を回っている。

「じゃあ、俺はちょっと寄るところがあるんでここで」

片桐と回転寿司《ずし》で夕食を摂《と》ったあと、大通り寄りの交差点で別れた。札幌駅の北口にある全国チェーンのビジネスホテルに宿を取っている。どこから地下鉄駅へ入ろうかと辺りを見回す。

初夏の生ぬるい夜風が交差点を通り抜けてゆく。石狩方面から吹いてくるのか、微《かす》かに潮のにおいが混じっている。ネオンの光を養分にして今日も夜の街は育ち続ける。比呂はぼんやりと交差点を行き交う人の流れを見ていた。どこから湧《わ》いてくるのだろうと思うほど次から次へと溢《あふ》れてくる。一時として流れが止まることはなく、浮き足だった気配に酔いそうになる。

シャツのポケットで携帯が振動する。非日常のなかにいる安堵《あんど》感が比呂に通話ボタンを押させた。

「久し振り、やっと通じましたね」

「なにか用」

「相変わらずですね。いつもと変わりませんよ」

男のことはリンという名前しか知らない。自分もまたヒロミとしか告げていない。

「ヒロミさん」、リンが言葉を切る。

「ねぇ、今どこですか。会えませんか」

やけに余裕がある。交差点のはす向かいに視線を移した。携帯を耳にあてたリンがこちらを向いて手を振っていた。比呂は雑踏から漂ってくる甘い香りを吸い込んだ。

「わかった」

四ヵ月間着信を無視し続けたことについては、お互いに触れなかった。

無言でススキノのはずれまで歩き『ホテル・クラシック』というネオンサインを見つけて建物に入った。

「ここ、一度使ったっけ」

「ヒロミさん、僕とは今日が初めてですよ」

ほどよく乾いた笑いが、服を脱ぐのも億劫《おっくう》な気持ちを和らげた。

リンはシャワーを浴び、比呂の体を隅々まで洗った。シーツの上で体を繋げる。吐息が男の体を通り、内側へ深く沈み込んだ欲望を震わせる。荒い呼吸を繰り返す。うねる。

「僕の名前、呼んでください」吐息で二度、彼の名を呼んだ。

慎み深い咆哮《ほうこう》だった。果てた後も、リンは比呂の奥に留《とど》まり続ける。比呂の内奥の炎が消え去るまで動かない。リンが二十五歳という若さで避妊手術をしている理由は知らない。快楽が過ぎ去った後は、気持ちも体も乾いて心地いい。塞《せ》き止められていたものが抜け落ちて、四肢の隅々が軽かった。身繕いをしている比呂の背をリンの両腕が包む。

「ヒロミさん」

耳元でリンが囁《ささや》いた。

「僕、あなたの正体を知ってます」

緩んだ思考に一本芯《しん》が通り、身構えた。

「怒らないで。最初から知ってました。それでも僕、何も言わなかったでしょう。ヒロミさんから言ってくれるのを待ってたんですよ。でも、このあいだはちょっと早く訊《き》きすぎました。反省しています」

肘《ひじ》と膝に力を溜《た》める。少しでもおかしな動きをしたら、即座に投げ飛ばすつもりだった。

「力を抜いてください、大丈夫だから。あなたは覚えていないかもしれないけど、僕は十年も前からヒロミさんを知ってるんです。交番勤務のころ、あなたは僕を捕まえたんですよ」

記憶の底から、高校生が元締めをしていた小さな売春組織のことを引っ張り上げる。

婦警になって初めての大仕事だった。売春組織とは言っても男女合計五人ほどのグループだ。高校生が携帯電話で悪だくみを始めた「はしり」のころだった。口コミで広まった彼らの「遊び」は、毎日繁盛していた。そして半年も経たぬうちに全員が補導された。

「苺倶楽部《ベリーズ》」

「うん。その名前、懐かしくて泣けてきます」

「あんた、結局足を洗えなかったんだ」

「違います。もう体なんか売っていない。僕らが捕まったあと、似たようなことやるヤツがどんどんでてきたでしょう。遊びはすぐ終わったんですよ」

「でも、こうやってススキノから出て行けてないじゃない」

「僕、あなたが事件がらみでこっちにきてることも知っています。今どこの署にいるのかも。何を調べてるのか言ってくれれば、っていうより何か訊いてくれれば誰より協力できるんですよ。ここには道警とは違うネットワークがありますから。会えて良かったです。今日は会えたことだけを喜ぶことにしますよ。僕、あなたが好きですから。いつでも力になります。忘れないでください」

リンの腕が離れた。ぐらりと前に倒れ込みそうになる体を持ち上げ、振り向いた。一メートル向こうに、黒いスーツの肩に茶色の毛先を躍らせたリンがいる。

「ヒロミさん、僕に手錠を掛けたときすごく悲しそうな顔をしていました。今度会うときはもっと幸せそうな目を見たいと思ってたんです。だから、会えたときとても嬉しかった」

悪い夢でなければ困る。リンが眉を寄せる。

「そんな顔しないでください、お願いだから」

リンの腕をふりきりホテルを出て、比呂は宿へとタクシーを走らせた。呼吸が落ち着くまでに数分かかった。自分が手錠《ワッパ》をかけた相手と関係したことを悔いている。自分は「ヒロミ」のつもりでいたのに、リンは「比呂」を知っていた。

こめかみでちりちりとかすかな鈴の音がする。何か、思い出さねばならない。そんな音だ。記憶と捜しものが近づく気配。もう少し、というところでタクシーが宿に着いた。

比呂はバッグからカードキーを取りだし、ホテルの自動ドアを抜けた。フロントは無人だった。人件費から始まり経費という経費をぎりぎりまで削ったビジネスホテルでは、エレベーターだけが粛々と働いている。

自販機コーナーを通り過ぎる。引き込みスペースの奥に男がひとり立っていた。目が合い、思わず声を上げそうになった。

「そんな顔すんな。こっちがびっくりする」

片桐は目の下に疲れを滲《にじ》ませて、浴衣《ゆかた》姿で片手にラークの箱を持っている。一月一日に何度目かの禁煙を決意したあとは、模造煙草《タバコ》でしのいでいたはずだ。リンといい片桐といい、人の顔について文句を垂れすぎだろう。比呂は無理矢理唇の両端を引き上げる。片桐がラークの箱を振る。

「ここらで一本吸わないと、後が続かない」

ひょいと口に一本挟み、半年近いブランクを感じさせない仕草で火を点《つ》ける。

「こんなまずいもん、なんで吸っちまうのかなぁ」

「ひと箱で止《や》められますか」

「止められたら、そりゃいいわな」

「禁煙挫折《ざせつ》、ですね」

「酒の醒《さ》めた顔でそんなに凄《すご》むなよ。ひでぇな。なんてツラしてんだよ」

火を消した片桐と一緒にエレベーターに乗り込んだ。足の甲でクロスする合皮のスリッパをぺたぺたいわせながら部屋の前まで行き、片桐がドアキーを差し込んだ。あいだにひと部屋置いた角が比呂の部屋だった。ドアノブに手を掛けた片桐を呼び止める。

「キリさん、鈴木洋介は室蘭でどこまでかぎつけたんでしょうね」

「どういう意味だ」

「彼が釧路にいる十河キクに会おうと思った、根底の理由がかすんでます」

片桐は片足でドアを留め、ラークを一本取りだす。唇に挟み目を細めた。

「お前はどう思う」

「鈴木洋介が個人の聞き込みとネット情報だけで十河キクにたどり着いて、更に長部キクとの違いに気づけたとしたら、彼の捜査能力を褒めたいです。ただ、ネットには十河キクの写真はない。一本締めるためには繋がりのいい情報とメンツが足りないんです」

「どこかに亡霊がいるようだな」

ドアノブを握る手に力がこもった。

「おやすみ」

片桐がラークをくわえたまま手を振った。


釧路に戻り、会議で片桐が情報を開示した際、そこかしこで唸り声が上がった。「別人」という言葉が複数のため息とともに吐き出される。ざわめきの残る会議室に片桐が変わらずのんびりとした口調で言った。

「その可能性がある、ということですわ。とすれば、物盗《ものと》りや通り魔じゃない。俺らにはわけのわからん理由でも、被害者には殺される理由があった。ということは殺すほうには殺す理由があったってことだ。そこ、よろしくお願いしますよ」

捜査方針が「十河キクの周囲を徹底的に洗う」に変わった。去年の市長選で敗《やぶ》れたとはいえ十河克徳がこれから先、政治に関わってゆく可能性は高い。捜査は極秘となりマスコミには報道規制が敷かれることになった。

室蘭署の津田から片桐へ、夜中に電話が入った。鈴木洋介の足取りを洗っていた津田の報告は簡潔だった。

「ひとりだけ、鈴木洋介に会ったという人間がおりました。初代の『魚十』とはほとんど関わりのない、現在の経営者です。商売の規模はネット販売が主流で店舗はありません。仕入れと発送は小樽の会社が請け負っていて、社長と事務員ひとりの通販と卸専門の会社です。彼の父親が初代から『魚十』を譲り受けたんですが、魚屋の部門だけを残して業務を整理しています。息子は更にネットに絞って屋号だけ残しているということでした。創業何年というのが、いい宣伝になるんだそうです。地元の者はほとんど知りませんよ。どこにも看板がないんですから。鈴木洋介は『魚十』をインターネットで知ったようです。メールでのやりとりをコピーしてあるので、すぐ本部にファクスします」

五通のうち三通が、鈴木洋介が現在の『魚十』社長に宛《あ》てたものだった。

四月二十日から二十三日までの四日間のやりとりである。

『初めまして、鈴木洋介と申します。ネットにて御社の存在を知りました。

実はわたくしの両親が「魚十」さんにひとかたならぬお世話になりました。代替わりされているようだと伝えたのですが、どうしても生きているうちにいちどお礼申し上げたいと申しております。父も母も高齢で、直接お目にかかるのが難しくなっております。このたびはせめて父母の願いだけでもお届けしたく、ご連絡させていただいた次第です。いちど御社をおたずねしてもよろしいでしょうか。お忙しいことと存じます。ぶしつけなお願い、お許しください』

『魚十代表　北野《きたの》です。

まず最初に、鈴木さまのご期待には添えそうもないことをお詫びしなくてはなりません。父が「魚十」を引き継いでから半世紀近く経っております。当時父は「魚十」の魚卸部門を任されていたと聞いております。実は両親ともすでに鬼籍に入っております。創業者とは血縁的に何の関わりもない上、父もいないとなれば、私がお伝えできることは皆無かと思います。お役に立てず申しわけありません。お許しください』

『鈴木洋介です。

返信ありがとうございました。ご迷惑でなければいちど、室蘭へ行ってみたいのですが、その際にお目にかかることはできませんでしょうか。北野さまのご両親が「魚十」

を引き継いだ当時のことなど、直接お目にかかって少しでもお話しできたら幸いです。新しい情報はなくとも、せめて両親に、今の室蘭の写真などを見せたいと思っております。ご迷惑とは存じつつ。これをご縁に、今後ともどうかよろしくお願いいたします』

『魚十　北野です。

承知いたしました。鈴木さまのご予定がはっきりされましたら、ご連絡ください。日程によっては急遽《きゅうきょ》不在という日もございますが、そのときはどうかご容赦くださいませ』

『鈴木洋介です。

室蘭へお邪魔するのは、五月の連休明けを予定しております。事前にお電話させていただきます。お留守のときはあきらめます。ご親切、感謝いたします』

洋介が北野を訪ねたのは、メールにあるとおり連休明けだった。北野の事務所兼自宅にて、北野本人が面会している。北野は洋介に差しだされた名刺を見てすぐに「営業目的」としらけた気分になったと津田に打ち明けている。

洋介にとってメールでは得られなかった収穫があったとすれば、創業者の名前が「十河」という事実を知ったことだったろう。地名と名前を入れれば、ネットはたくさんの情報をくれる。キーワードは鎖のように繋がり始めるだろう。

メールを読んだ片桐との電話で、津田が語った。

「つまり、北野社長の父親が『魚十』の傷ついた屋号を二束三文で譲り受けたということですわ。息子が言うには、残された家族たちは夜逃げみたいにして室蘭を出て行ったということです。これはうちの親父も言っていたことですがね。鈴木洋介はずいぶんとそこに食いついたみたいです。誰がどこへ出たのか、長男夫妻はどこへ行ったのか、しつこいくらい訊いたそうです。北野社長は初代の奥さんや娘たちが東北へ、息子夫婦が行方不明という噂話を、父親から聞いていたというんですね。社長も正直に答えているうちに、鈴木の目的がいったいなんだったのかわからなくなってきたと言っていました。十河家にやってきた嫁が招いた初代の没落を語っているうちに、いやな気持ちになってきたそうです。まさかインターネットでこのことをつぶやいたりしないでしょうねと念を押したと言ってました。のせられて喋って、たいそう後悔しておりましたよ」

鈴木洋介は五月十八日の新車納入前に、十河という名字と一家離散という事実までたどり着いていたのだった。

11

鈴木洋介が最初に釧路にやってきたのが大型連休目前の四月二十八日だった。彼は当日、顧客の斉藤から書類を預かり、釧路運輸支局に提出している。そのときは用事が済んでから裁判所の斉藤に一度連絡を入れ、夕方には札幌へ向かっていた。

鈴木が窓口に現れたのが午後三時。支局の窓口に記録が残っていた。書類の不備はなかった。通常の流れとしては納車までにもう一度ナンバープレートを受け取りにこなくてはならなかったが、その際は斉藤自身が運輸支局に足を運んだ。斉藤の証言と書類、宅配便の送り状照会に不明な点はない。三回のうちの一回をユーザーの斉藤が引き受けたのは、札幌から何度も足を運ばせるのは申し訳ないという理由からだった。

支局の窓口係は、市外からやってきた見かけない車両販売員の顔を覚えていた。

「手続きには何の問題もなかったですね」

窓口係は老眼鏡を外しながら遠い目をした。許可を待つあいだ、彼は携帯電話の画面を見ていたという。

五月十八日、再び釧路を訪れた鈴木洋介は姉にストールを送った。郵便局の記録から、上司に電話を入れる直前に発送していることがわかった。

モバイルを使って『十河キク』を検索すると、片桐が言うように彼女は昨年七月に道主催の『ハマナス文化功労賞』を受賞していた。ウェブ上に顔写真はなかった。工房商品もすべてショップでの販売に限られており、インターネット販売は行っていない。人気はすべて口コミ。ネットでは購入者からの賞賛ばかりで、内側からスタッフの誰かが発信している気配はなかった。実にひっそりとした活動だと、地元新聞の記者も言っている。

新聞に掲載されたのは部門別に八人いる他の受賞者と並んだ写真一枚のみ。受賞コメントも一行程度の記事だった。十河キクは、その後の個人取材については断っているという報告があった。理由は「静かに暮らしたい」だった。

十河の検索ではほかにもまだある。十河キクの息子克徳は昨年の市長選関連で、地元紙でいくつかのインタビューを受けていた。

片桐は会議のあとすぐに署を出た。比呂は片桐の後ろをついてゆく。

「旭町《あさひ》の、『旭印刷』に行ってくれ。息子からあたる。政治家志望だし、下手な対応はしないさ」

言われたとおり車を出した。旭町へ向かう陸橋の上で助手席の片桐が「次に晴れるのはいつかねぇ」とつぶやく。降りそうで降らない空模様を恨めしげに見上げた。依然として鈴木洋介の車は発見されておらず、そこからすべてが割れてゆくという本部の目算は外れつつある。四月の空は洋介の目にどんな風に映ったろう。

　ひと昔前の工場地区一帯には空き倉庫や廃業した車両修理工場が並んでいた。辺りを見回しても、車が出入りしている建物は旭印刷の社屋しかなさそうだ。

　十河克徳は、鷹揚《おうよう》とした気配を漂わせる上背のある男だった。片桐の身長は彼の肩にも届かない。丁寧に腰を折り、何の目的で現れたかわからぬ刑事ふたりに名刺をだした。

　通された部屋にはスチールの机と黒い合皮の応接セットが置かれていた。事務員や職人たちは工場を兼ねた事務室におり、こちらは頻繁に使われている感じはしない。建物の半分は倉庫として使われているという。社長の十河克徳もスラックスの上に作業服姿だ。

　すすめられるまま接客用の椅子に腰を下ろす。スプリングがどうにかなっているのか沈み込みが激しかった。十河克徳は向かい側に座るとすぐに人なつこい微笑みを浮かべた。昨年の選挙演説の日焼けがまだ残っており、人の好《よ》い笑い皺が刻まれていた。四十五歳の髪には白いものが混じり始めているが、その眼差しはまだ政治家への夢を手放すのは早いと言っているようだ。高校時代にスピードスケート選手で国体まで行ったという十河克徳の体は、今も頑丈な筋肉に守られていた。

「なにか僕にできることがあるのなら協力させていただきます」

片桐が胸ポケットから鈴木洋介の写真を取りだした。『自動車タイムス』に掲載されたときのもので、H自動車販売から借り受けている一枚だ。色白で面長、眼差しに仕事への意欲が見える。片桐がテーブル向こうの十河克徳に写真を見せた。

「今月の十八日、この人が十河さんを訪ねてきませんでしたかね」

比呂は全身の神経を十河克徳の表情に集中させる。十河は写真を見て眉を寄せたあと、スチール製の机から卓上カレンダーを持ってきた。

「十八日は午後から帯広の出版社と打ち合わせに出掛けています。僕の仕事内容はほとんど営業なんですよ。家に帰ったのは夜中でした。この人、僕に何か用があったんでしょうか」

「車両販売の営業をしていました。報道では社名を伏せておりましたけれど」

「車のセールスですか」

彼はそうつぶやいたあと首を傾《かし》げ、「すみません」と言って作業着の胸ポケットから携帯電話を取りだした。十河は通話先に五月十八日に来客がなかったかどうかを訊ねた。ひとしきりうなずいたあと、携帯電話をポケットに戻した。

「このかた、自宅にみえたそうです」

鈴木洋介は十八日当日、春採地区にある十河克徳の自宅を訪ねていた。妻は差しだされた名刺を見てすぐ「車の購入予定はない」と断っていた。

「妻は新聞やテレビを見て、もしかしたらと思ったそうです。関わるといろいろ面倒だと思ったらしくて。車のセールスさんがやってきたという報告はあったんですが」

十河克徳は立ち上がり「申しわけありません」と腰を折った。

「それじゃあ我々はこれからご自宅にお伺いします。後ほどまたお訊ねすることもあると思いますが、そのときはどうぞご協力お願い致します」

十河克徳はもう一度深々と頭を下げた。一本の太い樹を思わせる眼差しだった。社長室の戸口で片桐が立ち止まった。

「そうだ、お母様はお元気でいらっしゃいますか」

いきなり母親のことを訊ねられた十河は、驚きつつ照れ笑いを浮かべ「ええまぁ」とうなずいた。

「十河さんとは何年か前まで、湿原散策でよくお会いしていました。最近は染め物のほうがお忙しいようですね」

十河は阿寒の裾野《すその》にひとりで暮らす母親のことを「華やかな隠居生活」と言って笑った。年配の男が母親の話をする際に見せるはにかみ以外は漂ってこない。片桐がついでのように続けた。

「当時はよく樺太のお話なんかも伺いましたが、その後なにか活動を起こされたりしているんでしょうかね。あぁ、そんな暇はないか」

十河が怪訝《けげん》そうな顔つきで言った。

「うちの母が樺太の話ですか。あの人、普段ほとんど昔の話ってしないんですよ。出身地もあんまり人には言ってないようですし。何か心境の変化でもあったのかな。訊いてみましょうか」

「いやいや、それほど重要なことじゃありませんよ。留萌にいらしたころのお話も楽しかったなと思いまして」

「留萌ですか。それはどなたかと勘違いされているかもしれません。うちの母は樺太から引き揚げたあと室蘭で父と知り合ってすぐ道東にきたはずですよ。こっちにきて印刷会社の社長夫婦に子供がなかったことで、職人と事務員として働いていたうちの両親に会社を譲ったそうです」

十河はにこりと微笑んだあとすぐに真顔になり、再度妻のことを詫《わ》びた。

車に戻った片桐が花曇りの空を見上げながら言った。

「どう思う」

「無理がないと思います。動揺も感じません。それより樺太のこと、初耳でしたが」

片桐は「俺も初耳だ」とぼやき、ぐるりと首を回した。首の関節がぽきりと乾いた音をたてた。

「セオリーどおりの真摯《しんし》な反応、か。怪しいと思えば何でも怪しいわな」

「キリさんはどう思いました」

片桐は「俺か」と語尾を上げたあとちいさく唸った。

「昔の話はしない、たってなぁ」

十河克徳の自宅は市の中心部から三キロほど東側の、春採湖を望む道道一一三号線沿いにあった。湖の周囲はぐるりと散策路になっており、自然の草花が残っている。湖のすぐそばには屋内スケートリンクのほかにドラッグストアやユニクロ、大型書店に併設された飲食店があった。太平洋炭礦《たんこう》が栄えていた頃は、炭鉱のお膝元《ひざもと》として関連会社が軒を連ねていた地域だ。比呂は車を十河家の敷地に入れた。

十河宅は辺りに立ち並ぶ民家を見下ろしながら湖を望む場所に建っていた。十河キクが亡き夫と建てた家には、今は息子夫婦が住んでいるという。キクがわざわざ交通の不便な山奥に工房を持つようになったいきさつは、下世話なところで嫁姑の不和と噂されていた。

呼び鈴を押すと、十河愛子《あいこ》が現れた。年齢は夫の克徳より五歳下の四十歳。ショートカットにスクエアの黒縁眼鏡をかけており、化粧気はほとんどない。選挙運動はすべてジーンズとスニーカーで回ったという話だが、今日もやはりダークグレーの綿タートルに細身のジーンズという姿だった。

子供がいない夫婦の楽しみは、山登りや釣り、旅といったところらしい。広々とした玄関フロアの壁という壁に大小の額が掛かっており、どれからもみな夫婦の笑みがこぼれている。まるでミニギャラリーだった。しかしひときわ目を引くのは、玄関を入って正面の壁に掛けられた、釧路湿原の写真だろう。

緑色に横たわる夏の湿地帯を、黒く光る川が果てを求めてうねっている。目立たない場所にログハウスの写真があった。十河キクの湿原染工房らしい。

「本当にすみません」

十河愛子は玄関先で深く腰を折った。下がった眼鏡を手の甲で持ち上げては何度も頭を下げる。比呂が口を開きかけたとき、片桐が先手を打った。

「すみませんが、謝る前に話して欲しいことがあるんですよ」

片桐の声にはかすかな棘《とげ》があった。それは十河愛子に事情を訊くのは比呂の役目という合図だった。

広々としたリビングに通された。一面がテラスになっており春採湖を一望できる。湖面には低く霧が漂っていた。海へ続くはずの景色は霧の向こう側だ。

手入れの行き届いた庭に、うっすらとピンク色の枝先を伸ばす桜の樹が二本あった。今年の開花は四月の終わりに雪が降ったせいで予想より大幅に遅くなった。連休が終わってからぽつぽつと始まった開花は、同じ市内でも山沿いと海沿いでは一週間以上も時期がずれる。五月の桜は葉陰で咲くが、そのせいか開花の早い地方よりも樹木全体の輪郭がぼやけがちだ。これはこれで曇り空に映え美しいともいわれていた。

お気遣いなくという比呂の言葉にうなずきつつ、十河愛子は小柄な体をくるくると動かしコーヒーの準備を始めた。夫の克徳とは違い妻の様子には落ち着きがなかった。はっきりとわかる動揺があるぶん、夫婦の対応に目立った破綻は感じられなかった。片桐が運ばれてきたコーヒーに早速角砂糖を入れた。

「この写真をご覧いただきたいんです。新聞より鮮明かと思います」

比呂は鈴木洋介の写真をテーブル越しに手渡した。愛子の指先がうやうやしく受け取る。彼女は眼鏡のフレームを額まで持ち上げ、眉を寄せてうなずいた。

「間違いないと思います。本当にごめんなさい。名刺をいただいたのですけど、残しておりません」

「鈴木さんがやってきたのは、いつごろでしょうか。日にちと時間を覚えていらっしゃいますか」

愛子はテーブルの上に視線を泳がせ、小刻みに首を振った。

「十八日の、午後二時を過ぎたあたりだったと思います」

「二時過ぎ、と思われる理由を教えていただけますか」

「午前中は図書館の朗読ボランティアをしていました。あの日は帰りに生涯学習センターで仲間とランチを食べたんです。お店を出たのが二時近くでしたし、帰宅してすぐだったので」

隣で片桐が手帳にペンを走らせる。比呂は愛子の仕草を見つめながら、質問を続けた。

「鈴木洋介さんとのやりとりを、どんな細かなことでもよろしいですから思いだしていただきたいんです。彼はどんな目的で十河さんをお訪ねしたのか言っていませんでしたか」

「車のセールスさんですし、こちらには予定もないのでずっと玄関で応対していました。どなたの知り合いかわかりませんし、あんまりすげなく断るわけにもいかないと思いまして。妙な期待をさせてしまったら、こちらが困りますし。昨年秋の市長選前後は本当にいろんなかたがたがやってきて、家の中にお通しするときりがないことがわかったので。あのときは一瞬札幌からわざわざどうしてとは思ったんですけれど、やんわりと車を買い換える予定はないと申しました。そのうち、玄関の写真について話題が逸《そ》れて、姑《しゅうとめ》のことなんかを訊かれて」

愛子の言葉に勢いがなくなった。片桐の手帳でペンの引っかかる音がする。比呂の頬《ほお》に力が入った。

「お姑さんは、湿原染めの十河先生ですよね。鈴木さんは十河先生を訪ねてこられたんでしょうか」

「話が進むにつれて、なんとなく車の販売が目的じゃないのではと思いました。彼、ご自分のことを樺太引揚者の孫だとおっしゃったんです」

「樺太引揚者ですか」

「何とかっていう集まりがあるらしくて。白鳥会だとテレビや新聞なんかで有名ですし私も知っているんですけれど、そちらは聞き覚えのない名前でした」

彼女は鈴木洋介の話を聞きながら「これは長くなるかもしれない」と思い、適当な相づちを打って対応したと言った。

「その会の名前、思いだせませんか」

十河愛子は眉を寄せ首を左右に傾げては唸る。

「彼は十河キク先生の、どんなことを訊ねていましたか」

「ここに住んでいるのかとか、毎日忙しいのかとか、ごく普通の質問だったと思います」

それから、と愛子が続けた。

「釧路毎日に掲載された主人のインタビュー記事をネットでご覧になったようでした。記事に感銘を受けたので、何かひとつでも義母《はは》が染めたものを手に入れたいというようなことをおっしゃっていました」

愛子はソファーから立ち上がり居間から出ていくと、すぐに新聞の切り抜きを持って戻った。

「これです」

比呂は片桐にも見えるように切り抜きをテーブルの左に寄せ、十五センチ×二十センチの囲み記事を読んだ。切り抜きの端に十二月十日と書き込まれており『母への手紙』と題したインタビュー記事の真ん中に十河克徳の顔写真があった。早稲田大学政治経済学部卒、旭印刷代表取締役。インタビューの入りは昨年の市長選についてであったが、地元新聞らしい切り口で落選後の心境の変化や家族のことなどを好意的に訊いている。ひときわ目を引いたのは、後半の質問だった。

——選挙結果が出たあと、染色家でいらっしゃるお母様（『湿原染工房』十河キク氏）の反応は如何《いかが》でしたか。

「母はまったく変わらなかったですね。戦争を挟んでさまざまな修羅場をくぐり抜けてきた年代ですし。良い勉強になったじゃないのって、そんな感じでした」

——お母様から学ばれたこと、というのはなんでしょう。

「何でも染め物に例えるのが好きな人ですけれど、落選したときほど彼女の言葉が沁《し》みたこともありませんでした。結果がでてひと晩明けて、案外眠れるもんだなと思ってたときに言われたのが『また染め直せばいいのよ』っていう言葉だったんです。ああそうだよな、と。父親が死んだあといきなり工房を作って引っ越してと、こっちのことも気にせずよくやってくれるよと思ったりもしましたけど、あの言葉を言うために生きてきたなら、それはそれですごいことじゃないかと思いました」

——今、お母様にひとことおっしゃりたいことは。

「いい年をした男が自分の母親を語るなんて、何てみっともないんだろうということでしょうか」

爽《さわ》やかな余韻が残る記事だった。しかしそこにある『また染め直せばいい』という一行が記事の思惑とは別の意味を持って比呂と片桐を引きつけた。鈴木洋介もこの記事を読んだと思えばなおのことだった。

「鈴木さんに、工房の場所を教えましたか」

愛子はすぐに首を横に振った。褒められて気を良くしたキクのせいで新車を買わされるようなことがあってはいけないと、やんわりと話題を逸らしたという。彼女は鈴木洋介に、釧路町にある郊外型ショッピングセンターの二階に湿原染めのテナントショップがあることを告げた。何か買いたいのなら品揃《しなぞろ》えもいいのでそこへ行くのがいちばんだと教えた。

「有名人のお姑さんがいらっしゃると、お嫁さんもいろいろ大変なんでしょうね」

片桐が口を挟む。愛子はずり落ちた眼鏡を手の甲で持ち上げ、曖昧に笑った。

「奥さんは、工房のお手伝いはされていないんですか」

「たまに届け物があったりしたときは参りますけど、それも滅多には。私のほうは後援会とのおつきあいが多くて、なかなか姑の工房までは」

片桐がすかさず「工房の人も大切な一票じゃないんですか」と身を乗りだした。

「工房には義母の信者さんがいっぱいおりますし。私は嫁にきて二十年近くになりますけど染め物にはあんまり興味が持てなくて。でも諍《いさか》いがあるとか、そういうことではないんです。舅《しゅうと》の介護のときもそうでしたけれど、姑はいくら息子夫婦でも干渉されることを好まない人なんです。去年の文化功労賞受賞のときも、私たちも札幌にお伴しますと言ったんですけど、結局ひとりで出掛けました。招待枠をいくつかいただいたはずなんですが、工房のお弟子さんたちにも声を掛けなかったようです。ひとり呼べば際限なく増えるからと、そう言っておりました」

「大変物わかりのいいお姑さんということでもないんでしょうかね。八十を過ぎてひとり旅ができる行動力というのもまた、子供にとってはありがたいことですよね」

十河愛子が張り付いた笑みを浮かべた。どうやらそういうことでもないらしい。片桐の手帳の隅に「信者」の文字が見えた。

「工房スタッフというのは、そんなにたくさんいらっしゃるんですか」比呂が問うた。

「常時三人から四人と聞いています。ショップや染色同好会や工房維持を手伝っている方なんかを入れると、三十人を超えると思います。皆さん姑のファンで、生き方が好きなんだそうです」

「なるほど」片桐の相づちに、愛子の視線がそちらへ流れた。

「すみません、余計なことを言いました」

「いや、そんなことはありません。大変参考になります」

片桐がペンを手帳に挟み、コーヒーの残りを飲み干す。スイッチが入ったように台所に駆け込んだ彼女が、コーヒーポットを片手に居間に戻った。

「いや、我々はこれで。お手間を取らせて申しわけありませんでした」

片桐はいつもの柔和な笑顔に戻り、十河愛子に頭を下げた。

十河家のエントランスから国道に出てすぐ、比呂はハンドルを釧路町の大型ショッピングモールに向けて切った。

「晴れてきたな」

信号待ちで片桐の横顔を見た。彼の胸奥で伸び続ける触手を想像する。

十河キクの過去を洗わねばならない。比呂は八十余年という年月からこぼれ落ちてくる、人間の暗い淵《ふち》を思った。

平日のショッピングモールは長閑《のどか》で気怠《けだる》い気配が漂っていた。地元企業や小売り商店に安いテナント料で開放されたブースは、二階の端にあった。間口の狭い店舗が三店並び、セール対象になるようなものを扱っていない上、半ば通路のようなところに面しているので客も軒先だけ見て通り過ぎる。

ショップの売れ筋はハンカチや髪留めといった小物のようだ。湿原染工房店内は、奥まで色とりどりのストールとTシャツがずらりと並んでいた。一色のものから濃い色をだんだん淡くしてグラデーションを付けたもの、シルクや綿、ガーゼと素材も大きさもさまざまだ。ストールの値段は五千円から一万五千円まで。

「ちょっとお伺いしたいことがあるんですが」

手帳を見せると四十代と思《おぼ》しき店員の表情が硬くなった。

鈴木洋介の写真と工房の袋に入ったストールを見せる。五月十八日に彼がここにやってこなかったかどうか訊ねた。店員はすぐに洋介を思い出した。店員はふたりいるがどちらも主婦なので曜日を決めて交替制にしており、月、火、金曜日が彼女の当番ということだった。

「しばらく店内をご覧になっていました。若い男性客というのは珍しいのでよく覚えています。ストールを一枚お求めになりたいとおっしゃるので、どのくらいの年齢の方にお贈りするのか訊ねたんです。四十前後の色白の女性ということでしたので、このコスモス染めをお勧めしました」

彼女は加代に借りたものと同じ色のストールを指さした。

「それから、お支払いいただく際に十河先生のことをいろいろ訊ねられました」

「どんなことでしょう」

「どれもみな素晴らしいので、実際に染めているところを見てみたいということでした。できるなら工房を訪ねたいが迷惑にならないだろうか、とおっしゃって。十河先生は気さくな方で誰でも隔てなくお付き合いされるので、お若い方が染め物に興味を持ってくださることをきっと喜びますとお答えしたんです」

彼女はそして、鈴木洋介に工房への詳しい道順を教えた。


車の行方がわからないまま一日が終わった。

比呂がマンションに戻ったのは十二時過ぎだった。ペットボトルのお茶で、ふたつめのおにぎりを喉《のど》へと流し込む。腹がいっぱいになれば、とりあえず五時間は眠れるだろう。

「明日は動くぞ」

片桐の言葉が耳に残っていた。片桐がそう言ったからには、捜査は新しい局面を迎えることになる。とにかく今夜は眠らねばならなかった。テーブル上の携帯電話が振動を始めた。凛子からだった。

「まだ起きてたの」

間延びした声が耳へと滑り込んでくる。まぁね。曖昧に返事をした。

「明日こっちにこられないかな」

「なにか用でもあったの」

「用ってほどでもないんだけど。昨夜から今日の朝まで、お産が三つ重なってね。産湯だ健診だっててんやわんやしてたら、ふっとどの子がどこの子だかわからなくなる一瞬があったのよ。三千人以上取り上げてきて、こんな事は生まれて初めて」

どんなに眠いところを起こされても、お産となればスイッチが入るはずだったとぼやいている。

「結局取り違えるってことはなかったんだよね」

「あたりまえじゃないの」

凜子は、そのときのひやりとした気持ちからまだ抜けだせないのだと言った。そしてひと区切りが欲しくて電話したのに、と言ってため息をついた。それでも電話の目的のおおかたは果たせたようで、まぁいいわと明るい声になった。

「だから、明日遊びにおいでって言うつもりで電話したの」

「今の話、ひとつも理由になってないんだけど」

「そうかな」

「明日は無理。こっちもちょっと立て込んでる」

「この間の、殺人事件なの」

「まぁ、そんな感じ」

「因果ねえ。私は産むお手伝いだし、あんたは死んだ人のお手伝いだし」

「今の仕事が一段落したら、電話しようと思ってた」

「あら、珍らしい」

「貢の名前、ちゃんとお墓に入れてあげなきゃって思ってるから。このあいだは反対したけど」

カーテンを開けて夜の窓に映る自分の顔を見た。疲れている。

「そう、ありがとう。お仕事無事に終わるように祈ってるから」

比呂は通話を終えた携帯画面をしばらく見つめたあと、残りのおにぎりを口に入れた。


翌朝の会議室はぴんと張り詰めた空気が漂っていた。

本部は捜査員をつぎ込んで、先代の十河夫妻が釧路にやって来たころを知っている人間を探し始めた。

閉鎖した工場や前身の印刷会社関連の人間にたどり着くのは容易だったが、ふたりがどこからやってきたかを識《し》る者は少なかった。

——どこからって訊かれてもさ、あの当時はみんなどっかから来たやつばかりで、特別そんなこと話題にもならんかったさ。港が目の前だし、金持って街の真ん中歩いてるのは商人か漁師か炭鉱かって時代だったよ。

——十河のところは夫婦して巧いことやったなって、あのあたりではちょっと話題になったけどな。古い職人を差し置いて社長に納まっちゃったわけでさ。腹をたてて印刷所を辞めた職人もいたって聞いたけど、どうなんだべ。

十河夫妻の過去は「昭和三十年代半ばふらりと道東にやってきてそのまま居着いた」という情報しか得られなかった。誰もそうしたことを不思議に思わないのも、港町の特質だと片桐は言う。

「キリさん、改めて考えると、この土地って不思議だと思いませんか」

「なにが不思議なんだ」

「あまり自分のルーツを気にしないし、人の過去にも無頓着《むとんちやく》です」

片桐がへらへらと笑った。

「松崎はどうなの。先祖代々ここに居たってわけでもないでしょう」

「うちは、母方の祖母が津軽で祖父が佐渡の出身だったそうです」

「北海道にきてお前が三代目ってことは、二代前の出身地しか知らないんだろう。それも自己申告の。俺も家系図なんぞ見たこともない炭鉱マンの倅《せがれ》だ。俺たちは初代が嘘《うそ》をつき通せば、それが歴史になっちまうところで生まれ育ったってことだよ。それも九州がまるごとふたつ入るような、広いだけが取り柄みたいな土地で」

比呂は微笑み返すことができなかった。誰かのついた嘘が歴史になってしまう土地の、真の歴史とは何だろう。

その夜、比呂はひとりで純の店に立ち寄った。もう日付が変わりそうな真夜中にコンビニ弁当を買って帰るのが面倒になっていた。店はそろそろ仕舞いの気配を漂わせているところだった。

捜査は自分と片桐の指し示す方向へと傾いていた。

脳裏ではコスモスの花びらで染めたというストールに加代の面影が重なり、更に洋介の青い瞳《ひとみ》が浮かび上がってくる。

十河夫妻と母キクの身辺捜査は本部に活気をもたらした。同時に、報道に漏らさず進められる捜査と地元名士一家の暗部を掘りだす緊張感が漂い始めていた。

「何か、胃にもたれないご飯をお願いできるかな」

「わかりました」

純はそう言うと、手早くカジカの出汁《だし》を使って雑炊《ぞうすい》を作った。半熟の溶き卵を混ぜ込んだ雑炊を、少しずつ冷ましながら口に運ぶ。

「今日は片桐さんとご一緒じゃないんですね」

「今夜はぐっすり寝るんですって」

波子の話を聞いてしまったあとでは『純』に誘うこともためらわれた。後ろめたさがレンゲを持つ手を速めている。

「大変なお仕事ですね」

「キリさんが褒めてた。さまになってるって。どこから見ても立派な板前さんね」

「母の時代からのお客さんもよくしてくれて、ありがたいことです」

「キリさんと組むことになるなんて、不思議な縁」

純は応《こた》えず黙々と炭火で手製のさつま揚げを焼いている。店内に香ばしいにおいが満ちた。雑炊を半分食べたところで、さつま揚げに大根下ろしを添えた皿が差しだされた。

「これは僕から。こんな時間まで晩ご飯を食べられないんですね」

「事件のときだけ。まぁ自分で選んだ仕事だから」

「比呂さんは、どうして警察官になろうと思ったんですか」

改めて訊かれると、上手《うま》い言葉が見つからない。ここで青臭い正義感を語るのもためらわれた。

「貢のことがきっかけだったのは確かなんだけど。十年以上やっていると続けてきた理由の方が大きくなっているかな」

「辞めたいと思うことがあるんですか」

しょっちゅう、と答えた。ためらいと懐かしさと、微かな好奇心に駆られて訊ねる。

「いつの間にか音信が途絶えちゃったけど、純君は札幌で楽しく暮らせてたの」

純は喉の奥で低く唸ったあと「どうでしょうか」と答えた。

「何度か奢《おご》ってもらったのに、僕はなにもお返しできないままでしたね」

「この雑炊を食べられただけで充分。この味は立派なお返しになってる。ちゃんとお金は払わせてね」

「警察の方は大変ですね。片桐さんも、お代は必ず支払われたそうです。払わない方が面倒なんだって。母がいつも、警官の鑑みたいな人だって言ってました」

「純君のお母さん、片桐さんのことどう思ってたのかな」

「どうって、母が片桐さんのことをですか」

純の眉が寄った。うん、とうなずく。沈黙が訪れる。予想外だ。比呂は先日テレビで見た「草食系男子《こ》」という言葉を思いだした。純からは二十代の男が放つ反抗の名残や野心、異性への媚びも傲慢《ごうまん》な気配も感じられなかった。これが「草食」か。

「ごめん、忘れて。何となくキリさんが独身だったこと気になってたもんだから」

「片桐さんは、ずっと僕らのこと見守ってくれてました。母も心強かったと思います」

波子が片桐に黙って札幌へ行ったことについて、何の納得も得られなかった。純から視線を逸らす。

「ゆっくりしていってください」

純が暖簾《のれん》を仕舞いにカウンターをでた。同時にショルダーバッグの中で携帯が振動を始める。鈴木加代だ。

「こんな夜中に、ごめんなさい」

構わないと告げる。携帯の向こうの気配が緩む。

「今、札幌から戻ったところです。あの子の部屋を片付けてきました。あの子のものを段ボールに詰めたり捨てたりしているうちに、なんだかやりきれなくなって。生きていれば触れずに済んだものばかりで」

遺体の確認をするより、発見された場所へ行くより、なぜか死の直前まで触れていたものを手にするほうがつらいと加代は言った。

「どれもこれも、あの子の抜けがらみたいな気がして」

胸に飛び込んできた「抜けがら」という言葉から心を引き戻す術《すべ》がなかった。

「こんな電話、ご迷惑だとは思ったんですけれど。ごめんなさい」

「いえ、私で良ければいつでも」

わずかな沈黙のあと、加代が低い声で言った。

「洋介は釧路で何か見つけたんですね」

12

湿原染工房は市内中心部から二十キロほど阿寒側に位置していた。数キロ圏内に飛行場、動物園、オートキャンプ場。全体の敷地は原野も含めると三万坪あるという。車で移動することを厭《いと》わなければ湿原の恵み豊かな場所だ。

工房はペンションを思わせるログハウス造りだった。道路に面した土地は煉瓦《れんが》でいくつにも区画割りされており、すべて花畑のようだ。奥まったところには大型のビニールハウスが二棟組み立てられており、煉瓦で囲われたところでは、まだ芽吹いて間もない緑が土から顔をだしている。

二本の白樺の間を抜けて工房の敷地に入って行く。ログハウスのテラスに人影がある。片桐が先に車を降りた。

「先生どうも、お久しぶりです」

見事な白髪をひとつにまとめた丸い顔立ちの老婦人だ。ラベンダー色のワンピースの肩に濃い紫のストールをかけていた。耳に丸いプラチナのピアスが光っている。

十河キクは、やってきたのが片桐とわかると手を振りながらテラスから降りてきた。

「いらっしゃい。片桐さんがここにきてくれるなんて、季節はずれの雪になりそう」

「先生が雪と言ったら本当に降るんですから、気をつけてくださいよ」

「片桐さん、やっと身を固めることになさったの」

「勘弁してください、同僚ですよ。私は男を投げ飛ばすような女は怖くて嫁にはできません」

精いっぱい微笑みながら頭を下げた。

「松崎比呂と申します、初めまして。まだ片桐さんを投げ飛ばしたことはありません」

十河キクの目元には深い皺《しわ》が刻まれていた。片桐と比呂を往復しながら、温厚そうな皺がより深くなる。ふたりが旧知の仲というのは本当らしい。比呂はその様子をログハウスごと視界に入れた後、少し灰色の混じった青空を見上げた。海から二十キロ内陸に入っただけで、市内を覆う海霧は空に吸い込まれてしまっている。空が青いというだけで、なにやらこの景色がとても尊いもののように思えてきた。

工房は外からは大きなログハウスに見えるが、内部はオール電化住宅だった。広い一階リビングの隅にある北欧製の薪《まき》ストーブは、冬の煮物や工房スタッフが室内音楽の集まりや朗読などの催し物をする際に使うのだという。

廊下の突き当たりにかかる藍《あい》染め暖簾《のれん》の向こうから、スタッフの話し声が聞こえる。

年配の女の快活な笑い声が混じる。リビングの中央には最長部分で三メートルはあろうかという楕円《だえん》形のテーブルが置かれていた。応接ソファーや接客のための家具はなかった。ここに出入りする人間はみな椅子《いす》を寄せ、テーブルを囲んで彼女と語り合うのだろう。壁を一面まるごと使ったキッチンは、大人が五人で作業しても余裕の広さだ。食事をしたり作業台になったりする楕円のテーブルは、傷だらけだが堂々とした風格を漂わせている。

「お口に合うかどうかわからないけれど。今日のハーブはカモミール。良かったらどうぞ」

キクがテーブルに三つマグカップを置き、ハーブティーを注ぎ入れた。横で片桐が「かたじけない」と言いながら手を伸ばす。それぞれテーブルの弧に沿って座り、ゆるやかに向き合った。

十河キクからはおっとりとした気配とハーブの香りが漂ってくる。愛子が言ったように、四十代五十代の「信者」が、彼女に憧《あこが》れるのがわかるたたずまいだ。薄暗い内面に目を凝らしながら付き合わねばならぬ十河愛子とは、彼女を見る立場も角度も違う。

息子夫婦のところに警察がやってきたことを知っているのかいないのか、キクの表情からそれを読み取ることはできない。ハーブティーは、美味《おい》しいというのとは少し違った。好みもあるのだろうが、ここで飲むお茶はひとえに十河キクが淹《い》れてくれたということに意味があるのだろう。彼女が丹精込めて育てたハーブをいただく。キクの周囲には彼女を求める人間が集っている。これが産んだばかりの赤ん坊を捨てた女の老後ならば、人の一生とはなんと長いことだろう。別人ならばなおのことだ。気づくと体に力が入っていた。

作業場の暖簾を持ち上げ、五十がらみの女が顔を覗《のぞ》かせた。

「先生、福寿草の色味、確認してくれませんか」

「わかりました。片桐さんも松崎さんも、よろしかったら作業場を見ていってくださいな」

片桐に続き、比呂も席を立つ。細い廊下の右側にはトイレ、左側には布の入った段ボールなど染色用具の積まれた納戸、その先が工房になっていた。

藍の絞り染めの暖簾をくぐると、十畳ほどの洋間になっていた。ハーブの香りがきつく、深く吸い込むとむせ返りそうだ。

突き当たりは土間になっており、火の入ったかまどの上には大きな寸胴鍋《ずんどうなべ》が五つずらりと並んでいた。薪が爆《は》ぜる。土間の隅に通用口のドアがあった。

工房内部の壁に沿ってぐるりと作業台が取り囲んでいる。窓の外には染め上がった布が物干し竿《ざお》に並んでいた。黄や薄いオレンジ色といった暖色の布が、湿原に降り注ぐ少ない陽光を集めている。充分な日光を得られぬ気候と高い湿度という環境で時間をかけて乾し上がってゆく布は、湿原染めの名にふさわしいかもしれない。
四、五十代の女たちが三人、こちらを見た。みな化粧気がなく髪が短い。トレーナーやTシャツ、下はジーンズという服装に手染めのかっぽう着を身につけていた。
「こんにちは」

指の先までふっくらとした女が、寸胴鍋の中をかき混ぜながら会釈をする。他のふたりもそれに続いた。箸《はし》を持った女は額に浮かんだ汗をかっぽう着の袖《そで》で拭《ぬぐ》うと、鍋の中から布を取りだした。

「まだ薄いでしょうかね」

キクは濡《ぬ》れた布を広げ、南側の窓から入りこむ陽《ひ》の光にかざした。

「このくらいじゃないかしらねぇ。時間は充分に掛けたでしょう。今年のお花はもともと色気がなかったのかもしれないじゃない。何年ぶんか並べたときに、これはどの年のものってわかるのもいいもんだと思うけど。自然のものだし、ワインと同じよ」

女たちの口から「あぁ」とため息が漏れる。感心と尊敬が混じった眼差《まなざ》しをきらきらと光らせる。十河愛子が「信者」という言葉を使ったことを思いだした。

土間の縁で干したハーブを選《よ》り分けている女と目が合い、会釈をする。キクが大きな鋳物のかまどを指さした。

「これがうちの工房の主です。このかまどで起こした強い火が、私たちが育てた植物や花を染料に変えるのね。水は建物の裏から流れてくる沢のものを使ってるの。裏山の少し高いところにわき水があって、そのお水を使うとお茶もコーヒーも美味しいんですよ」

工房に出入りする女たちはみな水用のポリタンクを用意しているのだという。片桐はぐるりと女ばかりの工房内を見回し、いちいち感心している。

テーブルに戻り二杯目のハーブティーを注ぐ指先を見た。福寿草の黄色が指先に残っている。なぜ染色家になろうと思ったのか訊《たず》ねた。

十河キクは「なぜ」と言ったきりしばらく首を傾《かし》げていたが、やがてふっと息を抜くようにして言葉を落とした。

「染色家なんて、そんな大それた名前で呼ばれるようになるとは思ってもいなかったの。会社を息子夫婦に任せてぼんやりしていたころ、何かしなくちゃと思ったのがきっかけ。テレビでドキュメント番組をやっていてね、それこそ本物の染色家を特集していたんです。だから私のは、ほとんど自己流です」

何かしなくちゃという脅迫に似た思いは、助産院を開いたころの凜子を思いださせた。

「せっかく女に生まれてきたことですしね。自分も布と一緒に、その時々の景色に染まっていけたらいいなと思っただけ」

片桐がとぼけた顔で「詩ですねぇ」とつぶやく。比呂は危うくキクの言葉に流されそうになった。先輩刑事の横顔を窺《うかが》う。キクが片桐の合いの手に照れながら言葉を繋《つな》ぐ。

「うちの工房にくる人たちの年齢層もあるんでしょうけれど、みんな似たようなことを言うのよね。彼女たちに言わせると、染め直すのとやり直すのは、ちょっと違うらしいの」

キクは愉快そうに笑った。比呂は彼女の、若いころはさぞ愛らしかったに違いない目鼻立ちや今も艶《つや》を失わない唇を見た。

「彼女たちの話を聞いていると、あぁ自分もきっとこうだったんだなって思うの。この工房だって趣味の延長なのね。私自身はこういう展開を予想していなかったもの」

テラスからは湿原を一望できた。建物の背後には斜面が続いている。周囲には畑や敷地が広がっていた。春採地区に建つ十河家のリビングを思いだした。湖と湿原。まるで違う景色のようだが、どちらの窓から見渡す景色も多くの水をたたえている。

「裏山も含めて敷地が三万坪とお伺いしましたが、女性スタッフだけで維持するには広すぎませんか」

「実際、このくらい広くないと植物もそれぞれに群れて育ってくれないんです。材料は半分以上が野生ですからね。それにここの運営には皆さんとても協力的で、冬なんか夜に雪が降っても私が目覚めるころにはもう除雪が終わっていたりします」

不況の風が吹いて久しいが、女たちは元気だ。とりわけ子育てを終えた女たちは迷いなく自分のために動きだす。

キクが工房の前の棚から布を引き抜き、比呂に差しだした。

「サワギキョウで染めたサマーストールです」

淡い紫のガーゼ地で、日差しのきつい日は重宝しそうだ。

「良かったら使ってください。この色なら奇抜な感じもしないし、かといって地味にもならないし。松崎さんの第一印象がこのサワギキョウだったの」

片桐が「もらっておけよ」と言う。十河キクの目尻にひときわ深い皺が走った。

胸奥からなんの接点もなさそうな記憶が湧《わ》いてくる。札幌時代に検挙した詐欺事件の親玉の言葉だ。

『優れた詐欺師ってのはさ、自分を騙《だま》すことから始めるんだよね』

工房に流れるゆったりとした時間が、片桐と自分を煙《けむ》に巻こうとしているように思えてくる。キクの笑みは崩れない。

「松崎さんは、染め物に興味はありませんか」

「先だって釧路町のショップを拝見しました。仕事中でなければゆっくり買い物をしたかったくらいです」

「ショップの方へ、お仕事で」

語尾が細くなびく。片桐がカップを置いた。

「実は今も仕事中でしてね」

「世の中そんなに平和じゃないってことなのね」

「旭印刷の社屋にも社長のご自宅にも伺いました」

「息子からはあんまり電話がこないの。手を動かしているときはでられないことも多いし。みんな最近は遠慮しているんだと思うけれど。息子はあんな風だけど、愛子さんはよく気がつくいい人だったでしょう。嫁を褒めるのも何だけど、本当に素敵な人なの」

「玄関のお写真に圧倒されました」

キクは眉を寄せ、小声で「あの趣味だけはちょっと」と言って笑った。

「玄関の正面に湿原の写真があったでしょう。あれは十年前に死んだ主人が撮った一枚なの。ニコンだのキヤノンだの、カメラはずいぶんと道楽していましたよ。景気ががたつき始めるのと同じ速さで体の方も参ってしまったようです」

息子の克徳はともかく、愛子からも電話一本入っていないというのは意外だった。作業中だからと遠慮するような内容ではないはずだ。片桐が大きく息を吸い込んだ。

「失礼ですが、先生の旧姓が長部さんというのは間違いないでしょうか。つい先日も、そんなことを訊きにやってきた青年がいたと思うんですが」

「鈴木さんが、どうかしたの」

目元の皺が持ち上がる。キクの目が大きく開いた。鈴木洋介の名が拍子抜けするほどあっさりとこぼれ落ちる。比呂は持っていたカップをつよく握りしめた。奥の作業場から漏れていた話し声が止《や》んだ。しんとした工房内に、大型冷蔵庫のモーター音が低く響く。

「片桐さん、彼がどうかしたんですか」

「殺害されました」

「殺害、ってどういうことですか」

「釧路川の上流で、遺体で発見されたんです」

「どうして」十河キクの言葉はそこでいちど途切れ、視線が宙を泳いだ。

「片桐さん、ここには新聞もテレビもありません。私はそういうものから離れて暮らすためにやってきたんです。知らなかったとはいえ、いたましいことです」

「彼が訪ねてきた際のことを、話していただけますか」

十河キクは両手を喉《のど》の下あたりできつく組み、その視線はつよく片桐に据えられていた。

「ショップでストールを一枚買い求められて、どうしても私に会いたくなったって」

鈴木洋介は釧路町のショップに立ち寄った後すぐに工房を訪ねていた。訪れたときは既に、太陽が葦原《あしはら》に傾いていたという。

「スタッフはその日によって帰る時間がまちまちなんですけれど、あのとき工房に残っていたのは佐々木《ささき》さんひとりだったはずです」

キクが工房に向かって声をかけた。

「佐々木さん、お願いちょっとこっちにきて」

すぐに首に白いタオルを提《さ》げた女がやってきた。先ほど福寿草の色味を確かめて欲しいと工房から出てきた女だった。

「佐々木さん、このあいだみえた鈴木さんのこと、覚えてる」

「はい、あの若い男のひとですか」

「亡くなったそうなの」

佐々木の唇はしばらく開いたままだった。

新聞記事もテレビ報道も、興味がなければ右から左へと流れて行ってしまう。ここへやってくる女たちには、ニュースやゴシップ、うわさ話より楽しいことがある。工房は女たちが自分たちをわずらわせる情報から逃れる、大切な居場所なのだろう。居心地が悪くなるような話題には誰も触れない。ここは職場でもないし、自宅でもない。現実と地続きのオアシスだ。

佐々木は「私は作業場とホールを往復していただけなので」と言ったきり黙り込んだ。十河キクは一度深くうなずいたあと話し始めた。

「鈴木さんには工房とその日に染め上がったものなんかをご覧頂いたあと、お茶をお出ししました。すぐにどちらの生まれかって訊ねられて、ちょっと驚いたんです」

「そのときのやりとりを、詳しく教えていただけませんか」

「あまりそうしたお話は好きではないんですとお答えしました。終戦直後でいい記憶なんてものはひとつもないんですから」

十河キクからすげない返事が返ってきても、鈴木洋介は諦《あきら》めなかった。

「そうしたら今度は、留萌に住んでいたことはないかって。私のこと旧姓は長部で、樺太から引き揚げてきたのでしょうって。どうしてそんなことをご存じなのか、こちらが訊ねたいくらいでした」

「先生のご出身地や旧姓を、彼は知っていたんですね」

「そのようです。ハマナス文化功労賞のことも、インターネットでずいぶんお調べになっていたようでした。写真を探したけれど、どこにもなかったって。ネットの掲載も個人的な取材も一切お断りしていること、お伝えしたんですよ」

「彼の訪問、先生はどう思われましたか」

「室蘭にいたことを知っている人なんて、そうそうおりませんからね。だんだん薄気味悪くなってきたというのが正直なところでした。留萌で子供を産んだ産まないというお話になってから、すこし問答みたいになってしまって。留萌の鈴木という名字に覚えはないかと訊ねられましたけれど、存じ上げませんとお答えしたんです。そこからなんとなく気まずい感じになりましたけれど、鈴木さん、最後はすみませんと言って帰られましたよ」

「この時代に人捜しなんてのは、誰かが先を読んだ演出でもしない限りトラブルの元でしょうからね。で、本当に留萌の鈴木さんというお名前に覚えはないんですよね」

「ええ、存じ上げません」

大きく息を吐き出したあとの片桐は、普段の飄々《ひょうひょう》とした口ぶりに戻っていた。十河キクの豊かな耳たぶを貫いているピアスが光る。傍らに立っている佐々木は、視線も定まらず落ち着かない様子だ。

「そうかそうか」片桐がひと息いれる。今日は深追いしない、という合図だった。

「わかりました。先生、またお話を伺いにくると思いますが、どうかよろしくお願いします」

玄関をでてすぐに空を仰いだ片桐につられて、比呂も顔を上げた。太陽が先ほどより湿原側に傾いていた。

「三時を過ぎると、さすがにこっちのほうにも霧がきますねぇ」

西側の空に浮かぶ太陽を銀色の輪が取り巻いている。陽光を遮っているのは雲ではなく霧だ。細かな水の粒が湿原一帯を覆っているのだった。霧は湿地から吐きだされる生き物の呼気に見えた。

低いところで丹頂鶴《たんちょうづる》が旋回している。この近くに営巣しているのだろう。

「鶴も子育てのシーズンだもんな」

片桐が空に向かって言った。風切羽の黒が銀色の空に映える。輪郭しかない太陽が眩《まぶ》しく感じられるほど、湿地帯は陽光に飢えている。この景色を、鈴木洋介も見たのだった。

彼が工房を後にしたのは佐々木が帰る三十分前だったという。まだ陽《ひ》が沈むには間がある。片桐が車の横に立った。玄関前の木製階段に、キクと佐々木が見送りにでている。片桐が右手を挙げた。

「すみません、すこしお庭を見学してもいいですかね。噂《うわさ》には聞いてましたが、こんなに広いところだとは思いませんでした。先生もご存じのとおり、私は手慰みで花のスケッチなんかもやるんですが、ここにはわざわざ山奥まで行かなきゃ見られないような花もあるんでしょう」

キクが階段を下りてくる。その後ろに佐々木が続く。

「今なら、ハウスの裏側にザゼンソウがありますよ。沢の脇には気の早い水芭蕉《みずばしょう》も。満開はもう少し先でしょうけど」

「まさに桃源郷だ」

「年寄りの、最後のわがままなんです。死んでから花に囲まれてもちっとも嬉《うれ》しくない。好きな景色ときれいなお花は、生きてるこの目で見たいんですよ」

そこを見て、とキクがテラス側の木々を指さした。

「あれはみんなスモモの木。時期になるとあれが目当てでやってくる人がけっこういるんです。食べ頃になるとどこからともなく友達を連れてきて、あるときは十人も集まって木の下でバーベキューなんかやって帰るのよ」

「いつも人で溢《あふ》れていて退屈しませんね」

「なかなか騒々しい生活であることは確かね」

横で佐々木が「すみません」と肩をすくめる。笑いながら、キクが視線を裏山の斜面に移した。

「この斜面を登りきった向こう側は、なだらかなお花畑なんです。大きなすり鉢みたいになっているのね。そこが六月に入る頃一面ワタスゲ畑になるの。毎年咲くのだけど、十年に一度くらい雲の上みたいな景色になるんです。人づてにそんな話を聞いてここを買うことに決めたの」

「ワタスゲって、どんな花なんですか」

訊ねた比呂に、キクは今日最高の微笑みを返した。

「見応《みごた》えがあるのは花が終わったあとの綿毛。タンポポの綿毛をもっと小さく濃くした感じ。草原にびっしりと綿帽子が敷き詰められていて、浮雲の上に載っているような気分になるの。それが湿原の風に揺れて、この世のものとも思えない光景よ」

「ご自分で裏の山に登られるんですか」

「もちろん。山歩きは苦になりません。ありがたいことに足腰は丈夫みたいで、いくら歩いても足にまめもできない。ワタスゲは毎年見ているけれど、まだまだこんなものではないはずだって思うの。雲の絨毯《じゅうたん》には足りない年ばかりでした。まだひとりでこの斜面を登れることも、この年になれば大変ありがたいことだと思いますよ。若くして亡くなられる方もいらっしゃるというのに、人の世は不公平なことです」

十河キクの頰にプラチナ色の髪がひとすじ落ちて揺れた。

「今年は満開のワタスゲが見られるような気がします。ただの勘だけど。さぁ、日があるうちにゆっくり眺めて行ってくださいな。気の早い春のものも目立たないところでちゃんと咲いていますから。熊笹《くまざさ》に隠れてるようなものもあるから、佐々木さん、ご案内をお願いしていいかしら。私ちょっと喉《のど》が渇いてしまって」

不意に名を呼ばれ、佐々木が慌てた様子で一歩前に出た。片桐が「お言葉に甘えて」と頭を下げ、ビニールハウスの方へと歩きだす。次に佐々木、比呂と続いた。

赤煉瓦で囲われた直径五メートルほどのサークルで、背の低い黄色の小花が咲き始めている。片桐がしゃがみ込んでその花を眺め始めた。

「エゾネコノメソウか。花は地味だけど、首周りの葉っぱも一緒に黄色くなるんで、見た目が豪華なんだよな。佐々木さんはこちらに通われて長いんですか」

いきなりの質問に戸惑う暇も与えられず、彼女はかっぽう着の裾《すそ》を両手で揉《も》みながら、生真面目《きまじめ》に答えた。

「十年になります。私がいちばん古いと思います」

片桐がうなずきながら立ち上がる。まだ花をつけていない株ばかりの花壇を次々と回り始めた。キジムシロ、フッキソウ、フデリンドウ。片桐はその都度立ち止まり講釈を垂れた。道路と花壇を仕切るように、白い花をつけ始めた樹《き》が等間隔で五本並んでいた。片桐はその樹を指さし、エゾノウワミズザクラですねと言った。佐々木がうなずいた。

「食用の実が生《な》ります。染料にするんですけど。赤紫の、いい色がでます」

「十河先生ってのは、スタッフのみなさんにとってどんな存在なんでしょうかね」

彼女は、顔中に笑みを散らし無邪気な表情になった。

「母親というのか、姉というのか。不思議な存在です」

足下に視線を落とすがどこか嬉しそうで、かっぽう着の裾を持ち上げて揉み洗いするように布を擦《こす》り合わせている。

「私たちくらいの年代の親って、時代も時代でしたから子供になんか構ってられなかったんです。気が向いたときだけ変に干渉したり、お金に執着したり。先生と一緒に居ると、そういう少女時代を染め直せるような気持ちになるんです」

「染め直す、ですか」

「なんでもないような会話をしながら手を動かしてると、ずっと先生が自分のお母さんだったような気がしてくるんです。ここに集まるのはほとんど子育てが終わった人ばかりですけど、自分が年を取ったときに先生みたいにしていられたら自分も子供も幸せじゃないかと思うんです。私なんか実の母は病院に入っていて昔のことなんか忘れてわがままなことを言うし、子供たちはみんな手前勝手だし、家に帰ると気が滅入《めい》ることばっかりです。でもここにいるとそういう現実を上手《うま》くかわせるような気がするんです」

なるほどねぇ、と片桐が大きくうなずく。孤独と不安が詰まっていた少女時代から一歩も出られぬまま妻となり母となった彼女たちが、老いを意識し始めた魂を救う場所として選んだのが「理想の母がいる手仕事の工房」なのだった。

佐々木の澄んだ目を見た。女たちがどんなにここで彼女を慕っても、十河キクは霧に霞《かす》んだ太陽のように決して本当の姿を見せないのではないか。周囲に優しく振る舞うのは、彼女が自分の世界に立ち入ることを誰にも許していないせいではないのか。

「松崎さん、どうかされましたか」

佐々木と目が合った。

「あんまり長閑《のどか》で、ちょっとぼんやりしてしまいました」

「ザゼンソウのあるところにご案内します」

佐々木が片桐の前を歩き始める。比呂をふり返った片桐の視線が光る。比呂はつよく目蓋《まぶた》を閉じ応えた。


午後八時過ぎに会議室に戻った。

二人の捜査員が同時に片桐と比呂を見て近づいてくる。ひとりは長身のベテラン、もうひとりは所轄の新人女性刑事だった。今回の本部では比呂と彼女しか女性捜査員がいない。彼女をサポートしている刑事も気配が片桐に似ている。新人捜査員が硬い頬を比呂と片桐に向けた。

「十河夫妻は白です」

片桐が「やれやれ」と言って上着のポケットから模造煙草《タバコ》を取りだした。

十河克徳と愛子には鈴木洋介の死亡推定時刻、アリバイがあった。克徳は武佐《むさ》地区にある自費出版専門の出版社で夜中まで社長と話し込んでいる。愛子は夕方から午後九時すぎまで、後援会事務局の有志がひらいた焼き肉パーティー、二次会に参加している。

鈴木洋介の車は発見されておらず、目撃情報も塘路橋の上で途切れている。車はどの網にも引っかかってこなかった。すでに形がないことも考えられた。パーツにするところさえ見つからなければ、車はかなりの部分を証拠隠滅できる。

片桐の乾いた笑い声もしばらく聞いていなかった。

その日夕食にありついたのは午後十一時半だった。片桐の希望で車を河畔駐車場に停《と》め、純の店に寄った。入れ違いに帰る客がいたが、店はそろそろ仕舞いの気配が漂っている。

「まだいいかい」

純は片桐と比呂を見てにっこりと微笑んだ。

「お腹《なか》が空《す》きすぎて、空腹感もなくなってるみたいなの」

「大丈夫。食欲が湧いて消化のいいものを作ります」

笑ったつもりだが、上手く頰が持ち上がってくれたかどうか。札幌のホテルで煙草に手を付けてしまった片桐は、すっかり無口になった。言葉が少なくなったのは、比呂のほうも同じだった。休みらしい休みもなく食事も不規則、摂《と》った水分と排せつのバランスも悪くなり肌も荒れ気味だ。相棒との会話が減るくらいは仕方ない。お互いに苛立《いらだ》って喧嘩とならないだけで充分だろう。

比呂は目を閉じて純の包丁や衣擦《きぬず》れの音に神経を傾ける。組んだ手の甲で、ずっしりとした頭を支えた。じきにいいにおいがしてきた。

「鍋焼きうどんにしてみましたが、いかがでしょうか」

鍋敷きの上に載った土鍋の蓋を開けた。卵やほうれん草、ワカメや牡蠣《かき》といった具材が目に飛び込んでくる。顔を持ち上げると、純が湯気の向こうで笑っていた。かさついた気持ちが湯気に湿った。

店内に出汁のにおいが満ちていた。片桐が箸を割る。比呂も牡蠣を口に入れる。片桐を横目で見た。出汁のきいたつゆをれんげでひとくち飲む。純がカウンターに甘酒の入った湯飲みを置いた。

「片桐さん、これ好きでしたよね」

「変なこと覚えてるな」

「おふくろが元気だったころですよね。僕は小学生でした。夜中に酒粕《さけかす》買って店に届けろっていう電話が入ったんです。自転車で末広の深夜スーパーに走って、急いで届けた記憶があります。おふくろがお前も甘酒飲んで帰れって。緊張しながら片桐さんの隣に座りました」

「純とカウンターで飲んだのはあのとき一回きりだな」

比呂が波子に会ったのは、二度だった。一度目は貢が失踪《しっそう》した直後、同級生の親や有志が市内を捜し回っていたとき。二度目は湿原の捜索が終わったときだった。短髪の、きりりとした表情の女だった。彼女は純を連れて玄関に現れ、凜子がもうやめてくださいと言い続けるなかずっと頭を下げていた。

純が止めていればこんなことにはならなかった、申しわけないと波子は言った。波子の硬い頬や引き結んだ少年の唇の真っ直《まっす》ぐさ、赤く腫《は》れた目を思いだした。あの日比呂は母に「どうしてあんなに謝るのか」と訊ねた。凜子は比呂の質問に答えなかった。

十七年経《た》った今、心を持ち上げた凜子が誕生の現場で生き生きと働いていることが奇跡に思えてくる。この事件が解決したら、と思った。そのときは墓石に貢の名を刻み、凜子にひと言詫びる。加代に言った言葉が重く胸に落ちてくる。

『実感なんて、必要あるんでしょうか』

このまま弟のために一滴の涙も落とさず暮らしてゆくのか。彼女と交わした言葉のひとつひとつが胸に溜《た》まり続けていた。ふたりとも、必要のない「実感」を探して心ばかり右往左往している。

「俺、ちょっと寄るところがあるから、お先」

片桐は千円札を三枚、カウンターに置いた。財布に手を伸ばした比呂を止める。

「これが終わったらもっと高いもん奢ってもらうから」

純が「高級食材を揃えておきますよ」と言いながら釣りを渡す。片桐がひらひらと手を振りながら店から出てゆく。比呂は酒粕が沈んだ甘酒を飲み干した。純が片桐の土鍋や湯飲みを片付け始めた。

「ゆっくりして行ってくださいね」

湯飲みに甘酒が注ぎ足された。昼間、片桐がつぶやいた言葉を胸の奥で繰り返してみた。

『湿原と付き合っていると、命の法則が読めるようになる。それは生き続けることを誓った人間に与えられた褒美なんだよ』

命の法則。胸の奥でくり返す。

「純君」

純が片付けの手を止めた。

「この事件が終わったら、貢の名前をお墓に刻もうと思うの。そのとき一緒にお参りしてくれませんか」

比呂の顔を見つめる瞳が揺れた。

「僕が行っても、いいんでしょうか」

「貢を送ってあげられるのはもう、純君と片桐さんと、母と私しかいないの」

純の視線が器を持つ手元に落ちた。

13

湿原風も六月に入りすこし温《ぬる》んだ。

「俺、十河の婆《ばあ》さんのところに行きますから」

飄々と言い放つ片桐を見て、課長が難しい顔で腕を組んだ。片桐がそう言うからには、なにかしら勝算があるのだった。

片桐と比呂は、再び湿原染工房を訪れた。工房の朝は一日の準備をする女たちの声が響き、先日より活気があった。

「たびたびお邪魔してすみませんね」

テーブルに着くなり、片桐が頭を掻《か》いた。十河キクは楊柳《ようりゅう》のパンツスーツに手染めのエプロンを掛けている。テーブル周辺には早朝に焼いたというバターロールのにおいが漂っていた。

「私は朝は焼きたてのパンとマーガリン、あとカフェオレがあったらもう何も要らないの。体のために多少ヨーグルトやお野菜なんかもいただくけど、毎日こんな感じです。片桐さんも松崎さんも、よろしかったらひとくちいかが」

朝は毎日何を食べているのか、という問いに片桐は「飯と海苔《のり》の佃煮《つくだに》」、比呂は「トーストとスタバの買い置き」と答えた。キクは愉快そうに笑っている。

「食べないよりずっといいと思いますよ。朝食は一生を左右しますからね」

彼女が用意した熱いカフェオレとバターロールは、思わず二つ目に手が伸びるほど美味しい。時間がゆっくりと流れていた。

「このあいだはまだ三分《ぶ》咲きだった水芭蕉が、昨日あたりからみごとなことになっていますよ」

誘いに応じて工房の外にでた。スモモの木の下にバードテーブルが立てられている。畑の端に、先ほどはなかった車が停まっていた。十河キクは「毎日草花の成長ぶりを見にくる知人です」と言った。

「毎日だから、皆さん挨拶もしないまま帰ることが多いの」

人影がキクが出てきたのを見て手を振る。彼女も振り返す。

畑からこちらに近づいてきた女も、キクに手を振りながらログハウスの脇を横切っていった。片手にポリタンクを持っている。わき水を汲《く》みに行くのだとキクが言った。工房の女たちと同じくらいの年代だろう。人影が斜面を登り始めた。熊笹が生い茂って見えないが、道があるようだ。

この地に暮らす人々は車がなければどこへも行けない。ほとんどの人間が自家用車で移動する。少しでも街から外れてしまうと、バスさえ通っていない場所が数多くある。

一日二便でも路線が残っているところはまだいい。バスだけでは通院も日々の食料を買い揃えるのも困難だ。元気でなくては病院にも行けないというのが現実だった。

工房一帯も、半径二十キロはみな似たような環境だろう。毎日街から通ってくる女たちがいなければ、十河キクの生活も不便に違いない。

比呂は群生する水芭蕉をひと目見て、湿地に白装束のひな人形が並んでいるようだと思った。片桐が「秘境だなこれは」と言ってしゃがみ込んだ。キクが満足そうにうなずきながら言った。

「そろそろワタスゲも雲の絨毯を作り始めた頃かしら。さっき町田《まちだ》さんが沢の方に行ったけど、山の上にそんな場所があることを教えてくれたのも彼女なの。ここも私が買う前は、小さな掘っ立て小屋で仙人みたいな暮らしをしていたおじいさんが住んでいたんですって」

沢を登っていた女は町田という名前らしい。

「あとで行ってみようかしら」

キクが斜面を見上げながらつぶやいた。すり鉢状の花畑一面に咲き乱れるというワタスゲの絨毯を思い浮かべてみた。そこに彼女が立っているだけで、一枚の絵になりそうだ。

「ご一緒していいでしょうか」

キクは比呂の横顔を見上げ、もちろんと言って微笑んだ。
工房に戻り、再びテーブルを取り囲んだ椅子に腰を下ろした。工房内は先ほどのバタ
ーロールとカフェオレの香りが消え、作業場の鍋から立ち上るハーブのにおいが充満し
ている。片桐が訊ねた。
「佐々木さんは毎日こちらに」
「ここを建ててからずっと、ほぼ平日は毎日きてますね。ご主人が退職されたら週末も
来るなんてことを言ってましたよ。どちらもお気の毒って言うと笑うけど」
「昨年の文化功労賞受賞の際は、どなたも連れて行かれなかったと伺いました。皆さん
残念がったでしょう。おひとりで札幌の往復は、大変じゃなかったですか」
比呂は老女の口元にちいさなえくぼを見つけた。
「晴れがましいことや派手なことはあんまり好きじゃないの。ひっそり染め物やお花の
手入れをしながら暮らしていたいっていつも思っています。湿原の集まりも、年を理由
にどんどん前に出されるようになって、正直つらいんです。去年の受賞も最初はお断り
するつもりでした。他人様がどう思うのも自由だけれど、それを表だって紹介されると
途端に鬱陶《うっとう》しくなってしまう。罰当たりなことですね、せっかく褒めていただいている
のに。人の気持ちってつくづく不思議」
「ご受賞を機に、息子さんも出馬を決めたと思っていましたよ」

キクが目を伏せた。息子から「市長選のために頼む」と懇願されて賞を蹴《け》らなかったという噂は、おそらく本人の耳にも入っているのだろう。

「息子の宣伝になるということは、その逆もあったということですよ」

「その逆とは」

「私について何かつまらないことを言いだす人が現れたら、持ち上げた人と同じ数だけ、そちらを推す人が現れるということ。あるいはみんな流されてゆくか」

「いつもそんな風にお考えなんですか」

比呂が訊ねるとキクは「そうよ」と答えた。涼しげな表情は変わらなかった。続くつぶやきは、テラス向こうの湿原に向かって放たれた。

「私は政治家じゃないから、敵も味方も要らないんです」

今日のハーブはアップルミントだと言いながら、ティーポットにお湯を注ぎ入れた。何の動揺も伝わってこない。ブルーオニオンのマグカップにお茶が注がれた。片桐が礼のついでのように言葉を繋いだ。

「先日お会いしたあと思ったんですが。先生、鈴木洋介さんはずいぶんとあっさりここから立ち去りましたね。私はどうにもそこが不思議でならないんですよ」

キクが片方の眉を上げて首を傾げた。

不意を打つ片桐の言葉も、それをあっさりとかわしそうな彼女の表情も、なにやら熟練俳優の芝居を見ているようだった。聞こえてくるのは作業場の話し声。何を話しているのかまでは聞き取れない。

「突然何を言いだすのかと思ったら。片桐さん、私はなにか疑われているんですか」

「すみません。ずっと気になってたんです。私が理解できないのは、鈴木洋介に対する先生の対応なんですよ。まったくうろたえた様子がないんだ。昔の話を訊かれて、違うと答えて、相手はあっさり引き下がる。鈴木は相当な時間と足を使って先生にたどり着いたんです。その鈴木洋介相手に、そんなにうまいことといくのかなと思うんですわ。人の気持ちですから、どこかにずれや歩み寄りや、焦りや決裂があったっていいんじゃないかなと」

キクはうんざりした表情を隠さなかった。

「私はもともと、苦労話をする趣味は持ち合わせていません。相手が誰だろうと、古い話は嫌いなの。そんなものは生き残った人間がいくらでも脚色できるでしょう。鈴木さんにはそこのところをちゃんとご理解いただけたと思っていますよ」

キクの静かな気迫をハーブティーを片手に片桐がかわす。作業場からはどんな音も聞こえてこなくなった。片桐が比呂の方に向き直り、強い眼差しで大きくうなずいた。

比呂は打ち合わせたとおり、落とし気味の声で手持ちの札を切った。

「十河先生、私たちの調べでは、長部キクさんは『キャバレー 夢や』を辞めてから、室蘭の『魚十』という魚卸の家に嫁いでます。十河家の嫁となったキクさんは、街で染色のお店と教室を始めます。でもすぐに商売は頓挫《とんざ》するんです。『魚十』という後ろだてがあっても、あなたはお店を続けることができなかった」

キクの表情は少しも崩れなかった。室蘭の津田は長部キクの顔を覚えている者を捜しだせずにいた。一枚の写真も出てこない。少しでも気を緩めたら瞬《また》く間に目の前の老女が創《つく》り上げた過去へ引きずり込まれそうだ。

片桐からは「直球を投げろ」と指示されていた。比呂自身も、これ以上の直球はないと思っている。ひどく喉《のど》が渇いているが、カップに手を伸ばす余裕はなかった。

「留萌から札幌、室蘭と、長部キクは捜査の途中までは享楽的で大変な野心家でした。『魚十』の屋台骨が傾いたのも、すべてとは申しませんが長男の後妻が招いた結果だったと、地元の人間は思っているようです。社長を失った十河家は室蘭を出ました。母親や姉たちが縁故を頼って東北に向かったのに対し、長男夫婦だけが道東に流れてきました。街と街の関係の希薄さからいえば、下手に因習や土地の目がうるさい内地に越してゆくより、炭鉱と漁業に群がる流れ者の土地のほうが都合がいい。当時の北海道は峠を挟んでしまえば街と街の繋がりなんて、ないに等しかったはずです。ここはきっと室蘭からは外国なみに遠かったでしょう」

「よくもまあそんな古いことをお調べになりましたね」

十河キクの口調はいっそう穏やかになった。比呂は己に「怯《ひる》むな」と言い聞かせた。長部キクという女が北海道にたどり着いてからの情報が、ポケットの中の手帳にびっしりと書き込まれていた。彼女をとり巻く人間の足跡は、点と点を繋げれば大きな円になる。円は他の円と接したり重なったり巻き込んだりしながら、必死で自分の領域を守っている。しかし、長部キクという人間に限り、円はひとつではなくふたつあるのだった。

鈴木洋介が捜していたのは、長部キクのかたちをした自分のルーツだったろう。しかし手繰った先にあったのは長部キクと十河キクの青々と繋った過去だった。

片桐が朝、工房前で言った言葉にきつく胸を締めつけられていた。

――俺たちは凶器も証拠もない事件の、『理由』のみを追ってここにいる。

「先生は釧路にいらしてから、室蘭では道楽者といわれていたご主人を懸命に支えてこられました。働かれていた印刷会社で、後継者のいない社長から会社を任せたいと頭を下げられるほど勤勉な女性だった。長く勤めていた職人さんを差し置いてですから、軋《あつ》轢《れき》も多かったと思います。でも印刷会社を引き継いだ十河キクさんは、夫の正徳さんを社長に据えて、ご自身は息子さんの面倒をみながら現場で働かれた。現在の旭印刷の土台は先生が築かれたと伺っております」

「長い時間も、いつかこんなふうに語られてしまう日がくるのね」

声には微かな揺れも乱れもなかった。静まりかえった工房の窓を、セキレイが一羽横切ってゆく。暑くもないのに背と胸から嫌な汗が噴きだした。冷蔵庫のモーター音が止んだ。遠くで鳥の鳴き声がする。工房はバードテーブルから飛び立つノビタキの羽音まで聞き取れそうな静けさだ。

「ワタスゲを見に行きましょうか」

十河キクが沈黙を破った。片桐と比呂はほぼ同時に「はい」と返した。

「外はまだ涼しいかしら」つぶやいたあと、作業場に向かって声を掛ける。

「佐々木さん、ちょっと沢の上を案内してきます」

比呂はどこへ行くときも一緒の、トレッキングシューズに足を入れた。片桐も似たような靴を履いている。

キクはピンク色のスニーカーを履いて裏山へ続く道を歩き始めた。比呂はバッグをたすき掛けにして工房裏にある山の斜面を望んだ。

斜面は近づくといっそう急に見えた。等間隔に植林された三十年ものの林だった。木々の間にちらちらと見え隠れする斜面の終わりは、そのまま空に繋がっている。二メートルのあいだをあけて彼女を追った。枯葉や小枝が積もった腰幅の小径《こみち》へと入る。

「この道は、昔からあったんですって。人間が作ったものじゃないって誰かが言ってましたよ」

言いながらしっかりした足取りで歩いてゆく。ふり返ると、片桐も同じくらいのあいだをあけて上ってくる。

半ばあたりで沢が途切れた。草の間からスチールの筒が飛び出ている。彼女は直径五センチほどの筒の先から流れ落ちる水を指さした。

「これが自慢のわき水です。水温は五度だそうです。いったいどこから流れてくるのかわからないけれど、このあたりにはこうした場所がいっぱいあるらしいの。地上に出たり地下を通ったりしながら、みんな湿原に向かって流れていくの」

声は工房にいたときよりずっと弾んでいた。手に掬《すく》ったわき水を順番に飲んだ。冷たく、どこか甘い。においはなかった。

振り向けば眼下に遠く、湿原が横たわっていた。空の高いところに水滴に覆われた太陽がある。湿原と空の境界は曖昧《あいまい》だった。低い場所に薄い虹《にじ》が架かっていた。

上へ行けば行くほど傾斜は急になった。道は木々の間を蛇行している。湿った植物のにおいと生きもののにおいが混じり合っていた。けものが餌《えさ》を求めて下りてくる道なのだろう。木々の途切れた場所から数メートル熊笹をかきわけ、ようやく坂道が終わった。

テニスコートがひとつ収まってしまいそうなすり鉢の底にワタスゲの綿毛が波打って

いた。まるで銀色の水面のようだった。

十河キクがすり鉢の中央へと歩き始めた。雲をかき分け、前へ前へと歩いてゆく。

「やっぱり今年だった。何となくそんな気がしたの。十年に一度っていうのは本当でした。初めてです、こんな見事な綿毛は」

「十河先生」

整えた呼吸が乱れそうになる。キクが手招きした。

「もっとこっちにいらっしゃい」

五メートルほどまで近づいたところで、片桐が比呂の腕を掴《つか》んだ。膝《ひざ》から下をワタスゲの茎に埋もれさせた十河キクは、ふわふわとその場に浮いているように見えた。

「先生、どうして鈴木洋介は殺されなければならなかったんですか」

笑顔が翳った。寄せた眉、引き結んだ唇が緩む。

「そんなことをなぜ私に訊くの」

キクが乾いた声で笑った。

肺に溜まった空気をすべて吐きだす。

「鈴木洋介が知りたがったことの何が、先生を追い詰めたのか、教えてください」

比呂はゆっくり息を吸った。

「先生、我々がどうしても消息をつかめない人間がいるんです」

脳裏で光がはじけた。動悸《どうき》が速くなる。

キクの表情は変わらなかった。比呂は最後のひとことを言った。

「室蘭の染め物屋で、最後まで十河キクの片腕だった女。夫との関係に気づいた十河キクに刺された女です」

十河キクは、任意同行に応じた。

「先生、すべてお話し願えませんか」

取調室の机を挟み、片桐が言った。十河キクが微笑み「どうぞ」と返した。比呂は部屋の片隅でペンを持ちながら会話を追った。

「片桐さん、お仕事のときはあまり笑わないのね」

「すみません」

「謝ることじゃないですよ。何から話せばいいのかおっしゃってくださいね」

片桐がひと呼吸置いて切り出した。

「杉村純を、ご存じですね」

——どうしてここに純の名前がでてくるのか。

比呂は先輩刑事の背中から目を離すことができなくなった。片桐の声は今まで聞いたこともないほど硬い。十河キクの瞳は片桐のかなしみを映しだし、暗く光っていた。

「知っておりますよ。香月《かつき》ビルの店子《たなこ》です」

「その店子について、伺いたいんです。母親の杉村波子のことも。昨年の一月いっぱいで契約は解消されておりますが、彼女も同じ店舗で営業していました」

「そこから、話すのですね」

「お願いします」

十河キクの口から「杉村波子」の名前が出てきたとき、片桐の両肩がわずかに持ち上がった。比呂は片桐がどこから鈴木洋介に切り込んでゆくつもりなのかわからないまま、ふたりのやりとりを聞き逃さぬよう努めた。

「波子さんとは、彼女があのお店を持ったときからのおつきあいでした。空き店舗を借りたいと訪ねていらしたときに抱っこされていた赤ちゃんが、純君でした。波子さんはそれまでは夜のお仕事をされていたようです。長い髪の美しいひとでした。一階の奥はもともとおでん屋でしたが、居抜きなのになかなか借り手が決まらずにいたんです。私は、赤ちゃんを抱えて大丈夫ですかと伺いました。波子さんは、大丈夫ですとつよくおっしゃった」

そして、杉村波子は純を夜間保育園に預け、香月ビル一階に『炉端・純』を開店する。

「本当に大丈夫かどうか気になって、開店の日に顔を出しました。波子さんは長かった髪を切って化粧気のない女将《おかみ》さんになっていました。このひとは必ずお店を流行《はや》らせるだろうと思いました」

「流行っていましたよ。とても」

片桐の相づちはやわらかだ。

「もともと賃貸料は毎月きっちり納める几帳面《きちょうめん》なひとでしたけれど、純君が小学校のころにずいぶんと大変なことがあって、そのころからいっそうご自分に厳しくなられたという印象でした。そのことについては片桐さん、あなたのほうが詳しいでしょう」

「ええ、承知しております」

「ビルオーナーと店子という関係ではありましたけれど、私は彼女を尊敬しておりました。つよく自分を律することのできる性分というのでしょうか。夜中まで働いているのに、朝はちゃんとご飯を作って、純君が高校生のころはお弁当を欠かさずに持たせたんですよ。恵まれた家に嫁いでも、不平不満ばかり言うひとをたくさん見てきました。ここ十年ほど自分の周りにひとが集まってくるようになって、改めて波子さんの姿勢に惹《ひ》かれていたんです。彼女が札幌でご自分をお終《しま》いにするとおっしゃったとき、私は心から残念に思いました」

「杉村波子さんが、自分をお終いにすると、そう言ったんですか」

「ええ。賃貸契約の精算の際です。波子さんはその日だけ唇に薄い口紅をさしてました。ご本人は顔色が悪いので、と笑っていらした。波子さんが口紅を塗っているのを見たのは、初めてお会いしたときと最後に会った二度だけです。このくらいの年になるとあまりものごとには動じなくなりますけれど、あの日ばかりは切なかった」

「先生と杉村波子さんは、ただの店子とビルオーナーというご関係ではなかったと、そう判断してよろしいんですね」

十河キクは、数秒視線を泳がせたあと「どうなんでしょう」と語尾を下げた。片桐の体は少しも動かない。窓の外は霧が海風に押されて濃くなったり薄くなったりを繰り返していた。

「片桐さんは、波子さんとご交流があったのでしょう。彼女のことは片桐さんのほうがお詳しいんじゃありませんか」

「先生、私はあなたの口から聞きたいんですよ、杉村母子《おやこ》とどういうご関係だったのか。あなたから聞かねばならないんです」

静かな長いため息を漏らした彼女の、プラチナ色の髪が光る。比呂の脳裏に、純の店に初めて行った日に見た光景が広がる。カウンターの端の、常連客。

「波子さんが命がけで守ったものを私が引き継いだと、そうお考えくだされば」

「それが波子さんの息子、杉村純ということですか」

十河キクが杉村波子から店をたたむかもしれないと打ち明けられたのは、彼女の体に巣くった病魔が暴れだしたころだった。

「何か、予感めいたものがあったんでしょう。久しぶりに彼女のお料理が食べたくなって、お店を訪ねたんです。ずいぶんお痩《や》せになったけれど、と声をかけました。波子さんは笑いながら、自分はこれから先あまり長く生きることはできないだろうとおっしゃった。死ぬのは少しも怖くはないけれど、心のこりは息子のことだと言うんですよ。どんな言葉をかければよかったのか、今もわかりません」

片桐が数秒の沈黙を引き受けたあと言った。

「去年の夏、ハマナス文化功労賞授賞式の際、先生は杉村純に会っています。これは彼の上司に確認を取りました。釧路から母親の恩人が来ているという理由で、仕事を一時間早く切り上げています。料理長は、そんな大切なことをなぜもっと早くに言わないのか、すぐに行けと言ったそうです」

「会いましたよ。波子さんのお終いには間に合わなかったけれど、純君が元気そうにしていてくれて安心したんです」

ハマナス文化功労賞授賞式の前日、十河キクは杉村純と連絡を取った。波子が亡くなっていることを、そのとき初めて知った。

「そんな風に静かに逝くひとだろうと思ってはおりましたが、さびしい気持ちでした。せめて純君に会って、困ったときはいつでも相談してくださいとお話ししようと思ったんです。ときどき魔が差すみたいにいい人になりたいこと、誰にでもあるでしょう」

十河キクは仕事を終えた純と、駅に隣接したホテルのラウンジで会った。係に通されたのは札幌の夜景を一望できる窓側の角席だった。近況や、仕事のこと、困ったことはないかどうか。純はキクの質問に短い言葉で素直に答えた。悲しい話はできるだけ避けていたが、話題はすぐに尽きてしまった。

お母様残念なことでした、というキクの言葉を受けて純は「本人は幸福だったと言っていました」と応えたという。

「そのとき、誠実な青年に育っていることに安心するのと同時に、波子さんが純君の何を心配されていたのか初めてわかったような気がしたんです。優しすぎる気配と言えば、ちょっと漠然といたしますけれど。この先この子はどうやって生きて行くんだろうという、ちいさな染みみたいな不安を感じたんです。何を問うて何を返せばいいのかわからぬ気詰まりな時間でした」

十河キクは、祈るような気持ちで杉村純に訊ねたと言った。

「波子さん、心残りはなかったのよね」

自分の不安をすりかえた言葉を悔いたとき、青年がわずかに動揺した。戸惑いを、見なかったことにはできなかった。

「こんなに立派に育てていても、お母さんはあなたのことが気がかりだったと思うの。

私に何ができるかわからないし、残り時間も少ないお婆さんだけど」

困ったことがあったら、と言いかけてやめた。

「気づくと彼に、釧路に戻る気はありませんかと訊ねていました。また『炉端・純』の暖簾が見たいと言うと、自分にはそんな資格はない、どうしてそこまでしてくれるのかと問われました。まっすぐな瞳を、いつか見たことがあると思ったんです。純君は、波子さんによく似ていたのね」

「先生、それはあなたが嫌っていらした偽善ではないんですか」

片桐の挑発にも、彼女の微笑みは崩れなかった。

「どうお考えになってもいいですよ。そういうふうに見える私もいるのだと思いますから」

「先生、私たちは杉村純にも事情を訊かねばなりません。何かお伝えすることはございませんか」

十河キクはちいさく丸い肩を落とした。

「波子さんにも純君にも、もうしわけないことをしました」

14

海から流れてくる霧が、夜を乳白色に染めていた。街全体が潮のにおいに包まれている。これからという時間帯にもかかわらず、繁華街のはずれに来てしまうと人通りもなかった。

午後六時、比呂は川上町にある香月ビルの前に車を停《と》めた。遠巻きに四台、捜査員の車がビルを囲んでいる。杉村純の動きには別段変わったことはないと報告を受けていた。

エンジンキーを抜き、ひとつ息を吐いた。旗を持つのはどちらなのか、助手席の片桐も黙ったままだ。比呂が最も恐れるのは自分たちの足並みがそろわぬことだった。気温が下がってきたのか、車のフロントガラスがくもり始めた。

「キリさん、私がやりましょうか」

「どうして」

「私がやったほうが、いいんじゃないですか」

「だから、なんでだ」

とてもここから先を片桐に任せることはできなかった。比呂は、もしも片桐を助けられる場面があるとしたら今日ではないのかと自分に問うた。

「杉村純に、直接訊《き》きたいことがあるんです」

片桐が乾いた声で笑ったあと、ポケットから模造煙草《タバコ》を取りだしくわえた。

「凶器のあてはあるのか」

特定されている凶器は「直径九ミリ、硬い縄状の紐《ひも》」だった。答えられずにいると、片桐が助手席のドアを開けた。

「来いよ」

ビルの一階、いちばん奥に立てかけられた看板に『炉端・純』の文字。「商い中」の札が引き戸の真ん中に掛かっている。片桐は入り口の前に立ち、腕を組んだ。中へ入ろうとしない片桐の、視線の先を追う。

「キリさん」

片桐の視線は真《ま》っ直《す》ぐに縄暖簾《のれん》に据えられていた。ふたりのすぐ目の前に「直径九ミリ、縄状の紐」が無数にぶら下がっている。引き戸と欄間のあいだから、一メートル近い縄が一本一本行儀良く並んでいた。凶器。

暖簾全体から浮き上がる『炉端・純』の文字。

「まさかと思ってた」

「いつ気づいたんですか」

「いちばん最初に、お前を連れてきたとき」

札幌、留萌、江別、小樽をまわって釧路へ戻ったあの日、片桐は凶器を発見してしまった。視線は暖簾に注がれているが、まなざしはたぐり寄せた過去を前にして鈍く光っていた。

「二度目に札幌に行ったとき、純《やつ》の前の職場を訪ねた。ホテルの料理部を辞めると言いだしたのは、波ちゃんが死んだすぐあとだったようだ。婆《ばあ》さんと会った直後だよ。急な退職願だったらしい。職場のほうもかなり慌てたと言ってた。後任に仕事を引き継いだ十二月いっぱいで純は札幌を引き払ってる。故郷で店をだすって言ってたそうだ。いい弟子だったって残念がってたよ」

片桐は鈴木洋介の足取りを洗いながら、比呂には黙って杉村純と十河キクを探っていたのだった。

「ずっと、まさかと思ってた。勘が外れることを祈りながら足使ったのは初めてだ。どんなに祈ったって、現実なんて変わらないんだな。登記簿見たときは正直、自分の経験が恨めしくなったよ。どこのどいつが、ビルオーナーまで調べながら酒飲むんだよ」

片桐がひと息ついてつぶやいた。

「やってみるか、松崎」

「はい」

店に入ると涼やかな純の声が響いた。片桐とふたり席につく。先客はサラリーマン風の男がひとり。常連のようだ。小鉢を三つ四つ並べて焼酎《しょうちゅう》を飲んでいる。焼き魚のにおいが漂っていた。

「今日はお酒なしで。純君のおすすめのご飯をお願い」

「お疲れのようですね。今日はこの時間に店じまいできるんですか」

「うん、こういう日もあるの」

「二十度になったり十度に届かなかったり、こんな安定しない天気のなかでの激務は大変ですよ。精のつくものにしましょう」

純は背後の冷蔵庫から銀鱗《ぎんりん》の半身を取りだした。

「トキシラズです。今日入ったばかりでした。甘塩なんで、たっぷりお茶漬けにのせますね」

「それ、俺にもくれ」という先客の声に、純は晴れやかな笑顔を向けた。トキシラズに包丁が入る。

彩りにイクラと三つ葉を散らした贅沢《ぜいたく》なお茶漬けは、すぐに三人の腹に消えた。食欲はあった。心配ないと自分に言い聞かせ、比呂は静かに時を待った。

十分後、先客が支払いを済ませて帰った。心もち背筋を伸ばす。

「純君、訊きたいことがあるの」

「はい」器を下げていた純の手が止まる。

「十河キクさんのことです」

「オーナーがどうかしたんでしょうか」

瞳《ひとみ》にも声にも動揺を感じなかった。魚を焼く際に回した換気扇が、速度を失って数秒鈍い音をたてた。比呂は青年の顔を見つめた。子供の頃と同じ、澄んだ目をしている。記憶が遠い過去に飛んで、湿った気持ちを連れてきた。純の瞳は母親に連れられて玄関先で頭を下げたときと少しも変わっていなかった。

純は無言で厨房《ちゅうぼう》から出てくると、引き戸の表に掛かっている縄暖簾を外した。立ち上がりかけた比呂を、片桐が止めた。純は内側のフックに掛けて再びふたりの前に戻った。片桐と比呂のちょうど真ん中に立って、頭を下げた。比呂が見る限り彼の動きには迷いも無駄も感じられなかった。喉《のど》が渇いていた。すっかりぬるくなったほうじ茶をひとくち飲む。カウンターの上で組んだ両手が緊張で冷えてゆく。純君、と言ったあと、意図せずわずかな間があいた。

「ここのお店を借りることになった経緯を、訊かせてほしいの」

純は視線を下げ、ゆっくりと息を吐きだした。

「母が毎日見ていた景色《もの》を、僕も見たいと思ったんです」

「去年の七月、札幌で十河キクさんに会ったと聞いています。お母様を亡くされたすぐあとでしたね」

「はい。向こうで母を看取《みと》って、またホテルの仕事を頑張るつもりでした。母も店を僕に任せるつもりなら、すべて処分して札幌の病院に入ったりはしなかったと思います」

「十河さんに、釧路へ戻ることを勧められたと考えていいんでしょうか」

「僕も、自分では気づかないうちに、こっちに戻りたいと思っていたんでしょう。誰に勧められたということでもありません。流れがよかったんです。いろんなことのタイミングが重なったんでしょう」

純の眼差《まなざ》しは優しげで虚ろだった。なにを見ているのか、視線は片桐と比呂の隙間《すきま》を抜けて遠くに注がれている。

片桐は模造煙草を嚙《か》み、比呂はほうじ茶の湯飲み茶碗《ぢゃわん》をきつく握っていた。

数十秒の沈黙のあと、張りつめた気配がゆるむ。

「母が死ぬまでのあいだに考えていたこと、知りたくなったんです。謝らないといけないことがたくさんありましたが、僕はなにもできなかった。どう考えたって幸福だったとも思えない一生を母は『楽しかった』って言ったんです。楽しかった、ありがとうって。十河さんにお会いした際に、そのことをお伝えしました」

「十河さんは、なんて」

「自分もそう言って死ぬつもりだとおっしゃいました」

比呂は一度きつく目を閉じた。杉村波子、純、十河キクの間に生まれた新しい繋《つな》がりは、鈴木洋介の思いと交差して、思いもよらない悲劇へと転がっていったのだった。

「いろいろと、事情を伺わなければならないんです」

比呂の次の言葉を待たずに、純が言った。

「誰のせいでもないと、十河さんに伝えてください。お願いします」

片桐の口元から割れた模造煙草の先が落ちた。ため息混じりに拾い上げ断面を合わせている。胸奥に吹いていた風が止《や》んだ。深呼吸を三度繰り返す。比呂は真っ直ぐ青年の目を見た。蛍光灯の明かりを吸った瞳が艶《つや》やかに光っていた。

呼吸を整え切り込む。

「五月十八日の午後六時前後、どこに居たのか教えてください」

ゆっくりとうなずいた純の口元が、微笑みのかたちに開いた。


翌朝から始まった事情聴取で、杉村純は鈴木洋介殺害と死体遺棄を認めた。

取り調べには比呂があたることになった。片桐は昨日比呂がいた場所でペンを持っている。今日は比呂が片桐の疑問を代弁する。

「ひとつひとつ、ゆっくりでいいので十八日のことを話してください。鈴木洋介さんがなぜ『炉端・純』に現れたのか、教えてくれませんか」

「十八日の午後五時を過ぎたくらいの時間でした」

鈴木洋介はふらりと現れたという。

「ここで人と待ち合わせをしているんですけど、少し早く着いてしまって。待たせてもらってもいいですか」

洋介はビルの前に車を停めたが取り締まりはどうなのかと訊《たず》ねた。

「ときどき、忘れた頃に見回りがきます。ここから歩いて二分くらいなんですが、お車のお客様には川岸の駐車場をご利用頂いています」

鈴木洋介はいったん『炉端・純』を出て、車を河畔駐車場に入れてから店内に戻ってきた。黒っぽいスーツと無柄のネクタイが、瞳の青さを引き立てていた。顔立ちは日本人なのだが、瞳だけが美しい青だった。彼はお茶を飲みながら純に訊ねた。

「とても腕のいい職人さんがいると伺ったんです。十河さんは、こちらにはよくいらっしゃるんですか」

「そうですね、ときどき。お客様がお見えになることは、先ほど十河さんから連絡が入っております。少し遅れるかもしれないということで、先に何か美味《おい》しいものを召し上がっていただくようにとのことでした」

「そうですか。釧路の味覚は初めてなので楽しみです」

杉村純は小鉢を並べながら、鈴木洋介の仕事や今回の来訪の目的などを聞き出した。

「お車は何に乗っていらっしゃるんですか。ディーラーさんともなると、やはり車にはこだわりがあるものなんでしょうね」

鈴木洋介は照れながら「その逆です」と答えた。

「とにかく走らなきゃ仕事にならなくて。小回りのきく軽四輪に乗ってるんです。価格的には普通車とそう変わらないんですが、燃費と維持費が違いますから」

「でも札幌からここまで、小さい車だと疲れませんか」

「好きな音楽かけていい気分で走ります。運転はまったく苦にならないんです」

小鉢をふたつ並べるあいだに、鈴木洋介の情報も貯《た》まった。遠慮しているのか、まだ箸《はし》はつけていない。純はタラの芽《め》の和え物を盛りつけながら、カウンター前の鈴木洋介に訊ねた。

「釧路にはどういったご用事でいらしたんですか」

「商談です。でも、半分は十河さんにお会いするためでした」

「十河さんとはどういったご関係なんでしょうか。差し支えなかったらでよろしいんですが」

鈴木洋介は口元を微笑みのかたちにしたまま「実は今日初めてお会いしたんです」と答えた。そして「どうしても会いたかったんですよ」と続けた。

杉村純はまな板の奥にあるデジタル時計を見た。開店時刻まであと十分あった。厨房から出て引き戸の内側に掛かっていた縄暖簾を外した。引き戸にはめ込まれているのは磨りガラスだ。外からは見えない。今までこんな早い時刻にやってきた常連客はいない。

両手に掲げ持った暖簾を縦にした。縄が束になる。鈴木洋介が小鉢のひとつに手を伸ばした。使う縄を決める。洋介が箸を割る音と同時に、縄が彼の首に掛かった。

鈴木洋介の遺体は、厨房の足下に置き新聞を掛けた。その夜『炉端・純』は通常通りの営業をした。

五月十八日、午後十一時三十分。杉村純は遺体のポケットから車のキーを抜き取り、釧路川の河畔駐車場に向かった。札幌ナンバーの軽四輪は一台しかなかった。キーロックのボタンを試すと、すぐに解除された。

アポロキャップを深めに被《かぶ》り、鈴木洋介の車をビルの前に停めた。

「客足が途切れたのが十一時だったので。月曜日でしたから、他の店も似たり寄ったりだったと思います。うちは常連さんがふた組入りましたが、どちらも長居はされませんでした」

杉村純は酔った客を介抱するふりをしながら遺体を後部座席に押し込んだ。運転席に入り周囲を見回す。ビルの前に長く駐車はできなかった。どこへ向かうというはっきりとした目的もないまま国道を内陸に向かって走りだした。

運びだす前に身元が判明しそうなものはすべて抜き取った。携帯電話、札挟み型の財布、小銭入れ、カードホルダー、コンタクトケース。焼けるものは焼き、ゴミに紛れ込ませ少しずつ捨てるつもりで店の厨房に置いてきた。

行き先を決めたのは、市中心部から国道三九一号線を十キロ北上したあたりだった。達古武《たっこぶ》地区を抜けてしまうと対向車はほとんどなくなった。達古武峠を抜けて塘路に入るころ、視界は濃い霧に包まれ始めた。塘路橋にさしかかったとき、純は遺体の捨て場所を阿歴内川に決めた。

「自分が何をしているのか、深く考えることはしませんでした」

淡々と作業を行えていることが、次の行動を後押ししていた。深く考えなくても、するべきことは変わらない。

遺体を川に落としたあと、後続車のライトが光った。霧の中、ヘッドライトを肥大させながら大型車が近づいてくる。慌てて車に乗り込もうとしたが、車のエンジンを切ってあることに気づいた。このままでは乗り込んで発進する前に大型車のライトに照らされてしまう。急いで後部座席のドアを閉め、車のフロントバンパーの下に隠れた。ライトに照らされずに済む場所はそこしかなかった。数秒後、大型トラックが車体をしならせながら橋の上を通り過ぎる。急いで車に乗り込み、アスファルトにスリップ痕《こん》が残らぬよう橋を渡りきったところでUターンした。

オホーツク方面に向かったと思われていた鈴木洋介の軽四輪は、死体遺棄後に再び市内に戻ったのだった。

杉村純が市内に戻ったのは午前二時。

「車をどこかに乗り捨てなければと思ったとき、初めて手袋をはめていなかったことに気づいたんです。自分の指紋でいっぱいの車を、その辺に置いて立ち去ることができなくなりました」

車は中央埠頭《ふとう》から海に沈めることに決めた。どんなに遠くへ持って行ったところで、別の交通機関を利用して帰ってきたのでは元も子もない。誰にも会わず、会ったとしても不審に思われない場所は、結局店から歩いて十五分ほどの埠頭だった。

「岸壁で、シフトレバーをドライブにして車を降りました」

杉村純は、車が沈むのを見届けて、アパートに帰った。

比呂は呼吸が乱れぬよう精いっぱい背筋を伸ばした。自分の背を見ているはずの、片桐の思いが伝わってくる。

「なぜ、鈴木洋介を殺さなくてはいけなかったの。あなた、自分が動機をひとつも話していないことに、気づいていますか」

「動機、ですか」

「そう。人をひとり殺すには、とても大きな理由が必要です。殺したかったからだけでは、あなたも納得できないし、もちろん私も。殺害方法や遺棄の事実は、裏を取っていけばはっきりするけれど、理由がないとどんな事件も終わらないの」

それまで淡々としていた杉村純の瞳や口元に、初めて戸惑いの色がにじんだ。比呂は辛抱強く彼の言葉を待つ。いつまでも待つつもりだった。焦らない。何がどこで過ちを生んだのか、見届けなくてはいけなかった。

「純君を大切に思っている人たちのために、私はここにいるんです。あなたは、その人たちのために話さなくてはいけないと思う。誰の心にも悲しみが収まるところというのがあります。あなたはまだ、大切なことの半分も話してくれていない。このままでは私も片桐さんも、純君と過ごした時間をうまく仕舞うことができないんです」

弟が発見された川岸に立っていたときの、鈴木加代の姿が眼裏《まなうら》を通り過ぎた。

「ずっと、実感なんて必要あるのかと思ってきたけれど、必要なんだってやっとわかったの。人の思いって、ちゃんと箱に入れてあげないとずっとどこかで漂い続けてしまうのよ」

静かな時間だった。その場にいる誰も、身動きひとつしない。静けさのなかに埋もれてしまいそうな数分のあと、純が口を開いた。

湿原染工房を去る鈴木洋介に、十河キクは「すべて話します」と言った。彼女が指定したのは『炉端・純』だった。キクから純の携帯に電話が入ったのは、洋介が工房を去ってすぐのことだ。

背後で片桐がペンを走らせる音がする。「通話記録」と書かれてあるはずだ。

「十河さんは、とても驚かれているご様子でした。ずいぶんといろいろなことを調べていたそうです。ご自分の過去を、すべて話さなくてはいけないときが来たんだとおっしゃいました」

杉村純は「工房を閉めたあと、すぐに向かうから」と言った十河キクに訊ねた。

「ここで待ち合わせていること、誰か知っているひとはいますか」

彼女は玄関を出て見送るときに決めたので、誰も知らないと答えた。

「今逃げおおせても、きっとまたやってくるとおっしゃいました。もう逃げられないとも。いつかすべて調べ上げるだろうから、もういいのだと言うんです。今また同じ場面に立たされても、僕はきっと同じことをしたと思います」

純はキクに言った。

「いいですか、よく聞いて。今夜は工房から出ないでください」

何をするつもりかと訊ねたキクに、純は答えた。

「何があっても、いつもどおり十河キクさんのまま笑っていてください。誰に何を訊かれてもです。僕の言うこと、わかってくださいますね」

比呂は念を押した。

「十河キクのまま、と言ったんですね」

「そうです」

「十河さんは、そのとき何と応《こた》えたんですか」

「なにも。僕から一方的に電話を切りましたから」

杉村純は、十河キクが別人であることを知っていた。比呂のなかで、模様の違うカードが重なり合ってひとつの絵を創り上げた。

「十河さんの過去を、どこまで知っているんですか」

純は数分黙り込んだ。比呂は一歩も退《ひ》かぬ覚悟でもう一度同じ質問をした。

「どこまでお話しすればいいんでしょうか」

「知っていること、すべてです」

杉村純が十河キクの過去を知ったのは『炉端・純』再開の準備をしていた年明けのことだった。

「器をひとつひとつ選ぶところから、協力していただいたんです。開店資金もお家賃に少しずつ上乗せしてお支払いする予定でした。十河さんは、払えない月は無理をしなくてもいいとおっしゃいました。器や鍋《なべ》なども、お手持ちのものを譲っていただいたんです。母のことや僕のこと、あんなに話したのは初めてでした。言葉にすると、いろいろなことが楽になると思ったのも初めてです。十河さんもご自分のことを話してくださいました。僕がどこまであの方のことを知っているのかはわかりません。たぶん同時に、僕たちはとても楽になったんです」

十河キクのことを語るとき、純は「感謝」という言葉を使った。

取り調べを終え取調室から出た比呂を押しのけ、片桐が足早に廊下を進んだ。何かを急《せ》く靴音が廊下の中ほどで止まる。片桐の背中が大きく息を吸い込んで膨らんだ。

「ばかやろう」

留置管理係、比呂、別室で取り調べを眺めていた同僚たち、すべてが片桐を見た。誰もが動きを止めていた。

ただひとり、杉村純だけが片桐をふり返らなかった。

15

取調室へ向かう廊下に漂う空気が重かった。いつもと変わらぬ景色のなか、濃い霧が執拗《しつよう》に片桐を覆っている。かける言葉も見つけられないままドアの前に立った。片桐が深呼吸をする。

「じっくりやるぞ、相手は妖怪《ようかい》だ。見せるな隠すな」

比呂は同じように息を大きく吸って吐いて、片桐に訊ねた。

「キリさん、どうしていつも『見せるな隠すな』なんですか」

「昔、ストリップの小屋主は、そう言って踊り子を育てたんだそうだ」

「理由になってませんよ」

「取調室《こ》は常に舞台の上ってことだよ」

片桐が取調室の席に着くと、十河キクは頭を下げた。

「おつかれさまです。よろしくお願いいたします」

彼女は取り調べを受ける側とは思えないほど、落ち着き微笑んでいた。確かに、片桐の言うように「妖怪」かもしれない。こちらの思惑などすべて透けて見えているような笑みだ。

「杉村純は、すべて自分が考えた末の犯行と言っています。犯行当日、鈴木洋介に追い詰められたあなたに電話をもらったとき、死んだ母親が自分を頼ってくれているような気がしたそうです」

十河キクはちいさくうなずいた。取調室から見る窓の外は雲が重く垂れ込めている。空の色をそのまま写し取ったような部屋で、プラチナ色の髪が光った。

杉村純が自供したという報告を受けた際も、十河キクはわずかに視線を落とすだけだった。

「ひとつひとつ、ゆっくりでいいのでお答えください」

キクの額が持ち上がる。

「我々が持っている情報を総合すると、事件は確かに解決に向かっているはずなのに、少しもゴールが近くならないんです。駒《こま》というか、人間がひとり多い」

室蘭で十河キクに刺された女は津田の協力で「花の名前」「さっちゃん」というところまでは突き止められたが、どこからも本名が出てこなかった。さつき、さくら、と考えてはみるが、どれも目の前の老婆とは重ならない。

彼女はキクが開いた染め物店でまめまめしく働いた。目立たぬよう、邪魔にならぬよう教室の裏方や店の切り盛りをする。彼女は本来の店主がただのお飾りに見えるほど働き者だった。彼女は店に出入りする人間すべてに「さっちゃん」と呼ばれていたが、誰もその名を覚えていなかった。

キクと片桐の視線が挟んだ机の真ん中で絡み合っている。比呂の耳の奥で見せるな隠すなという言葉が繰り返された。

「亡くなったご主人の親、『魚十』の十河社長が長男の嫁について語っていたことや、周囲が記憶していることなど、総合して十河キクという人間を立体化させてみました。失礼ながら非常にわかりやすい女です。留萌で産んだ子供を捨ててススキノに流れ着き、金持ちのパトロンを見つけて後妻に入る。樺太時代に身につけた染色技術を活《い》かす場所を得て、嬉々《きき》として商売をはじめる。夫に女ができたとわかるや、刃物を振り回す」

「ひどい女ですね」

「おっしゃるとおり、これだけ並べるとひどい女です。その後彼女は『魚十』の没落を見届けて、夫とふたりで道東へ向かうんだ」

片桐は「問題はここなんです」と一拍おいた。静かだ。

「釧路で、十河キクはまるで心を入れ替えたみたいに献身的に夫に尽くし始めるんだ。それまでやったこともない印刷会社の事務仕事をみごとにこなす。印刷技術も瞬く間に覚える。後継者のいない社長夫妻に気に入られ、身代を引き継ぐ。夫の正徳氏を社長にして、自分は現場で働き続ける。子供を産み、立派に育てる。夫が亡くなったあとは、再び自分のために時間を使う。先生、これぞ理想的な老後です。工房に集うみなさんも、先生のお人柄とその生きかたに感銘を受けたひとばかりだ。室蘭の十河キクとは対照的な半生を、先生ご自身はどう思われますか」

キクはしばらく視線を片桐に据えたあと、迷いのない眼差しで言った。

「片桐さん、たったひとりの人って、誰にでも必ずいると思うのよ」

聞かねばならなかった。そう思っているのに、聞くのが怖かった。片桐も同じ気持ちではないか。比呂の背中に冷たい汗が流れた。

「私にとって、夫はたったひとりの人でした。どんなに道楽者でも、親の身代を食いつぶして社員をみんな路頭に迷わせても、誰を不幸にしてもどんなことをされても、たったひとりのひと。ものごとを思うように動かせないのは、人の資質です。悪い方向にしか流れて行けないのも、与えられた運命かもしれない。だけど、いちどその人を支えて生きていこうと決めたら、迷っている暇なんてなかった。戦後って、次の戦争が始まるまで続くのよ。私の戦後は、まだ続いているの」

鈴木洋介殺害事件が収束するために必要なのは、目の前の女が十河キクとなるに至った物語だった。彼女の言葉が取調室の床にこぼれ落ちた。

「十河キクさんとは、室蘭で初めてお会いしました」


昭和三十六年初夏、『染色助手募集』の張り紙を見た彼女は、準備中の『染め物 そごう』を覗《のぞ》いた。

「ごめんください」

店先から奥へ声をかける。すぐに店主が出てきた。体にはりついたVネックのシャツとサブリナパンツ、水色のアイシャドー。派手な印象だが指先は荒れ気味だ。爪《つめ》の周りが染め粉でまだら模様になっている。

「表の張り紙を見たんですけれど、もう決まってしまいましたか」

「まだだけど。経験あるなら大歓迎だし、なくても歓迎。ひとりで準備するのも、いいかげん疲れてきてるの」

「染め物のことは、まったくわからないです。申しわけありません」

「興味はあるんだよね」

「はい、もちろん」

店主は、紺地のスカートに白いブラウス姿、持ち物といえば風呂敷《ふろしき》包みひとつという女を上から下まで眺めて言った。

「貧乏くさいねぇ。まぁ、あたしの顔を見にきただけの冷やかしでもなさそうだけど」

「冷やかしなんかじゃありません」

十河キクは、開店準備を始めてからずっと「冷やかし」ばかりでうんざりしていたのだと言った。まだ街にきてから間もないので余所者《よそもの》として珍しがられているという。

「ここはなんだか、住みやすいんだか住みにくいんだかわかんない。あんた、こっちの人間じゃないでしょ。まぁ、どこから来たんでもいいわ。中に入りなよ」

彼女はその場で『染め物 そごう』に採用された。

「話してみればからりと明るい人でした。お互いの第一印象がいいというのは、思えば良くない出会いだったのでしょう。今ならわかります。すぐに知り合える関係は、すぐに消えてしまう関係でもあるって。出身や親兄弟について深く詮索《せんさく》されないのも居心地がよかった。すぐにお店の前の張り紙は外されました」

彼女は十河キクから染色の手ほどきを受けて、開店するころには助手を務められるくらい手際がよくなっていた。白い開襟シャツも染み抜きをして染め直せば新しいものになる。木綿から絹物、染料の選びかたから染め上がりの善《よ》し悪《あ》しまで、十河キクは彼女ののみこみの良さを喜んだ。

開店してほどなく、染め物教室も生徒が集まり始めた。白い布を計り売りして、それぞれが好きなものを染めたり縫ったりする。子供の洋服を作ったり、浴衣を染め直すこともできるとあって『染め物　そごう』はいつも店内に人がいる、街で流行《はや》りの場所となった。

十河キクは、ものごとにこだわらない明るい面を見せているあいだは良かったが、染め物教室の生徒が少しでも夜の商売を馬鹿にするようなことを言ったときは容赦なかった。

「キクさんは、そこが教室でも表通りでも、喧嘩《けんか》となったら徹底的に相手をやり込めてしまうんです。周りの人はみなさんキクさんがススキノで働いていたことを知っていましたから、陰ではあからさまに、表ではそれとなく語られることが多かったんです」

十河家の嫁という立場を手に入れたキクの、唯一の泣きどころが「元ホステス」だった。店が流行れば流行るほど、陰口も増えていった。「ちょっと、もう一回言ってみなよ」と啖呵《たんか》を切るときのキクは、相手がたとえ街の名士の娘だろうが妻だろうが関係がない。店内で客とのあいだにおかしな空気が流れたときは、すかさず「さっちゃん」が割って入った。

「たとえホステス期間が一日でも十年でも、その時代が持つ夜の女に対する偏見は同じだったんです」

やがて店内では彼女がキクの激高をなだめ、生徒との間を取り持つようになる。どんなに気性の荒いところを見ても、彼女が十河キクを嫌いになるということはなかった。体を動かすことは苦にならないが、人前で弁をふるうことが苦手な彼女ができることは、十河キクという染色家を支えることだった。

「さっちゃん」はキクのよき理解者となってゆく。彼女も、十河キクを姉のように頼りに思っていた。

「キクさんにも私にも、頼みの身寄りというのがなかった。樺太から身ひとつで引き揚げてきた人の中には、男でも女でもそういう人がいっぱいいたんです。キクさんは身元の保証も親兄弟も、なにひとつ確かなものがない私を、こだわらずに受け入れてくれた。そうした寛容さと気性のバランスがときどき崩れても、袂《たもと》を分かつほどのことだとは思いませんでした。キクさんのことは自分なんかよりずっと人間くさい、かわいい人だと思っていました」

献身的に十河キクを支えていた彼女だったが、それも長くは続かなかった。ふたりの関係が崩れてゆく原因となったのが十河正徳との出会いだった。

「こればかりは、自分でもどうにもなりませんでした」

夜中、いつものように染め上がったものにアイロンをあてていると、十河正徳が店にやってきた。店内にいるのがキクだと勘違いした正徳は、「今日は夜遊びに行かないのか」と半分怒鳴りながら店に入ってきた。

「そのころの十河家は、道ですれ違ったら拝まれるというくらいの存在でした。一代で『魚十』を築いた社長は近くに親類縁者もいなくて、だからこそ盤石な経営ができていたんでしょうけれど。いきなりその息子さんが店に駆け込んできたので、驚いてしまって」

煌々《こうこう》と明るい染め物屋の店内に怒鳴り込んだ十河正徳だったが、相手が妻ではなく助手の「さっちゃん」だと気づき慌てて謝った。

「ごめんね、てっきり女房だとばっかり」

十河正徳は怒鳴りながら入ってきたことを何度も詫《わ》びた。彼はまさか彼女がキクの代わりに夜中まで仕事をしているとは思わなかったのだと説明する。開店時から何度か挨《あい》拶は交わしたが、キクのいない場所で会うのは初めてだった。噂《うわさ》に聞く「遊び人」が懸命に頭を下げる姿は新鮮で、女房の道楽を許す飄々とした姿もほほえましく見えた。

キクが面倒な人づきあいや仕事に飽きて夜の街に遊びに出るようになってから、翌日の準備や残っている仕事をするために「さっちゃん」は店に残ることが多かった。十河キクの経営能力はほとんど無いに等しかったが、利益が出ないまでもひどい赤字を出さずに済んでいたのは彼女がキクのぶんも働いていたからだった。

「キクさんは毎日、よく行くお店のマスターの話をおもしろおかしく話してくれましたが、そのことも街で良くない噂になっていたようです」

その後十河正徳は、たびたび差し入れなどを持って夜遅くに現れるようになった。一、二度はキクが残っていることもあった。そんなとき彼は「遅いから迎えにきた」と妻に言うのだった。「さっちゃん」は、沈み込む気持ちに蓋《ふた》をした。

「自分には正徳さんを想《おも》う資格がないと言い聞かせました。キクさんも夜の街では浮名が流れるひとでしたけれど、正徳さんも同じ。どこそこに妾《めかけ》が何人というお話は、客商売を手伝っていればいつも耳に入ってきました。でも、彼と話していると、それもただの噂でしかないような気持ちになるんです。今この笑顔は自分だけに向けられていて、彼は私と一緒にいるのが心から楽しいのだと思えてくるんです」

彼女と正徳の関係が暗い場所へと移動するのに、長い時間はかからなかった。

「キクさんに済まないと思う気持ちに毎日責められながら、それでも彼に会うのが嬉しいのだから、人の心は手に負えない。彼がどんな人でも誰の夫でも、好きなのだから仕方ない。気持ちの表側でキクさんに手を合わせて詫び、裏側では彼女を嗤《わら》っていたのかもしれません。それが人の本質だと、今ならばわかります。人は見えるところと見えないところ、本人も気づかないような部分に、何重もの表と裏を隠し持っているんです」

ふたりの逢瀬《おうせ》はもっぱら真夜中の店内だった。キクが夜になって店に現れる夫を怪しみ始めたのは、ふたりの関係が深まって二ヵ月ほど経《た》った、十一月の半ば。

そのころ店の経営はキクの気性が災いして『魚十』が毎月の補塡《ほてん》をしなくては維持も難しくなっていた。開店から半年を待たずに『染め物　そごう』は暗礁に乗り上げた。

「お店の経営が怪しくなればなるほど、正徳さんへ傾いていく気持ちが大きくなって。でも私は、自分とキクさんの関係もうまくいっていると思っていたので、心は苦しくなるばかりでした。思い返せば、女としてそのときがいちばん充実していたのでしょうけれど、当時は苦しさばかりが先に立ってました」

十河キクが残った仕事を彼女に預けて帰宅した一時間後、正徳が店内に入ってきた。彼はすぐに簡易ストーブの上にアルミの鍋を置いた。

「夜食におでんでもどうだい。ひとり用の鍋に入れてもらってきた。次に行くときに返せばいいそうだ」

「あともう少しで終わります。いつもすみません」

「いや、急がなくていいよ。なんだかそうやって一生懸命働いているひとを見るのが好きだ。毎日同じことをしていて、よく飽きないねぇ。僕は生来の道楽者だから、朝から晩まで黙々と働くひとに憧《あこが》れてる」

「働くしか能がないんです。人より秀でたところがあるわけでもない。なんの取り柄もない人間は、起きてるあいだは働くことしかできないものですよ」

「そういえば僕、さっちゃんがどこの生まれか聞いたことなかったよね」

「気がついたら生まれてて、気がついたらここにおりました」

笑いながら彼女がアイロンを片づけ始めた。仕事の終わりを見計らい、正徳が彼女を引き寄せる。ストーブの上にのせたアルミの鍋から、串《くし》おでんの割り箸が飛びだしていた。こんにゃくとゆで玉子とさつま揚げ。おでん屋が『魚十』から仕入れた材料だ。

正徳につよく抱きしめられていると、キクに対するすまなさと言葉にならないおかしみが混じり合い、心が不思議な模様を描く。それは「色流し」に似ていた。水に浮いた染め粉の表面を菜箸で動かすと水紋ができる。そこへ布を被せて染める手法は、この世にふたつない仕上がりになる。

ブラウスのボタンが外されてゆくとき、誰かに必要とされていることを実感できた。正徳の優しさが、好奇心でも哀れみでもかまわなかった。背中にあった男の手のひらが腰や胸へ移動する。今日のことも明日のことも考えられなくなる。

そのとき、店の戸が勢いよく開いた。

「さっちゃん、あたしちょっと忘れ物しちゃった」

十河キクが突然店内に駆け込んできた。

正徳の体がバネでもついていたかと思うくらい素早く離れた。

現場をおさえにやってきたキクの顔を、彼女は見ることができなかった。ブラウスのボタンを留めるのにも、指の震えが止まらなかった。

「キクさんの怒鳴り声が店中に響いて、彼がそれをなだめて。その繰り返しでした。自分はこの場にいてはいけない人間なんだと思うのが精いっぱいで、ほかに何も考えられなかったんです」

キクは「ずっとおかしいと思ってたんだ」と、じりじり夫へ近づいてゆく。作業台の上に置かれていた裁ちばさみを手に持った。

「おかしいのはお前だ、そんなもの持ってどうする気だ」

キクが手にしているのは、研ぎ屋が研いでいったばかりの一丁だった。

「ごめんなさい、キクさん、私が悪いんです。許してください、ごめんなさい」

「あたしはもう、人殺しなんて屁《へ》とも思ってないんだよ。なんだってできる。お前たちふたりともぶっ殺すくらいわけないんだ。怖いものなんか、ただのひとつもないんだよ」

「キクさんは、今まで見たこともないくらい怒ってらした。けれど私のほうを見たとき、一瞬悲しい目をされたんです。私はなにかとても大切なものを失ったのだと、あのとき気づきました。もう一度ちゃんと謝らなくてはと思ったとき、お腹《なか》に裁ちばさみが刺さっていたんです。キクさんと久しぶりに目が合って、彼女のことを大好きだった自分を思いだしてました。ずっと支えて行こうと思っていたことも。彼女は私の過去をなんにも聞かずに受け入れてくれたひとだったって、そんなことを考えているうちに目の前が暗くなりました」

彼女は病院のベッドで目を覚ました。

病院から意識が戻ったという連絡が入ってすぐに『魚十』の社長、正徳の父親が現れた。社長は彼女を責めなかった。「すみません」と謝る声が病室の壁から跳ね返る。社長は首を振り、上等な背広の内ポケットから厚みのある封筒を取りだして枕元に置いた。

「歩けるようになったら、街を出ていきなさい。これだけあれば、しばらくはなんとかなるだろう」

病室の戸口へ歩きだした社長の背中に、彼女は目覚めたときからの気がかりを問うた。

「キクさんは、どうされていますか」

どういうことかと問い返され「警察」という言葉が漏れた。社長はため息まじりに言った。

「心配ない。あとはあんたが街から出ていけばいいだけになっている」

退院したのは目覚めてから三日後の夜だった。日が暮れてから、最終列車に間に合うようにと車が用意された。人目につかぬように街を出て行けということだった。師走《しわす》に入った港町は浮かれてきらびやかな気配を漂わせていた。体のどこにも力が入らない状態で彼女は駅の改札を抜ける。惜しいものなどひとつもなかったが、正徳に別れも言えずに立ち去ることに胸が痛んだ。

「封筒の中には一年くらい遊んでいても困らないくらいのお金が入っていました。後で考えれば、当時の十河家は火の車だった。借金で火だるまになって、どうにもならないところにきていたはずなんです。私は札幌で療養したあと、三ヵ月ほど食堂の皿洗いなどしながら過ごしました。ぼんやりとすればするほど正徳さんのことが頭に浮かんで仕方なかった」

翌年三月、彼女は室蘭に戻った。正徳とキクがその後どうなったのか、ふたりが何ごともなく暮らしていてくれたら、潔く諦めるつもりだった。心の裏側に、うまくいかなくなっていることへの祈りを隠してネッカチーフを深めに被る。彼女は道ばたで誰に会っても「さっちゃん」だと気づかれないよう努めた。

室蘭の商店街では『染め物 そごう』の看板が取り外されており、十河社長は病死していた。『魚十』は人手に渡ることが決まり、物の流通も賑《にぎ》わいも変化していた。十河家の痛々しいありさまを知った彼女は、一度は諦めようと誓った十河正徳のことを案じ始める。自分にできることなど何もないと知りながら、会いたい気持ちを止められなかった。

「最初に彼が出なかったら、電話を切ろうと思っていました」

その賭《か》けが吉だったのか凶だったのか、わからないと彼女は言った。「もしもし、十河です」と言ったきり双方が黙り込んだ電話で、十河正徳は彼女の名前を呼んだ。

「さっちゃん。そうなんだろう。切るな、切るんじゃない」

彼女はこの一度きりと腹を決め、ひと駅向こうの目立たない喫茶店の名前を告げた。

十河正徳と再会した彼女は、彼が室蘭を捨てる決意を固めていることを知る。

「何もかも、俺のせいなんだ。あのあとしばらくは外に出られなかった。街を歩けば誰かに見られているような気がして。人が怖くて怖くて仕方ないんだ」

会えてうれしい、と正徳がつぶやいた。すまなかった、と続けた。彼女は男を哀れんでいた。

「そっと出ていくつもりだと言うんです。キクさんにも黙ってどこか遠くへ行くつもりだって。自分は何をやっても駄目な男だって。それでもいいと思ってしまうのだから、女というのはわからない」

妻から「死ぬまで許さない」という言葉を毎日のように聞かされ続けた男と、それを哀れむ女が喫茶店の片隅で黙り込んだ。キクは正徳と別れるつもりがないのだった。妻の頑《かたく》なな態度は果たして愛情なのか復讐《ふくしゅう》なのか。

やがて男がくぼんだ目を見開き言ったのだった。

「一緒に、逃げたい」

数秒の間を置いて、彼女はうなずいた。

「彼の母親や姉たちは東北の親戚《しんせき》に身を寄せる算段をしていると聞いたんです。彼は一度撮影旅行で行ったことのある道東へ行きたいと言いました。あそこならば港町だし炭鉱も漁業もある。働くところも身を隠すところもあると、そう言うんです。キクさんはどうするのかと訊ねました。正徳さんは、この計画が知れたら間違いなく追いかけてくるだろうと言いました」

駆け落ちの計画は細い綱を渡るくらい危険な予感で満ちていた。今度ふたりでいるところを見つかったら、と想像は昏《くら》い場所を巡り続けた。

「俺がなんとかするから、って彼が言ったんです。裁ちばさみを握っていたときの、キクさんの言葉を思いだしていました。人を殺すくらい何とも思っていないって。もちろんそんな言葉を真っ直ぐに信じていたわけではありません。私はあんなことがあった後でさえ、キクさんを憎むことができなかった。なのに、私はキクさんよりも彼を選んでしまったんです。どちらか選べと言われて、本当に片方を取ってしまう。そういう潔くないことをしてしまうのも、人の心の不思議さです。室蘭から釧路へ行くあいだに、キクさんを『撒《ま》く』と彼は言いました。それが何を意味するのか知っていて、承知したんです。私はひとあし先に釧路へ向かい彼を待ちました。それでもまだ、気持ちは揺れていました。彼がキクさんとふたりで釧路に現れたときは、今度こそちゃんと諦めなくてはいけないって。でも、たとえそうなったとしても、きっと私は自分を言いくるめて、再びあのふたりを追いかけてしまったんでしょう。どこまでも正徳さんに執着していたのは、キクさんではなく私のほうだった」

しかし十河正徳はひとりで釧路の幣舞橋に現れた。彼は約束の場所と時間を守ったのだった。すっかり面やつれした正徳は、その瞳を真っ直ぐ彼女に向けて「すまない」と言った。

「もう、本当に何もなくなってしまった。家も人も、人の心もなにもかも、なくしてしまった。今日ここで会えただけで充分だ。ありがとう、さっちゃん」

漁船が何隻も春の漁を待っていた。彼女は彼がどこで何をしていたのかを訊ねなかった。釧路の街は活気があって、空の色も海の色も山の向こうとは違っていた。おおらかというのとも少し違う。人の出入りの多い港町特有の、湿り気のない無関心さ。釧路の街なら少し長くいられるかもしれないと彼女は考えた。

あと戻りはできなかった。その日から「さっちゃん」は「十河キク」として生きてゆくことに決めた。

「決めたあとは楽でした。あとはまた、一生懸命働けばいいことだと思ったんです。布を染め直すように生きていけばいいんだと思いました。私も、あのひとと一緒に人の心をなくしてしまったんでしょう、きっと」

彼女は、夫を看取ったあとの十年を「褒美」と呼んだ。

「この街で彼と再会した日、私のために女房を殺《あや》めてしまった彼を守ろうと決めたんです。一生かけて守ろうって。この人の子供を産んで育て上げて、幸せな家庭をつくろうって。もしも彼と私を染め直すように生きられたら、それを感謝して死んで行こうって。彼を幸せにできたかどうかはわかりません。迷いがなかったと言ったら嘘になります。でも、ちゃんと畳の上で彼を送ることができました。そのあとのことは、ご存じのとおりです。波子さんに出会って、波子さんを失って、改めて自分の仕事が残っていると思いました。生きている限り人は迷うもののようです」

杉村波子は賃貸契約の精算の際、「息子をおいて先に死ぬのは忍びない」と言って泣いた。

「あの日、もしも先に逝ったのが夫ではなく私だったら、と思いました。幸福にあの世に送ってあげられたのは、ただの運だったのかもしれない。これは波子さんのお話を伺ってからずっと考えていることです。札幌へ行って純君に会って、まだ自分には償わねばならない罪があると思ったんです」

取調室の空気が重たくなった。誰も口を開かない。見せるな隠すな。いちばん大切な核心がぼやけ続けている。

「先生、考えてみてください。先生がお守りになったご主人との長い時間の、結果的にババを引いたのは杉村純ですよ。どうして彼はあなたの罪まで被らねばならないんですか。私にはわかりません」

片桐の声が悲痛な気配を帯びて取調室に響いた。プラチナ色の髪が光った。目元に疲れをにじませていても、十河キクは凜《りん》とした気配を崩さなかった。

「あの日、鈴木さんは『また来ます』と言ったあと、コンタクトレンズを外したんです。『僕は自分の、この眼《め》の理由が知りたいんです』とおっしゃった。私は、キクさんの亡霊がやってきたんだと思いました。自分とは決して繋がらない彼女の過去が、姿を変えて復讐をしにやってきたと思ったんです」

「あなたはそれを、杉村純に言ったんですか」

彼女は目を伏せた。

まだ聞いていないことがある。訊かねばならない。比呂がそう思ったとき、片桐が長い沈黙を破った。

「先生、私はまだあなたがいったい誰なのか、伺っておりません」

「十河キクです」

「室蘭に来られる前はどこにいらしたんですか」

彼女は微笑んでいるような困ったような、不思議な表情で言った。

「ススキノ。その前は、樺太です」

16

一九四五年　八月　樺太

大泊行きの貨物列車は、ソ連軍に制圧される前に樺太脱出を焦る人々で殺気立っていた。子供の頭数を数えている母親や、絶望的な表情の老人が溢《あふ》れている。埃と人々から漂う汗の臭《にお》い。夏の日差しが体から水分を奪う。誰もが喉《のど》の渇きを訴える。なけなしの水で喉を湿らせる。一滴も他人に渡したくない。気持ちまで湿らせる余裕はなかった。

内路の街に入るころ、既に日本は戦争に負けていた。人が集まるところではさまざまな話が耳に飛び込んでくる。イクノフとけもの道を歩いているあいだ、正規の道路を歩いていた者は機銃掃射に怯えながら内路にたどり着いた。年寄り、赤ん坊、病人。みな、重い荷物は捨ててきた。疲れきっている。表情がない。

長部キクは女ひとりという身軽さが幸いしてなんとか列車に乗り込んだ。

隅の方で子供の名前を呼びながら泣いている女がいる。周囲で慰めている女たちは一様に、うんざりした顔をしている。女は半時経ってもまだ泣いていた。後ろから舌打ちが聞こえる。慰めている女が視線を外しふっと息を吐きだすのを見た。

キクの目の前に座っていたのは、自分とそう年齢がかわらぬ女と四十過ぎの男だった。親子のようにも見えるが、肩の寄せ方に男女の気配が漂っている。周囲とはあまり関わろうとせず、時折ぼそぼそとお互いの耳元に口を寄せながら話している。

「乗れて良かったですね」と女が言うと、男はうんとうなずき目を伏せた。ふたりのあいだには疲れ切った周囲の様子とは違う気配が漂っている。会話のおおかたは女が話しかけ男が短く応えるという具合だ。

列車は南へと進んでいた。レールの継ぎ目のたびに上下する体は、恵須取をでたときよりも細っている。吹く風にはコークスの噴煙が混じっていた。みな顔がすすけている。女が噴煙を吸い込んだのか、咳《せ》き込み始めた。咳《せき》は断続的に数分続いた。男が背をさすったり手ぬぐいを口元にあてるが、なかなか止まらない。

隙間なく座り込んだ人々のあいだから、再び舌打ちが聞こえてくる。女の足下に座っている子供を、母親が横から無理矢理引っ張りあげる。

咳がおさまると女は辺りに頭を下げた。顔色が青い。頰の煤《すす》が脂汗と混じりひどい汚れだ。キクが微笑むと、女の頰が持ち上がった。思いもかけない笑顔に戸惑い、目を逸らした。

列車は一昼夜かかってようやく大泊に到着した。いつソ連兵がやってくるかわからなかった。引揚船の情報を得て、乗客が大泊港へと向かう。物静かなふたり連れはつかず離れず常にキクの近くにいた。ときおり女と目が合ってはキクの方から逸らした。彼らが話しかけてきたのは、いざ乗船という段になってからだった。いつも伏し目がちに女を庇《かば》っていた男に、桟橋の付け根のあたりで呼び止められた。

「すみません。お急ぎとは思うんですが、ちょっと頼まれてくれませんか」

男は木田《きだ》と名乗った。連れの女の婚約者だという。

「私は船には乗れません。頼める知り合いもなくて、この人をひとりで北海道にやるのが心配なんです。どうか一緒にいてやってくれませんか」

職業は牧師、と彼が言った。

「一緒に行くのは別に構わないけど。北海道に行ったってあてはないよ」

「彼女の親戚《しんせき》が北海道の留萌というところにおります。無事に引き揚げたらそこで落ち合う約束をしています」

留萌などという地名は聞いたことがなかった。どこにあるのかもわからないが、住めそうな土地ならそこで働き口を探すのもいいだろう。木田牧師はキクの心を見透かしたように、彼女と一緒に留萌まで行ってくれるとありがたいと続けた。木田は肩に提げた布袋から、紙に包んだカンパンと琥珀《こはく》製のブローチを取りだしキクの手に握らせた。

「こんなものしかありませんが、どうかよろしくお願いします」

女は鈴木克子という名だった。丸くて幼い顔立ちは三つも年上に見えない。キクとそう違わぬもんぺ姿のくせに、やけにしなしなと頼りなげだ。育ちがいいのだろう。克子の、始終キクを追いかける眼差しは鬱陶しかったが、配給の食べ物を受け取るにせよ小用で荷物の見張りを頼むにせよ、道連れがいないよりはましだ。

乗船の列がどんどん前へ進んで行く。キクは木田牧師に黙礼し、不安そうな顔の克子を急かし船に乗り込んだ。

船は早朝出航の一日一便しかなかった。順調にいけば夕方には稚内《わっかない》に着くという。たまたま大泊に停泊していた民間輸送船が、荷物を降ろして人間を乗せた。船底には通路も確保できないほどびっしりと人が詰め込まれた。

海峡では体が浮き上がるほど波が高かった。嘔吐《おうと》する者や意識を失う者が続く。暗がりでひっそりと命を落とす者もいた。遺体が甲板に運びだされる際、克子は胸元で手を組み祈っていた。やがて海が凪《な》いで揺れもどうにか収まったころ、克子が訊ねた。

「ご家族はどうしていらっしゃるの」

「母と妹が機銃掃射で死んだの。だからひとり」

「樺太でお生まれになったの」

「そうだけど」

「北海道にお知り合いは」

「ないって言ったでしょう」

煩《わずら》わしくなると、克子が自分のことを語り始めた。

「木田先生とは、彼が敷香に伝道にいらしたときに知り合ったんです」

暗がりで男の話をする克子の目は、少ない光を集めて光っている。船底が波に持ち上げられ、波に戻る。それでも克子が牧師の話を止めることはなかった。

人の色恋なんぞ腹の足しにもならないと思っているが、克子にはこちらのさめた気配は伝わらないようだ。

克子は敷香に半年ほどの滞在予定で布教活動をしていた木田と思いを寄せ合った。しかし両親は認めない。ふたりは戦況の悪化とソ連軍の襲撃のどさくさで駆け落ちをしたのだった。食べ物も着るものもない状況で愛だ恋だと言っていられる呑気《のんき》さを、小馬鹿にすることはあっても羨《うらや》む気持ちにはなれない。キクの思いに気づく様子もなく、克子が言った。

「北海道で、先生と結婚するんです」

寝言のような宣言が波の上に乗り上げ、ゆるやかにうねりながら水面を滑って行った。船底でじっと身を潜めていると、足裏がじくじくと痛んだ。母と妹を失ったことには、まだ何の感情も湧いてこない。ずっとこのままではないかと思ったとき、胸元を流れる汗が冷たくなった。

17

北海道に着いてまず驚いたのは、太陽の沈む時刻の早さだった。ここは朝も早いが夜もまた早い。恵須取の太陽は夏なら午後八時まで沈みきらないが、ここでは夕凪が吹いたと思ったらすぐに宵闇がやってくる。

キクと克子が稚内に着いてほどなく、宗谷海峡はソ連軍によって閉鎖された。二十三日から始まった緊急疎開は二十三日で打ち切られた。この間に疎開できたのは約七万六千人。全樺太の日本軍武装解除が終了したのは九月一日だった。

内路で見た暗い海が頭の中をぐるぐると巡っては、キクに暮れ急ぐ北海道の空を仰がせた。

峠に突っ伏しているイクノフと耕太郎の骸が同じ拳銃に撃たれたことなど知る者はない。ふたりとも、樺太の峠道に数え切れないほど転がっているうちのふたつに過ぎないだろう。誰に弔われることもなく土に還《かえ》る。彼らと交わった女のことなど、誰が知るだろう。

克子には引き揚げの船内では牧師とののろけ話を、北海道にたどり着いてからはさんざん従妹《いとこ》の話を聞かされた。

「つや子ちゃんは従妹の中でいちばん最初にお嫁に行ったの。私より三つ下だから、キクちゃんと同じ年。私は樺太からでたことがなかったからまだ一度も会ったことがないのだけど、行けばきっと喜んでくれると思う。いつも優しい手紙を送ってくれる人だったから」

「それじゃあいきなり行ったって、あんただってことわかってもらえないんじゃないの」

克子はそんなはずはないと言って譲らなかった。妙なところで強情な女だ。克子と話していると、着るもの食べるものについての話がおかしな具合にずれる。おおよそ庶民的な生活とはかけ離れたドレスの話や聞いたこともないような料理の数々。しかし克子からは一切自慢げな気配というのが漂ってはこない。彼女はキクなど想像することもできないほど裕福な家の生まれだった。お姫様のお話にはついていけないと吐き捨てると、克子は更にうんざりするような言葉を吐いた。

「つや子ちゃんは私なんかよりずっと厳しい家に生まれ育ったの。彼女こそ本当のお姫様だと思う。毎日お着物で生活していて、お茶やお花や日舞のお稽古《けいこ》で一週間があっという間だって。十歳の頃からずっと文通していたからわかるの。つや子ちゃんのところに行けば安心。家からは何も持ちだすことができなかったけど、嫁ぎ先の住所だけはしっかり記憶してるから安心して」

日がでているうちはひたすら南下し続けた。留萌のマサリベツが近づくにつれ、克子の足取りも軽くなるようだった。キクは治りきらない足の傷を庇いながらひたすら細い山道を歩き続けた。

つや子の婚家があるという留萌のマサリベツに着いたのは、樺太をでてから半月後のことだった。九月に入ったというのに、ここではまだ真夏のような太陽が照りつけている。

マサリベツは吹く風も畑の風景も何もかものどかだった。見上げれば丘陵地帯を分け合った田畑にぽつぽつと人影がある。ここには戦争がなかったのではないか。終戦の混乱も物不足も、この村ではほとんど関係ないらしい。もともとが貧しかったことを示す田畑がどこまでも続いている風景はまた、キクの胸にひとつの不安を連れてくる。とてもここに克子の言う裕福なお屋敷があるとは思えなかった。

「上野家のお屋敷はどちらでございましょう」

克子が芋畑で作業をしていた農夫に声を掛ける。日に焼けた男は胡散臭《うさんくさ》そうな目つきを隠そうともせず、どこの上野だ、と逆に訊ね返した。

「上野つや子さんがいらっしゃる、御本家なのですが」

男は顎で神社の鳥居を示し、ぶっきらぼうにあの向こうだと言った。克子は丁寧に礼を言い頭を下げた。

キクの予想は的中した。上野家は木造の平屋だった。樺太でキクが住んでいた家とそう違わない造りだ。家族が増えるたびに継ぎ足したものか、玄関を挟み年代の違う改築の跡が見える。

「こりゃすごいお屋敷だ」

キクの嫌みに怯む様子もなく、克子が玄関先で叫んだ。

「ごめんくださいませ、鈴木の克子でございます。樺太から参りました。つや子さんはいらっしゃいますでしょうか」

思い描いていたお城のような家ではなかったことをどう感じているものか。ごめんくださいませと繰り返す克子の横顔からは窺うことができない。ここで噂《うわさ》のつや子が登場しても、明るい展開にはほど遠い状況が待っているだけだろう。

「もうやめなよ」

ちいさくつぶやいた途端、滑稽な場面を見てみたいという気持ちが胸底から盛り上がってくる。

しばらくして玄関に現れたのは、体格のいい五十がらみの女だった。女は大きな足音をたてて玄関の上がりかまちに仁王立ちし、日焼けした大きな顔に黒目をぎょろりと光らせている。女の目が克子とキクの頭からつま先までを視線で二往復した。胡散臭いものを見るような目つきは、先ほどの農夫と変わりなかった。やがて腹の底から持ち上げるような太い声が辺りに響いた。

「誰だ、お前ら」

「鈴木克子と申します。つや子さんの従姉《いとこ》でございます。樺太から参りました。突然お訪ねして申しわけございません」

「うちのつや子になんの用だ」

日焼けした顔と節くれ立った指、頑丈そうな肩は畑仕事で培ったもののようだ。呼び捨てにするくらいなのだから、この家では彼女がつや子よりも格が上であることは明らかなのに、克子はまだ長らくやり取りしていた手紙の内容を信じている。

この澄んだ目は何もかもを日の下にさらさなければ満足できないらしい。キクはどちらにも気の毒なことだと思いながら、黙って目の前のやり取りを見ていた。

「ごめんなさい、奥さまに会わせていただくことはできませんか」

「だから、どこの奥さまだって訊いてんだ」

せせら笑いながら女が言った。克子はちいさく「こちらの奥さまに」とつぶやいた。わずかな沈黙のあと、女の視線がキクと克子の頭上を越えた。女はいっそう大きな声で外に向かって叫んだ。

「つや子、客だ。早くこっちにこい」

ふり返る。二十メートルほど向こうに、もんぺ姿に手ぬぐいで頬被りをした女がこちらに向かって歩いてくる。両手に葉ばかり茂った貧相な大根を持っていた。間引かれたものだろう。

「つや子」、もう一度頭上を太い声が通りすぎる。つや子と呼ばれた女は家の横にあるたらいに大根の葉を放り込むと、上っ張りに着いた泥汚れを叩《はた》き落としながら玄関先にやってきた。

「おっ母《か》さま、ただいま戻りました」

克子とキクに挨拶する前に、彼女は上がりかまちに向かって頭を下げた。

「つや子ちゃん」

女は鎖に繋がれっぱなしの犬のような、どろりと濁った眼差しを克子に向けた。

「つや子ちゃんなのでしょう」

克子が胸を押さえ、声を詰まらせながら訊ねる。それまで意思も感情も窺えなかった女の瞳が、大きく開いた。

こんな滑稽な場面は見たことがなかった。視線をそっと上がりかまちへと泳がせる。つや子を顎で使っている女は、唇の片端を持ち上げながら鼻先で笑っていた。

数秒の沈黙のあと、つや子はようやく「克子ちゃん」と語尾を上げた。怯えはまだ去らぬようだ。会えて良かった、と克子は土に汚れた彼女の手を取った。克子が近づけば近づくほど、つや子の腰は退《ひ》いてゆく。

家に上げてもらったはいいが、囲炉裏の上座には姑《しゅうとめ》のトキエが座った。つや子の亭主は本家の長男ということだが、戦地からまだ帰ってきていないという。克子には早々に退散すべきだと耳打ちしたが、克子は牧師との約束があるからと言ってきかなかった。

「で、あんたの亭主が引き揚げてくるまで、うちで厄介になろうっていう話かい」

「ただご厄介になったのでは申しわけが立ちません。私にできることはなんでもお言いつけいただければと思います」

どうぞよろしくお願い致しますと言って、克子は両手をついて深々と頭を下げた。仕方なくキクも右に倣《なら》う。長くここにいる理由はない。数日温かい飯と寝床をもらえれば御の字だ。顔を上げる。トキエがキクを睨んでいた。

「そっちの、名前はなんだ」

「長部キクです」

「お前も従姉か」

横から克子が口を挟んだ。

「樺太からここまで、ずっと私を助けてくださったかたです。キクさんがいなければ、ここにたどり着けませんでした」

トキエはキクを睨みつけたあと、ふんと鼻を鳴らした。

「お前のほうは、なにをしでかすかわからん顔をしているな」

キクは腹の内を押さえつけ、彼女の強い視線をはね返した。

「寝起きは畑の横にある小屋だ。片付けは自分たちでやれ。つや子、お前が面倒みてやれ」

トキエはそう言うとすぐに立ち上がり襖《ふすま》の向こうに行ってしまった。克子が大きく息を吐いた。つや子はなかなか顔を上げなかった。

「つや子ちゃん、ご面倒をおかけするけど、よろしくお願いします」

手紙の嘘を詫《わ》びようとするのを克子が止めた。詫びさせてやったほうがずっと親切だろう。克子はそんなことに気づくつもりもないようだ。

「小屋に案内するから、ついてきて」

つや子が暗い顔のまま立ち上がった。

克子とキクに与えられたのは古い土間と六畳の板の間しかない小屋だった。壁は外の景色が見えるくらい隙間だらけだ。上野家が入植した頃に先代が建てたという。家というよりは馬小屋だ。畑で使う道具類やソリや古い馬具が積まれていた。道具類を外にだし、克子とキクが体を伸ばせる場所を作るまでに二日かかった。つや子が村からかき集めた寝具は、綿がはみ出た敷き布団が三枚。

克子はすぐに自分の荷物から針道具と着物を取りだした。鼻と口をさらし木綿で覆いながら布団を一枚解《と》く。硬く湿った綿を干したあと丹前と掛け布団を縫い上げた。

「器用なもんだ。ただのお嬢かと思ってた」

「このくらいしかできることはないんです。針仕事は嫌いじゃないから、洗い張りでもお仕立てでも、お仕事がもらえたらいいんだけど」

克子の針仕事の腕前は玄人《くろうと》だった。丁寧な上に速い。相手は丹前だというのに、母親のミシン仕事を思いだすくらいの縫い目だった。数日後姑の目を盗んで小屋にやってきたつや子も、丹前の出来ばえを見て驚いた。

「上野の家では針仕事は誰がするの」

つや子はもぞもぞとした様子で自分がすると答えた。

「でも、糸目が悪いっていつもおっ母さまに叱《しか》られる」

「じゃあ、ここに持ってらっしゃいよ。そのくらいさせて」

翌日つや子が洗い張りと寸法直しの仕事を持ってやってきた。集落の女に声を掛けたのだと言った。

「畑仕事の後で針を持つのはみんなつらいの。誰か代わりにやってくれるならって、分家のお嫁さんも喜んでた」

克子の腕は金にこそならないが食料には困らなくなった。遣う場所のない金より芋やいなきび、かぼちゃの方がありがたい。十月に入るころにはふたりで冬を越せるくらいの越冬野菜が届いた。彼女はまだ文通でついた嘘を気にしているのか、ほとんどの仲介を引き受けてくれたのはつや子だった。仕立てから洗い張りの、中途で礼に貰《もら》った品物をごまかすということもない。次から次へとやってくる針仕事だったが、キクが何か手伝おうとしても、せいぜい糸を解く程度のことしかなかった。針を持っても克子の縫い目には及びもつかない。

ある日克子が針を持つ手を動かしながらキクの樺太時代を訊ねた。

「キクちゃんはお仕事は何をしていたの。船でもほとんど私ばかり話していた気がする」

「父親が早くに炭鉱で死んだから、母の店を手伝ってたの。母は洋裁ができたから、ミシンを使って縫えるものはなんでも縫ってた。私は仕立て上がったブラウスやズボンをお客さんの気に入った色に染めたり、漁師町だったから頼まれれば大漁旗なんかの補修もしたよ」

言い終わるか終わらぬかのうちに「すてき」と克子が叫んだ。

「それなら、染め物も看板揚げちゃいましょう。縫い物と染め物、古い衣類も新しくなるっていったら、もっとお仕事をいただけるかもしれない」

木田を待つあいだ何とか暮らし向きを整えておきたいという克子の思いは、常に良い方へと流れてゆく。そうしたお嬢様育ちの甘さにもすこし慣れた。軽く呆《あき》れながらそれもいいかもしれないと返すと、克子は手放しで喜んだ。

「染め粉はどうやって手に入れましょう」

「その辺の草でも木の実でも、今なら栗《くり》もあるし。春になれば花も咲くし。山歩きをしていればなにか見つかると思う」

「それじゃあ、明日の朝早く、使えそうな草花を摘みに行きましょう。早くしないと雪がきてしまう」

克子の笑顔につられてうなずいた。板の隙間から外の景色が見える小屋に住んでいても、克子の視線の先は常に明るく太陽に照らされている。キクはこんなに楽観的な人間を初めて見た。

つや子の協力で、小屋には戦時中も回収されずにいた古いアルミ鍋や土鍋《なべ》、金だらいが集まった。半月も経つころには、かまどは煮炊きよりも草花を煮詰めるために使うことが多くなった。仕立て直しと染め直し。トキエの手前おおっぴらに看板を揚げこそしなかったが、この組み合わせはふたりの仕事を増やしてくれた。反物から古い浴衣《ゆかた》、染みの付いた余所《よそゆ》行き衣類、キクは頼まれれば何でも染めた。

その日仕事を持ってやってきたのは分家の嫁だった。立派なたとう紙に包まれた和服が三枚。それぞれ着丈を二寸、ゆきを一寸ずつ詰めて欲しいという。金糸銀糸の留め袖と大島紬、鮫小紋《さめこもん》という豪華さだった。つや子より十歳は年かさのある嫁は、小屋に入ってくるなり、いいものだから気をつけて直してくれと言った。

つや子は三日ほど顔をだしていなかった。どうしているのかと克子が訊ねる。

「本家の婆さんにせっかんされたっていうから、体が痛くてこられないんだべ」

「せっかん、て」

キクが訊ねると分家の嫁はうんざりした顔で言った。

「おおかた漬け物の漬け方が悪いとか風呂《も》がぬるいとか、そんなことさ。裸にして火掻《デレッキ》き棒で叩《たた》きまくるんだ。それを家中の者《もん》みんなに見せるんだと。うちのおっ母さまが言ってた。そんなのと比べられてお前は幸せだって言うのもどうかと思うけどね」

どんな無駄話の間も克子の運針が止まることはないのだが、このときだけはしばらくぼんやりと針の先を見ていた。

キクはかまどで染め物の鍋をかき混ぜながら、分家の嫁が置いていった反物を見た。

「どこから嫁にきたか知らないけど、ここで畑を耕してる女の持ちものじゃないね」

「キクちゃん、そんなこと言っちゃ駄目」

「だって、どう考えたって袖を通す機会なんかないでしょうよ」

海側や町場の人間が芋と引き替えに置いて行ったものだろう。そう言うと、克子は眉をわずかに寄せて困ったような顔をした。

「たとえそうでも、私たちの仕事は着物の出どころを詮索《せんさく》することじゃないもの。ちゃんと直して喜んでもらえれば、それでいいと思うの」

染め物の手が空いた昼時、キクは冬場の薪を集めに二町ほど先の森へ入った。克子の潔癖さと人の好《よ》さには無性に腹が立つ。どうしても自分の心根を否定されているような気持ちから逃れられない。そんなときは外にでて気晴らしをするに限る。

村にはすでに初雪がきて、日本海から吹き寄せる強い風が木々の葉を森の奥へと飛ばしていた。つや子は、そう遠くない時期に辺り一面真っ白になると言っていた。かまどの火が消えたら、克子もキクも間違いなく凍死する。キクは燃えそうなものはどんな小枝でも拾い集めた。

冬を前にした森には夏の虫や冬を越せないものたちのにおいが漂っていた。葉が落ちているおかげで前へ進むことができるものの、鬱蒼と緑の茂る真夏であれば驚くほど暗い森だろう。命がけで越えた樺太の峠を思いだす。あっけなく死んだ耕太郎の顔が過《よ》ぎる。イクノフの青い目が鮮やかに蘇る。

かつてない吐き気に襲われたのはそのときだった。

呼吸がどんどん速くなり、耳が遠くなってゆく。木々の梢がくるくると風車のように回転していた。懸命に呼吸を整える。胃が喉もとまでせり上がってくる。森のにおいが一層鼻を刺激する。キクはその場に膝をついた。腹の中のものをすべて吐きだす。吐いても吐いても嘔吐感はおさまらない。半時もする頃にはせり上がった胃が絞られるように縮み、吐き気が痛みに変わった。二町以上も先の小屋にまで声が届くわけもない。じっと落ち葉を睨みながら痛みに耐える。痛みが治まったと思ったら、再び強い吐き気がやってきた。

三度《みたび》、そんなことが繰り返された。幾分和らいだころ、いがらっぽい喉を押さえそろそろと立ち上がる。まずは森のにおいから逃れなければ。木肌に摑まりながら前へ進む。畑にでた。摑まる木もないあぜ道を、ふらつきながら小屋に向かった。

小屋にたどり着き少し横になったあと、森でのことを克子に話した。克子は表情を曇らせながらキクの話を聞いていた。しかしその克子も、ジャガ芋を茹《ゆ》でている最中にキクが再び吐き気に襲われたのを見て、ぱっと表情を明るくした。

「キクちゃん、お腹《なか》、お腹」

自分の腹を両手で叩き克子が言った。

「それ、赤ちゃんだと思うの」

何を馬鹿な。笑おうとした瞬間背筋から脇腹に冷えた汗が伝った。樺太を出てから一度も月のものがきていなかった。色々なことがありすぎたせいだと思っていた。妊娠など考えたこともなかった。

「きっとそう。お芋を炊くにおいが駄目なんでしょう。それって、きっとつわりだと思う。敷香でお隣りに住んでたお嫁さんが同じこと言ってたもの。病気じゃなくて良かった」

キクはいっそ病気であってくれと願った。少しでも食べなくては駄目、と克子が差しだす芋の塩炊きも、鼻先までくるとむせる。やっと口に運ぶことができたのは、芋がすっかり冷たくなってからだった。

それからの克子は「水は冷えるから」と言ってキクの飲む水を白湯《さゆ》にしたり、急いで丹前をもう一枚縫ったりと世話を焼くようになった。辟易《へきえき》しながら、妊娠など何かの間違いだと信じた。

ただ、克子はそれが彼女の気遣いなのか、それとも元々邪推や先々の心配をすることが苦手なのか、子の父親のことには一切触れなかった。

牧師の妻を夢見る彼女は朝晩の食事と就寝前の祈りを欠かさない。日に三度の祈りの際に、キクの腹の子が元気で生まれますように、というのが加わった。目を瞑《つぶ》り手を組む克子の傍らで、キクはひたすらそんなことが起こりませんようにと祈った。

18

強い風が吹く夜中のことだった。心張り棒をあてている戸が風とは違う音をたてた。キクは起きあがって戸の方を見た。

「キクちゃん」

克子が心配げな声を出す。音はしばらくのあいだ続いていた。誰かが戸を開けようとしている。震える克子をなだめた。キクは壁に立てかけてある錆《さ》びたマサカリを持って戸に近づき、低い声で言った。

「一歩でも入ってみろ。誰だか知らないが、ここに居られなくなるのはどっちか、よく考えてからきたんだろうな」

戸の動きが止まった。外から舌打ちが聞こえた。男であることは間違いなさそうだった。足音が去ったあと克子は、腹に子がいるキクにマサカリなど持たせてしまったことを泣きながら詫びた。彼女の過保護ともいえる干渉が始まったのも、その日からだった。

キクがかまどに火を入れようと薪を持つと、克子が取り上げる。

「重いもの持ったり無理にかがんだりしちゃだめ。つわりが終わったら、また頑張ってもらうから、今は安静にしていてちょうだい」

今のうちに流れてもらわねば本当に産むことになってしまう。キクは腹の子を流すためにできることは何か、毎日そればかり考えた。

こっそり飛び跳ねたり転んでみたりもしたが、そのたびに克子が駆け寄ってくる。綿入りの腹巻きを体に巻き付け、上っ張りを羽織るのは克子の提案だ。

腹を見下ろすと、なにやらおかしな具合にふっくらとしていた。キクは焦りと薄気味悪さにどうしていいのか混乱した。自分の腹の中にいるものが、一体何なのかわからない。

畑の季節が終わり、つや子が小屋を訪れる機会も増えていた。何が楽しいのか、姑の目を盗んであれやこれやと理由をつけてやってくる。妊娠がはっきりしたころ克子が言った。

「つや子ちゃんあのね、キクちゃんのお腹に赤ちゃんがいるの。女の子と男の子、どっちでしょうね」

「克子ちゃんじゃなく、キクちゃんなの」

聞いたつや子も言葉を失っていた。小屋に漂う気まずい気配に気づいていないのは克子ひとり。雪が降り出してからの世話焼きぶりをふり返れば、あれは気づいていないのではなく善意の衣を着せた悪意ではなかったかと思ってしまう。

キクは克子のことを、生まれつきどこか抜けているのではないかと疑った。克子の心模様は善人とかお人好しという言葉では括《くく》れない。「施し」に何のためらいも感じない人間は、キクにしてみればただ気味が悪いだけだ。克子と一緒にいると、善意を煮詰めた先にあるものがとんでもないもののような気がしてくる。

余計なことは言うまいと決めたのか、最初は当惑していたつや子もすぐに一緒になってキクの妊娠を喜び始めた。


十一月も終わりに近づき、小屋の周囲は一面雪景色へと変わった。風は湿って冷たく、戸板の隙間から壁の穴から容赦なく雪が吹き込んでくる。土間の引き戸を開けると膝丈ほど雪が積もっていた。小屋の後ろから始まったウサギの足跡が森の方角へと抜けている。見事な跳躍が雪畑をふたつにわけていた。

その朝かまどの火加減を見ていると、遠くから雪を踏みしめる音が聞こえてきた。どんどん小屋に近づいて、足音は小屋の前で止まった。

「おはよう」

白い息を吐きながらつや子が入ってくる。夜明け前から家族の飯炊きをして、急いで掃除と洗濯を終えたという。姑の目を盗んでは小一時間ほど小屋で過ごして帰る。最初の頃のおどおどした印象は薄れ、キクもつや子の気働きを煩わしく思わなくなっていた。

「キクちゃん、つわりはもう大丈夫なの」

つや子が冷えた手を鍋につけたり離したりしながら温めている。今まで見たこともないような手荒れだった。爪《つめ》の周りの皮膚がみな割れている。割れた傷口から血が滲んでいる。こんな手で水仕事などしたら、飛び上がるほど痛いだろう。

キクは風呂敷包みから軟膏の容器を取りだして渡した。

「これ、ロシアの薬。手に塗りな。あの婆ぁに見つからないようにするんだよ」

「ロシアの薬って、効くの」

「私には効いた。たぶんその手にも効くよ」

つや子の目に涙が盛り上がる。

「ありがとう」

言葉に詰まった唇がふるふると震えている。洟《はな》をすする女の傍らに立ち、キクは不思議な気分で鍋をかき混ぜた。

トキエが小屋にやってきたのは、その翌日だった。息せき切って小屋の戸を開けたと思うと、大声で怒鳴った。

「人の家の軒下で、お前ら一体なにをやってるんだ。繕い物だ染め物だってのは見逃してきたが、今度は我慢ならん」

キクは鍋に浸してあった綿のシャツを指でつまんで色の染み具合を確かめながら、トキエに言った。

「何があったんですか」

「お前、腹がでかくなっとる。言え、いったい誰をたらし込んでその腹膨らませてんだ」

「おっ母さまが知らない人です」

トキエは「村のどいつだ」と怒鳴る。キクはまさかと言って取り合わなかったが、トキエも譲らない。

「お前たちのやってることなんぞ、全部筒抜けなんだ。ここで女郎屋をやることだけは許さない。今すぐでてけ」

克子があいだに入り、樺太で死んだ亭主との子だと説明する。克子はこの場を切り抜ける嘘のつもりだろうが、半分は本当だ。耕太郎か、イクノフか。

トキエが逆上すればするほどキクの気持ちは落ち着いてくる。でて行けと繰り返すトキエの背後に、今度はつや子が白い息を切らし現れた。

「おっ母さま、違います。克子ちゃんもキクちゃんも、おっ母さまが聞いたようなことしてません。ふたりをここから追いだすようなこと、しないでください。お願いします」

トキエが嫁の顔を睨む。キクは半月前の夜中のことを思い出した。夜這《よば》いがうまく行かなかった腹いせに、あのときの男がばらまいたと思えば腑に落ちる。噂は尾ひれを付けながらぐるりと集落をひとまわりして、半月経ってトキエの耳に入ったというわけだ。キクは両肩の力を抜いて、誰の耳にも届くようにゆっくりと言った。

「夜這いに失敗したやつになにを吹き込まれたか知らないけど、同じ嫌がらせするならもうちょっとましな嘘考えろって伝えてください」

トキエの去った小屋ではその日、キクと克子、つや子が黙々と手を動かした。おやつにふかした芋を食べ、壁から壁へ渡した麻ひもに染め上がったものを干してゆく。淡々としたそれぞれの作業が糸のように撚《よ》り合いながら小屋の空気を暖めていた。ねぇ、とつや子が言った。

「克子ちゃんは縫い物でキクちゃんは染め物。人よりできることがあっていいねぇ」

幼い頃、母親の見よう見まねで覚えたことが、まさかこんな場所で役に立つとは思わなかった。つや子の言うとおり、キクが人に誇れるものがあるとすれば、染め物くらいかもしれない。

「克子ちゃんは物心ついたときにはもうお人形さんの着物を縫っていたって。私が手紙に嘘ばっかり書いてた頃も、いつか私に絞りの振り袖を縫ってくれるって言ってた。私はなんにもできることがなくて、だからこんなところに嫁にだされて」

声に涙が混じり、嗚咽《おえつ》に変わる。克子は顔を上げることなく黙々と手を動かしている。キクもまた、かける言葉もなく麻ひもに干してある開襟シャツの乾き具合をみていた。ひとしきり泣いて気が晴れたのか、つや子がキクに訊ねた。

「キクちゃんは、染め物が好きなんだよね」

「好きとか嫌いとか考えたことない。でも苦になったことはないよ」

「染め物の、どんなところが好きなの」

今度は克子が訊ねた。どんなところ、というのは好きか嫌いかという質問より難しい。改めてそんなことを訊かれても、どう答えていいのかわからない。克子が手を止めて微笑んでいた。つや子も頬を持ち上げてキクを見ている。

「なんだかさ、白いものをどう染めようか考えていると、自分も一緒に染め直せるような気がするんだよ」

けたものだ。

克子とつや子の、満足そうな眼差しから逃げた。我ながらずいぶんと気障《きざ》な理由をつ

師走《しわす》の空は厚い雲に覆われ、一日中ちらちらと雪が降り続けた。三日に一度は吹雪《ふぶき》になる。雪で小屋からでられなくなると、つや子が木製のシャベルで小屋の戸板まで掘り進めてくれた。夏場は歩いて一分の距離も、雪の季節となるとたどり着くのもひと仕事となった。

師走の終わり、キクの腹もまた雪が積もるように前へせりだしていた。

除夜の鐘が鳴り始めた。戦争が終わって初めての正月を迎えようとしていた矢先、つや子の夫が復員した。つや子は明日は晦日《みそか》という日、復員祝いの赤飯を持って小屋に顔をだした。糯米《もち》は集落の家々に頭を下げて分けてもらったという。

「良かったわねぇ、これでお姑さんもすこし柔らかくなるでしょう。旦那様《だんな》が守ってくれる。つや子ちゃん、本当に良かった」

克子の言葉に、つや子が目を伏せた。それが照れではないと気づいたのは大晦日に克子と連れだち母屋を訪れたときだった。

上野家の玄関の両脇には人の背丈ほど雪が積まれていた。家の周りを雪で固めなければ、すきま風が吹き込んでとても冬を越せない。人ひとりすれ違う幅しかない雪の通路

にしばらく待たされ、手も足もかじかんだころようやくつや子の亭主が現れた。赤ら顔のでっぷりと太った男だった。復員兵はみなやせ細って帰ってくると思っていたが、つや子の亭主はまるまるとした顔をしていた。いったい大陸でなにをしていたのだろう。手には一升瓶を提げている。祝いの席からずっと酒を切らしていない風だった。年はつや子の倍ほどもありそうだ。亭主は据わった目で交互に克子とキクを見た。

「お母ちゃんが言ってた女って、お前たちか。よくあの小屋で暮らせるもんだな。なんか妙な商売やってるっていったな」

「お帰りなさいませ。ご挨拶が遅れて申しわけございません。上野家の皆様には大変お世話になっております。どうぞ皆様、佳《よ》いお年をお迎えくださいませ」

克子と一緒に深々と頭を下げる。

「お姫様ぶったタヌキって、お前か。そんじゃそっちがすれっからしのこれか」

男が両手で膨れた腹を作り下卑た笑いを垂れ流した。背後ではつや子が背を丸めて下を向いていた。キクと克子は間借りの義理を果たし、玄関先で挨拶を済ませてすぐに小屋に戻った。

「つや子ちゃん、どうしているかしらねぇ」

「あんな男が兵隊やってるんじゃ日本が戦争に勝てるわけない」

「つや子ちゃんの話よ」

克子がかまどで焼いてくれた餅を受けとる。つわりは嘘のように去り、毎日猛烈な空腹が押し寄せている。大晦日につや子がこっそり手渡してくれた餅は、いっとき樺太時代の幸福な正月を思いださせた。克子が両手を組んで祈り始めた。

「赤ちゃんが無事に生まれてきますように。主の思《おぼ》し召しに感謝いたします」

自分の腹の奥で息づいている命を、克子が言うように尊いとは思えない。人を殺したことの報いというのなら、こんなひどい罰もないだろう。克子の言う「愛情」がなくても、腹の子は確実に命を膨らませていた。

正月を迎え雪に覆われると、小屋は雪室となりかえって暖かかった。毎日飽くことなく降り続ける雪は、染めても染めても色の沁みない布に似ている。克子は三日に一度ずつ屋根に上り、雪を下ろした。そうしなくては雪の重みで小屋が潰れてしまう。真夜中、みしみしときしむ屋根の音は例えようのない恐怖だった。

克子が針仕事の前にと、かまどにかかった鍋に触れ指先を温めていた。

「こんな貧乏な正月、克子は初めてなんだろうね」

「これはこれで面白いの」

「そんなこと言っていられるのも最初だけさ。あんた実家がどうなってるのか気にならないの」

克子は微笑んで目を伏せた。樺太の情報は極端に少なかった。村全体が不気味なほど長閑《のどか》だ。新聞もラジオもない小屋では牧師の安否さえわからない。

「牧師先生のこと、いつまでも待ちます。先生は約束を破るような人じゃないもの」

「いつまでも待つつもりなの」

「彼が迎えにきたら、ここを出て行くんだよね」

克子は応えず微笑んだ。感じたことのない寒さがうなじから背中へと滑り込んできた。この生活はいつか終わる。


朝から降り続いた雪は夜になっても止む気配がなかった。年が明けてからは三日降って一日止み、二日止んでは四日降る。マサリベツの冬は雪も多いが風もつよい。小屋ごと飛ばされそうな日が三日に一度訪れる。ランプの灯りを絞り、そろそろ床に就こうかと思った矢先、小屋の戸を叩く音がした。

「開けて、お願い、開けて」

心張り棒を外すと、転げ込むようにしてつや子が入ってきた。もんぺと上っ張り一枚という姿で、髪から肩から全身に雪を積もらせている。なにがあったのか訊ねるが、震えているばかりだ。克子が縮こまって動けないでいるつや子の着替えを手伝った。

キクは薄暗いランプの灯りに浮かぶつや子の背や肩に、何本ものみみず腫《ば》れが走っているのを見た。二の腕に大小散っている青あざは、新しいものと古いものでまだらになっている。顔や手といった、衣服からでている場所にはひとつも傷のないことが、手をあげた者の粘るような悪意を感じさせた。

「婆ぁなの、亭主なの、どっち」

キクが問うてもつや子は震えるだけだった。彼女の背中を克子が撫でる。どちらにしても、上野の家には誰もつや子を助ける人間などいないということだ。問いつめたところで、何かできるわけでも救う場所を与えられるわけでもない。キクは二枚のせんべい蒲団をくっつけた。真ん中につや子を寝かせ、掛け蒲団を横向きにする。克子がつや子の背をさすり続けた。

夜が明けかけたころ、つや子が蒲団を抜けだした。蒲団の中から、かまどに火を入れ薪を放り込む背を眺めた。火が起きたのを確かめて、つや子が小屋の戸に手を掛けたとき、克子が起きあがった。

「つや子ちゃん大丈夫なの、帰っても」

ふり返ったつや子は克子とキクに向かって両手を合わせ、小屋をでて行った。

地熱が雪を解かし始めるころ、長いこと閉じていた空が開いた。どこからともなく聞こえてくる鳥の鳴き声に混じり、低い方へと流れでる水の音がし始めた。春の訪れを報せるのが水の音だったと気づくころ、キクの腹は屈《かが》むのも困難なほどになっていた。

19

キクが産気づいたのは四月の終わり、緑という緑が畑や山を覆うころだった。小屋をぐるりと取り巻いていた雪もすべて消えた。マサリベツは春の訪れも樺太よりずっと早かった。日差しが日本海の潮のにおいを運んでくる。畑の向こうに数本、桜の木があった。蕾《つぼみ》が膨らみ始めたのか、そこだけふんわりと木の輪郭がぼやけている。

克子が金だらいに溜まった水をかまどの上の鍋に入れた。キクのほうは重い腹を抱えており、歩くのさえ億劫《おっくう》だ。克子は相変わらず縫い物の合間に赤ん坊が無事生まれるよう祈りを捧げていた。キクの代わりに染め物の準備をし、出産に備えての縫い物をする克子を見ていても、不思議と申しわけないという気持ちは起きなかった。キクが諦めの傍らでいつも考えていたのは、克子ならいい母親になるだろうということだった。

小屋が暖まってきた。克子がひと冬のあいだ少しずつ縫い揃えた赤ん坊の産着やおむつを並べる。袖付きの綿入れはんてんは、克子の羽織を縫い直したものだった。

「これだけあれば、しばらくは大丈夫だと思うの。みんなあり合わせや継ぎ接《は》ぎで可哀《かわい》相《そう》だけれど」

「今どき継ぎ接ぎじゃないものを着ているほうが珍しいよ。それだけあれば充分でしょう」

キクがいくら投げやりに言ったところで、すぐに克子の笑みにはね返される。いったいどんな赤ん坊が生まれるのかわからない不安は、身ふたつになる期待を奪っていた。

夜中、腰から腹にかけて息が詰まるような痛みが走り目覚めた。ひきつった痛みが数分続き、ぴたりと収まる。ほっとしてうとうとしかけると再び痛みだす。痛みがやってくると暑くもないのに額からだらだらと汗が流れた。思わず漏らした声で、克子が目覚めた。

ランプを頼りにした夜明け前の小屋で、克子は無言で湯を沸かし始めた。ありったけの鍋を湯で満たし、土間の瓶に水が張ってあることを確かめる。ひととおりの作業が終わると、板の間に敷いてあった自分の蒲団にどこから集めたのか貼《は》り合わせた油紙を敷き詰めた。

痛みから痛みまでの間隔が次第に短くなってゆく。克子は時折キクの顔を覗《のぞ》き込んでは棚の上の置き時計を確かめていた。キクはとうとうきたのだと観念した。無事に産み落とすしか、この村からでて行く術《すべ》がなかった。

「キクちゃん、やっと会えるよ。私がついてるから、頑張って」

ひたすら、身ふたつになることだけを考えた。体中から汗が吹きでてくる。背骨といわず腹といわず気が遠くなりそうな痛みが続き、その痛みも麻痺《まひ》したころ、産声を聞いた。

「女の子だ、キクちゃん、元気な女の子」

キクは産湯からへその緒の始末まですべて克子に任せた。痛みは確かに自分のものだったが、産んだのは克子のような気がしていた。生まれたての赤ん坊は産声のあとはすやすやと眠っている。

黒い目と黒い髪を見たとき、長く喉につかえていたものがするりと胃の腑へ落ちていった。「もしや」という思いがそこでふっつりと消えた。戦後の世を混血で生きて行く子の、ゆく末を案じたわけではなかった。それは克子への詫びのようなものだったかもしれない。赤ん坊を産み落としたあとに残っているのは、体の痛みだけだった。

胸底に残っていたわずかな迷いも断ち切れた。目の黒い赤ん坊なら、克子と牧師がいれば大丈夫だろう。イクノフの子だったときはこの手で殺そうと思っていた。

「お疲れさま。少し眠って。目が覚めたら赤ちゃんにおっぱいをあげましょう」

土間で克子が重湯を作っている。キクは薪が爆ぜる音を三つまで数え、眠りに落ちた。

静けさに目覚めたとき外は既に陽《ひ》が高くなっていた。鳥のさえずりが遠くの畑から響いている。傍らで赤ん坊が眠っていた。腰や肩、全身の関節がきしきしと痛んだ。キクはふらつきながら足下の風呂敷を広げた。

わずかな着替えとさらし木綿、牧師に渡された琥珀のブローチがあった。キクはブローチを克子の荷物の中へと押し込んだ。死んだ母の荷物から抜いてきたかい巻きをそっと開いた。

ウールの毛糸で編んだかい巻きは、母親の手ほどきを受けて、ところどころ色むらが出ていた。染めの甘いところがあったのかもしれない。白いものが藍《あい》の色を吸って染め上がって、十歳になったころに初めて染めたものだった。白いものが藍の色を吸って染め上がってゆくのが好きだった。どんどん色を増し、古くなったら再び染め返す。染め物をしていると自分もいつか貧しい暮らしから抜けでて、別の色に染まる日がくることを信じられた。

キクは蒲団の上にかい巻きを広げ、小さな唇を突き出して眠る赤ん坊をそっとくるんだ。生まれ落ちたことも忘れて眠っているように見えた。胸に抱こうという気持ちはどこからも湧き起こらなかった。

出産から三日後の夜。森の奥から梟《ふくろう》の鳴き声が響く真夜中、キクは起き上がった。板の間に敷いた二枚のせんべい蒲団の真ん中で赤ん坊が眠っている。キクの体が赤子を拒絶しているのか、それとも赤子が生みの母を欲していないのか、幸いなことに乳は一滴もでなかった。赤ん坊は泣くたびに克子が口に注ぐ重湯で満足して眠る。それでもよく泣き、よく眠った。

赤ん坊の向こうで克子が寝息をたてていた。キクは床板が鳴らぬよう用心しながら、足下にある風呂敷包みに手を伸ばした。重みが手首にかかる。そっと引き寄せて背負った。一番重い荷物は三日前に腹からだした。息をひとつ吐く。下腹に激しい痛みが走った。

壁の隙間から月明かりが一筋入り込んでいる。

こんな暮らしが長く続くとは思えなかった。木田牧師がやってくれれば、克子との暮らしも終わる。自分には子供を抱えて生きて行く気概などない。

そろそろと下駄の鼻緒に足を合わせた。赤ん坊の寝顔をふり返って見ようとも思わなかった。わかりやすい悲しみなどひとつも胸に落ちてはこない。キクは改めて自分の生まれ持った性質に感謝した。

戸口に立てかけてあった心張り棒を外す。克子が起き上がる気配がした。

「キクちゃん」

振り向かなかった。振り向いたら二度とここからでて行けなくなる。吸って吐いて、呼吸を整えた。手に持っていた心張り棒を壁に立て掛ける。克子が再びキクの名を呼んだ。

「ねぇ、この子まだ名前がついてないの。どうしたらいい」

黙っているキクの背に向かって、声を震わせながら克子が続ける。

「名前をつけてあげて。お願いだから」

動悸《どうき》のたびに心臓がずきずきと痛んだ。口中に溜まった唾《つば》を飲み込む。

「捨てる子供に、名前なんか」

「キクちゃん」

克子の声に涙が混じった。

「ちゃんと育てる。私が育てるから。でも、なにかひとつでいいからこの子に残してあげて欲しいの。お母さんからの贈り物。この子が幸せになるような名前、つけてあげて、お願い」

「ゆり」

早くこの場から逃げたい一心で死んだ妹の名を口にした。背後で克子が声を殺して泣いている。克子が赤ん坊を抱き上げる気配を合図に、キクは急いで外に飛びだした。

畑を埋め尽くす麦の新芽に月明かりが落ちて、そこかしこで夜露が光っている。上野家の母屋もひっそりと夜に沈んでいる。畑の脇道を集落の出口に向かって歩く。下駄が湿った土にめり込んだ。背中の荷物を重いとは感じなかった。森から響く梟の鳴き声は続いている。一歩一歩離れてゆく。見上げた空に少しばかり欠けた月があった。皓々《こうこう》と夜を照らしている。

足下を照らす明かりをありがたいと思った矢先、月の輪郭が歪んだ。何が起こったのかと両手で目を擦る。キクは自分が泣いていることに驚き、立ち止まった。新しい出発だ、なにを泣くことがあるのか。シャツの袖で涙を拭《ぬぐ》う。仰いだ月が再び美しい像を結んだ。

20

何もかもがぼやけた海側の空に、くっきりと輪郭を示すオレンジ色の太陽が浮かんでいた。下を向いても上を向いてもこの街は銀鼠《ぎんねず》色だ。

鈴木洋介の車は、杉村純の自白どおり埠頭の海底から発見された。

海から引き揚げられた黒い軽四輪は、岸壁の上でしばらくのあいだ車内に溜まった水を流し続けていた。泥を被りところどころ海藻が引っかかっている。比呂の横で片桐が煙草をくわえた。右手に百円ライターを持ったまま、車から流れだす水を見ている。

「それ吸うの、もう少し待ったほうがいいんじゃないですか」

「なんで」

「いや、火を点《つ》けるのを迷っているようだったんで」

片桐はへへっと笑い、煙草を箱に戻した。

「もうこれ、湿気って旨くないんだろうな。なんだよ人の気を殺《そ》ぎやがって。古女房みたいな真似《まね》すんなよ」

「お願いだからおかしな冗談言わないでください」

「なぁ、松崎」

煙草より湿気った曖昧な水平線に向かって片桐が言った。

「波ちゃんはどうして俺じゃなく、あの婆さんを頼ったんだ」

うまい言葉が思いつかない。なにを言ったところで片桐は傷つくのではないか。数秒の間を置いて、片桐が箱に戻した煙草をくわえた。

「お前、頼りない男だから、とか言いたいんだろう」

「ご明察」

「一件落着」

片桐が真顔になって歩きだした。

車内からは四月十日付の釧路毎日新聞とノートパソコン、紙袋に入った藍《あい》色のかい巻きが発見された。紙袋には墨文字で「ゆり・おくるみ」と書かれてあった。すべてが海水に浸された今となっては、後部座席に遺体を運んだ痕跡を見つけるのも難しい。

後部座席の足下から助手席シートの下にもぐり込んだ靴の片方が発見されたとき、比呂は鈴木洋介の執念を思った。

出そろった証拠の数々に、誰よりも安堵したのは杉村純本人だったかもしれない。

取調室での彼は、すべてを話し終えたあと静かにもうひとつの「罪」を告白した。絡まり合った鎖が、純とキクの告白でようやく一本に繋がったのだった。

「十七年前、貢を見殺しにしたのは僕です」

比呂はそれが弟の名前だったことに気づくのに、数秒かかった。記録を担当している捜査官の衣擦れで我に返った。

「あの日僕は、貢と一緒に湿原へ行きました」


十七年前の七月二十四日、自転車を飛ばして釧路町の外れへと向かう貢の、すぐ後ろを純が追っていた。一学期の終業式だった。午後からキタサンショウウオを捕りに行く約束をしていることは、クラスの誰にも言っていなかった。二学期に周りをあっと言わせるつもりだった。

待ち合わせた場所から三十分ほど自転車を飛ばすと、貢が言っていた湿原が見えてきた。

ふたりはキタサンショウウオがいるという噂の一角に降り立ち、釧路川の細い支流に架かった丸太橋を越えた。土の上を歩いているはずなのに、足下がふわふわと心許《こころもと》ない。枯れ葦《あし》と若葦がびっしりと行く手を遮っていた。ただ葦の間にはけもの道のような細い通路があり、ふたりは背丈よりも高い葦原を縫いながら進んだ。

杉村純が途中でふり返ると、まだ小学校のグラウンドのフェンスが見えていた。車の音も人の声も、何も聞こえなかった。

鬱蒼《うっそう》と茂った葦の葉陰には無数の昆虫の卵。普段は近くで見ることのない蒲《がま》の穂が手の届く場所にある。むせ返るような湿地のにおいに包まれながら、少年たちは異世界の景色に小躍りする。

純が二度目にふり返ったときは、もう空しか見えない場所まできていた。

「貢、そろそろ探そうぜ」

その時、右前方でなにかが草をかき分ける音がした。

「シッ、純、黙れよ」

貢が唇に指を立て、音のした方角に目を凝らす。純が小声で訊ねた。

「キツネだべか、それとも鶴《つる》か」

「バカだなお前。でっかいキタサンショウウオに決まってるべ」

貢が葦の向こうへと足を踏みだした。

直後、奇妙な映像が純の目の前に広がった。純は自分の背が急に何十センチも高くなったような気がした。

違うと思ったときには、貢の脚が太股《ふともも》の半ばまで土の中に埋まっていた。

「なぜ」。すぐには理解できなかった。純は慌てて大きく一歩踏みだす。貢の手首を摑む。踏み出した純の右足が、足首までずるりと土の中に吸い込まれる。全身に恐怖が走った。純は埋まった足を引き戻す。気づくと貢の手を放していた。貢の体はみるみる尻のあたりまで埋まった。

「純、なんか俺引っ張られてる。助けてくれよ」

恐怖に歪《ゆが》んだ顔で、貢が叫ぶ。

「待ってろ、誰か呼んでくる」

叫ぶと同時に純は走りだした。来た道を戻っているはずなのに、どこまで走ってもグラウンドの場所を示す緑色のフェンスは見えてこなかった。間違った。気がつくと貢が居たはずの場所に戻っていた。

純は、貢の持っていたビニール袋が泥だらけで放《ほう》り出されているのを見つけた。何度も何度も貢の名前を呼んだ。返事はなかった。

「人を手に掛けるのとは違う」と言いたいのだが声にはならなかった。純が見殺しにしたと思い続けているのは誰でもない、自分の弟だった。

「どうして鈴木洋介を殺さなければならなかったの。あなたにとっては何の得もない犯行ですよ」

「損とか得とか、そういうことじゃあないんでしょう。そんなケリのつけ方しか思い浮かばない、僕の浅はかさがすべてだと思います」

何に対してのケリなのかと強く問うても彼の表情は曇らなかった。

「僕が貢を見殺しにしたことで、母の一生はその事実を墓場まで持っていくことに費やされました。僕も母もずっと孤独でした。誰かに手渡さないと走ることをやめられない、リレーのバトンみたいなものなんでしょう。母は、十河さんに僕というバトンを手渡したんです。墓場に持って行くには重たすぎる荷物だったのかもしれません」

「最後の最後にその荷物を背負うことになったのよ、あなたは。本当にそれでよかったの。お母さんは満足してると思う?」

一瞬言葉に詰まった純の、唇に力がこもる。

「ごめんなさい。これ以外なにができたのか、僕にもわからないんです」

ふたりがいったいどんな感情を共有したのか、キクも純もなぜかその質問にだけは首を横に振るのだった。その姿は事実を隠しているというより、本人たちも自分たちがどんな感情で結びついていたのか気づいていないように見えた。

十河キクは鈴木洋介殺害事件において、起訴されなかった。


七月初め、比呂は三日取った休みの初日を日帰りの小樽往復に使った。道央はどこを見ても夏の景色だ。小樽では観光客の姿ばかり目立っていた。駅前の景色も急激に上がった気温にゆらめいている。

『茶房ノクターン』のカウンター席に座り、鈴木加代と向かい合った。ここに来ると、季節が変化してもなにひとつ終わった気がしなかった。

「お借りしていたストールです」

加代は仕事用の微笑みから離れ、弟からの最後のプレゼントを受けとった。店内に流れる音楽は、今日はジャズのスタンダードナンバーだった。

「すみません。正直言うと、なにが終わったのかよくわからない事件でした」

「始まりも終わりもないいんでしょう、きっと。たぶん洋介も、なにが終わったのかわからずにいると思います」

会話が途切れるたびに、発した言葉より多くの感情が行き交う。曲と曲の合間、比呂は溜めていた思いを口にした。

「弟の名前を、お墓に入れようと思っています」

「そうですか。区切りは、いなくなった人よりも私たちがつけなくちゃいけないものなんでしょうね。正直言うと私、洋介がどうしてあんなに青い目の理由にこだわったのか、わからないんです。あるとき突然わかるものでもなさそう。ずっとこのままかもしれません。今は、それでいいと思うようにしています」

豆を挽《ひ》く彼女の手元を見ていた。一曲、二曲と店に流れるジャズを聴いた。信号が青になると、駅前の景色に観光客が流れだす。バックパックや観光案内地図や帽子、色も模様も違うTシャツが横断歩道を横切ってゆく。

「松崎さんは、弟さんの夢をみますか」

貢が最後に夢にでてきたのがいつだったか、忘れていた。どんな夢だったのかも覚えていない。

「以前はみたような気がします」

加代がケトルの先で円を描きながらお湯を落とす。

「理解できないことは、理解しようとしないのがいいのかもしれませんね。最近、洋介が夢にでてこなくなりました」

比呂が理解できないことはたくさんあった。気持ちの解決など、どこにもない。そうした思いは捜査本部が解散するたびに降り積もってゆく。

事件以降、十河キクの周りからは人がいなくなり、ショップも閉鎖された。十河キクに復讐しにやってきたのは長部キクでも鈴木洋介でもなく、染め直したはずの、自身の過去だった。彼女を慕っていた女たちが一斉に離れたあとも、キクは工房にひとりで暮らしていた。

勾留《こうりゅう》のあと別れ際に言った言葉が耳に残っている。

「結局、誰も自分をやりなおすことなどできないんでしょう。だから別の何かになりたがるし別の場所へと行きたがる。波子さんも純君も苦しかったし、私も苦しかった。自分だけ過去を染め直して生きるなんて、無理だったの」

戸籍にも経歴にも彼女が十河キクとは別人という証拠はなかった。彼女はもう誰にもなれず自分にも戻れず、十河キクでいるしかない。

「早く波子さんにお詫びしたいと思っています」

でもね、とキクが目を瞑《つぶ》った。

「死ぬよりつらいお詫びの方法も、きっとあると思うの」

今までどおり毎朝パンを焼き、自分のためにコーヒーを淹《い》れる彼女の姿を想像した。十河キクはこれから先も人の噂や善意や嫉妬《しっと》、嘲笑《ちょうしょう》から遠く離れ規則正しい毎日を送る。そして毎日同じ夢をみる。彼女の日々は、これから数年のあいだ杉村純が送ることになる日々と同じかたちをしていた。鈴木洋介殺害事件は、顔のない女をひとり生んだ。事件が終わったとき、関《かか》わった人間の数だけ終われない何かが始まる。

比呂は誰の日々も波立つことなく、静かであることを祈った。

小一時間『ノクターン』で過ごしたあと快速いしかりライナーで札幌へ向かい、スーパーおおぞらのホームへと移った。携帯にリンからの着信があった。ボタンを押した。

「ヒロミさん、こっちにきてるなら呼んでほしかったです。そのストール、お似合いですよ」

黒いTシャツの首に、サワギキョウで染めたという薄紫のサマーストールを巻いていた。

「暇ね、あなたも」

「ちゃんと働いているんですよ、毎日。僕には僕の、ちゃんとした役目があるんです。たとえ正義が味方してくれなくても、みんなその場所で精いっぱい働いてるんですよ」

「正義の味方じゃなく、正義が味方か。面白いこと言うわね」

「わかりやすいヒーローなんて、どこにもいませんからね」

「あなたの役目って、いったいなんなの」

「ヒロミさんと、そんなに変わらないと思います。違うのは組織だけです」

リンもまた、腐ることのできない冷たい水の中にいるのだろう。比呂の棲《す》む水と彼の棲む水は似ている。どちらも濁って陽の光が届かない。純も――。比呂の背中をゆっくりと夏の風が通りすぎていった。

あと数日で、杉村純の公判が始まる。片桐の禁煙宣言も完全に解かれた。

「リン」

あなたはいつまでそこで泳いでいるのかと訊ねかけ、やめた。同じ問いに自分が答えられるとは思えなかった。

だ。

「ヒロミさん、次にいらっしゃるときはどうか連絡をください。待ってますから」

おおぞらの車両ドアが開放された。比呂は携帯をポケットに仕舞い、列車に乗り込んだ。

「元気でね」


明け方までの雨が上空の水滴を洗い流し、空はすっきりと晴れ上がっていた。弁天ヶ浜にはぼやけた虹が架かっている。七月の太陽は貴重だ。比呂は立ちのぼる線香の煙を逃れて墓石の裏にまわり込んだ。祖父母の横に刻まれた文字を見る。

『松崎貢　二〇〇九年七月二十四日　享年二十八』

凜子が花を手向け比呂の名を呼ぶ。凜子の横に、居心地の悪そうな顔で片桐が立っている。つくづく青空の似合わない男だ。キリさん、と呼ばれる所以《ゆえん》は名前の一文字だけではないのだろう。

青々とした空を、オオセグロカモメの風切り羽が直線を描いて切ってゆく。息子との別れに凜子が供えたものは、いくつものおにぎりだった。

――姉ちゃん、でかい獲物捕って帰ってくるから楽しみにしてろ。

――暗くなる前に帰っておいで。

貢が漂っている水は少しの濁りもなく、生きている人間が棲めるところではないのだろう。両手を合わせながら、昨夜片桐にかけた電話を思いだす。

墓石に貢の名前を入れたので、明日一緒に墓へ行って欲しいと頼むための電話だった。承知した片桐は、「話しておくことがある」と彼にしては珍しく重い声で言った。

片桐は訥々《とつとつ》と十七年前の出来事を話し始めた。


水谷貢少年の捜索が打ち切られたあと、片桐はもう一度杉村母子のアパートを訪ねた。港祭りが終わった後で、湿度も下がっていた。夏の定番だった曇り空も去り、盆が過ぎれば街にはもう秋風が吹き始める。空の青さが片桐の背を押した。

午後一時、杉村波子は外出の準備をしているところだった。片桐が訪ねて行くと、彼女は玄関先で深々と頭を下げた。これから店の仕込みと買い出しに出かけるところだという。純は奥の部屋から出てこようとはしなかった。

「純君の証言がなかったら、自転車も見つからないままだったと思います。湿原の捜索は打ち切られましたが、捜査が終わったわけではありません。今後も色々とご協力をお願いすると思いますが、そのときはどうぞよろしくお願いします」

顔色のすぐれない波子が言葉少なに頭を下げた。そのとき片桐がふと落とした視線の先に、杉村純の運動靴があった。一メートル角あるかないかという小さな三和土《たたき》で、下駄箱の戸に立てかけるように少年の運動靴が二足干してあった。一足は学校で履いている中履き、もう一足は外で履いているもののようだ。純は貢少年が失踪してから、ほとんど外に出ていなかった。片桐が運動靴に目を留めたのはほんの二秒ほどのことだった。

片桐が視線を上げたとき、杉村波子の表情が硬く変化していた。低く押し殺すような声で彼女が言った。

「今夜、お仕事が終わってからでよろしいです。店のほうにお越しいただけないでしょうか」

どうして、と問えなかった。行かねばならないことを、片桐は瞬時に波子の様子から感じ取った。玄関先で一歩も引かぬ眼差しの、わけを聞く必要があった。

午後十一時半。店を仕舞う時間帯を見計らい、片桐は杉村波子が経営している『炉端・純』の暖簾をくぐった。

カウンター席が十ほどのちいさな店だった。波子が背にした棚に常連客のボトルが並んでいる。安い焼酎だ。梁《はり》からぶら下がるメニューにはどれも良心的な金額が書かれており、訪れる客が安心して飲める店ということがわかる。常連に支えられている様子は、ボトルの数が教えていた。

「お呼び立てして、すみません」

「自分の判断できましたので、お代はちゃんと請求してください」

片桐はグラスを持ち上げる前にそんなことを言った自分を恥じながら、注《つ》がれたビールを一気に飲んだ。二杯目を注いだあと、波子は冷蔵庫からだしたサンマに切れ目を入れ網に載せた。

「脂が乗って美味しいんで食べてみてください。つまみは何にしましょう、お好きなもの、おっしゃってください」

片桐は梁にぶら下がる品書きに視線を走らせ、おでん皿を適当に見繕ってくれるよう頼んだ。

好き嫌いを問われ、ないと答えた。波子がロールキャベツとがんも、大根とこんにゃくを並べた中鉢をカウンターに置いた。指先は先日と同じくかさついていた。サンマの煙を逃すための換気扇が、重そうな音をたて唸《うな》りながら回っていた。片桐はロールキャベツに箸を入れ崩した。

静かな時間だった。波子が何か言いだすのを待ちながら、昆布出汁の効いたおでんを口に運ぶ。彼女が言わねばならぬこと、自分が聞かねばならぬことはおそらく同じだろうと片桐は思った。二つに割った大根の残りを口に入れる。焼けたサンマが目の前に置かれた。銀の皮が炭火で焦げて旨そうだ。しっかり背を割って骨《の》を除ける。背と脂身を混ぜ込み、内臓を載せて口に入れた。甘みと苦みが口の中に広がった。

片桐がサンマを食べ終わったころ、波子が厨房から出てきた。カウンター席の後ろは人がひとり通れるくらいの幅しかない。彼女はばらついていた椅子をカウンターの下へとずらし、できた隙間に正座した。片桐は椅子に座ったまま彼女の動きを見ていた。片桐を見上げ、波子が言った。

「昨夜、貢君のお宅に伺いました。頭を下げることしかできません。なにを申しあげていいのか悪いのかも、わかりませんでした」

声が震えていた。化粧気のない頰は青ざめ、目蓋《まぶた》がときおり痙攣《けいれん》した。彼女は床に両手をついて、頭を下げた。

「片桐さんがお察しのとおりです。申しわけありませんでした」

杉村波子はぽつぽつと、震える声でここ数日の息子の様子を話し始めた。

友人が湿原に消えた日から、いつもは母親が帰る前には蒲団《ふとん》に入っている純がひとりでは寝なくなった。夜中に波子が帰るのを待って、母親の蒲団に入ってくる。最初は貢のことで参っているのだと思っていたが、明け方ようやくうつらうつらし始めるころ、トイレに間に合わず蒲団を汚す。三日ほど続いたことで、波子もこれはおかしいと思い始めた。同じ頃彼女は、下駄箱の下で片方だけぐっしょりと濡れた外靴を見つける。しっかりと洗いきれていない運動靴の中敷きに、粘土質の土が着いていた。濡れていないもう片方も、アスファルトばかりのこの辺りでは見かけない土で汚れていた。杉村純は、水谷貢と一緒に湿原へ行ったのだった。一緒にキタサンショウウオの卵を取りに。

過去幾人もの行方不明者を出してきた谷地眼《やちまなこ》が、ぽっかりと片桐の脳裏で口を開けていた。水溜まりか泥にしか見えない穴が人間を地中へと引きずり込むのだった。この街を浮かばせている地下水層は、山菜採りや研究者、カメラ片手に湿原へ降り立つ人々を飲み込んでは涼しい風を吹かせている。

波子は息子の状態を、まるで産みたての赤ん坊のようだと言った。眠るも食べるも母がいなくてはどうにもならない。排せつも間に合わない。片桐は「そんな状態でひとりあの部屋に置いているのか」と問うた。大人用の紙おむつをあてていると彼女は言った。ついこの間までは自由に遊び勝手にご飯を食べて眠っていた腕白な息子に、紙おむつをあてて店に立つ。片桐は波子の心情を想像することができなかった。

「私、あの子をちゃんと育てますから。曲がらないように厳しく育てます。せめてもの償いとして、命に代えてもまっすぐ育てます。だからどうか」

波子の言葉はそれ以上続かなかった。換気扇の音と嗚咽《おえつ》しか聞こえない。ぼんやりと波子の肩先を見下ろすものの、何を言えばいいのか、すぐには思い浮かばなかった。

片桐は椅子から降り、波子の肩を持ち上げた。そして彼女の荒れた手を床から剝《は》がし、そっと両手で包んだ。ただ一緒に泣くことしか、できることはなかった。

その年の暮れ、杉村波子から職場に一葉のはがきが届いた。

時候の挨拶が数行と、忙しいとは思うが是非とも店に顔をだしてほしい、という内容だった。短い文面からは馴染みの飲み屋が挨拶を寄こしたという以外の意味は感じ取れない。

片桐は頭の隅に感じていた杉村母子の存在に、いつも忙しいという理由の蓋をし続けていた。行けない事情はいくらでも用意できた。が、片桐は再び『炉端・純』の暖簾をくぐった。

閉店間際まで常連で賑わっていた店内の雰囲気に気後れしながら、一番端の席で熱燗《あつかん》をつけてもらった。おでんと茶碗蒸し、きんぴらごぼうとカスベの煮付けをつつきながら、二合ほど空けたころ客が退き始めた。波子は狭い厨房でくるくると向きを変えては手を動かし、明るく客を見送っていた。片桐を残し、客がすべて帰ったのは十二時を過ぎてからだった。何か話があるのかもしれないと思いながら波子の手が空くのを待っていたが、いざそんな時間が訪れてみると気詰まりだ。波子が厨房の中から頭を下げた。

「お待たせして申しわけありませんでした。思ったよりも混んでしまいました」

波子は急にはがきなど投函《とうかん》したことを詫び、実は見てもらいたいものがあるのだと言った。片桐に背を向けて、厨房の引き出しから角封筒を取りだした。彼女が見せたのは、息子の成績通知表と二学期の図画工作の作品だった。片桐はそれらを受け取り、一枚一枚開いた。

校舎を描いた写生画や版画に混じって、一枚の自画像があった。怒ったような顔でじっとこちらを見ている。口をへの字に結んで、杉村純が片桐を見ている。成績表を開いてみた。一学期よりも下がっているのは仕方ないが、片桐の目を引いたのは担任が書き込み欄に紙を足して書き綴《つづ》った通信欄だった。

『お母さん、純君は頑張っていました。大人でも耐えられない状況を、歯を食いしばり一生懸命越えてきました。担任として彼の助けができたかどうか、正直なところ自信がありません。しかし純君の目に日一日と光が戻ってくるのを見るとき、私は自分の無力を恥じつつも確かに子供の生きる力を感じ取っていたように思います』

鼻の奥に痛みが走った。熱いものがこみ上げる前にと通知表を閉じ、カウンターの向こうへと返す。波子は片桐から紙の束を受け取り頭を下げた。

「三学期が終わったら、またきてくださいませんか。私はこんな風にしかあの子の成長をお知らせできない。鈍い頭じゃ、いくら考えてもこの程度のことしか思い浮かばないんです」

片桐が久し振りに純に会ったのは、貢の失踪から丸一年が過ぎた翌年の七月だった。なにかの拍子に甘酒が好きだという話をすると、波子が自宅にいる純に電話を掛けた。繁華街の真ん中にある飲食店相手のスーパーへ行き、酒粕を買って店に届けるようにと言う。夏場に甘酒もないだろうと戸惑う片桐に、波子が「会ってやってください」と言った。

四十分ほどで、息を切らし純が店に入ってきた。一年前よりずいぶん背が高くなっていた。喉もとに小石ほどの突起。目や眉のあたりに漂う精悍《せいかん》な気配は波子に似ている。もう母の横でぐずついていた少年ではなかった。

カウンター席に座っている片桐に気づき、純の動きが止まった。しかしすぐにしっかりとした眼差しになり、ぴしりと腰を折って頭を下げた。波子は息子が持ってきたレジ袋を受け取り言った。

「お前も飲んで行きなさい。こっちに座っていいよ、これきりだけどね。晩ご飯はちゃんと食べたのかい」

純はうなずき、母の言うとおり片桐の横に腰を下ろした。背筋をしっかりと伸ばしている。元気だったかと問うと、変わり始めた声で「はい」と返す。ガス台の前で波子が酒粕を溶かしていた。静かな時間だ。純は湯飲み茶碗に注がれた甘酒を一杯飲んだあと、片桐にお辞儀をして家に戻った。一年前と同じ、換気扇の音がしていた。

三月と七月、十二月になると必ず波子からのはがきが届いた。片桐が管内の所轄に異動しても続いた。片桐もまた波子のはがきが届くと必ず、『炉端・純』へ足を運んだ。中学へ進み、希望の高校に入学したときも、波子は必ず折々の写真を片桐に見せた。

少年の成長はいつしか刑事の励みとなり、波子の支えとなっていた。

それから十六年が経った今年の四月、片桐は一葉のはがきを握りしめ、新しい『炉端・純』の暖簾をくぐった。

厨房で彼女によく似た青年が柿渋色の作務衣《さむえ》を着て真白い前掛けを締めて立っていた。

「いらっしゃいませ」

片桐の名を呼ぶ青年の語尾がわずかに細る。

短髪、波子そっくりの眉に子供のころの面影そのままの瞳。杉村純だ。目を細め笑いあった。片桐は一番奥の席に腰を下ろした。

「ありがとうございます」

ビールを頼むと、しぐれ煮から和え物、酢物によせ豆腐と、小鉢がいくつもでてくる。これじゃあ炉端じゃなく小料理屋だと言うと、純は照れて笑った。

「品数しかおふくろに敵《かな》うものはないんです」

「札幌のホテルで和食を任されていたらしいじゃないか」

「任されていたのは小鉢ですよ」

柔らかい微笑みの後ろに母親の気持ちが透けて見えるようだった。無言でビールを飲んでいた片桐に、純が厨房の中から深々と頭を下げた。

「そんなことすんなよ」

片桐は純にグラスを持たせてビールを注いだ。

「どれも旨いよ。腕は波ちゃんよりいいんじゃないのか」

「まだまだです」

注ぎ返す指先を見た。波子と同じ丸い爪はきれいに切りそろえられている。若い指先はかさつくこともなく、作務衣の袖口《そでぐち》から伸びる肘《ひじ》までの筋肉は職人のものだった。軽くグラスを持ち上げ、ふたりで一気に飲み干した。波子の弔い酒のつもりでやってきたのに、やけに旨かった。

「波ちゃんに最後に会ったのは、去年の正月だったよ」

「片桐さんにお目にかかって、腹が据わったんでしょう。二月には札幌の病院に入ると言いました。その時点でもう治療としてできることはなにもありませんでした。痛みを抑えるのがせいいっぱいで。それでも半年生きてくれました」

出勤前に毎日病室を訪れる息子を、波子はどんな気持ちで待っていたろう。波子の一生は、その半年のためにあったのではないかと片桐は思った。結晶のように輝く幸福な半年だったことを祈った。

片桐は、波子のことを聞かせて欲しいと頼んだ。

波子が自分の体の異変に気づいたのは、もうずいぶんと前のことだった。腰痛でかかった病院の医師に総合病院での受診を勧められたが、彼女は断った。なるべく早くに詳しい検査をすべきだという医師の言葉を振り切り、店に立ち続けた。常連客のひとりが日に日にやせ細ってゆく彼女を案じて、札幌出張の際に純の元を訪ねた。そのとき初めて、息子は母親の病状を知った。

帰郷して「頼むから病院へ行ってくれ」と懇願する息子に波子は言った。

「ずっと昔、いただいた命がどこで終わっても決して文句は言いませんと誓った。どこにいるかわからないけど、寿命を決める神様にそこまでって言われたら素直に受け取るつもりだったんだ。ずっと変わらない。だからお前に何と言われてもじたばたしない。あぁここまでですかって、笑ってお礼を言えるんだよ」

休みのたび、息子は母親を説得するために帰郷した。頑として首を縦に振らなかった波子が札幌へ行くことを承諾したのは、年が明けてからだった。片桐の脳裏にやせ細った波子の、老婆のような指先が蘇《よみがえ》った。

二月の初めに純が迎えにきたときは、店もアパートも解約の手続きが取られ、あとは身ひとつで病院に入ればいいだけになっていたという。衣類、家具、身の回りの品々はすべて処分されており、彼女はボストンバッグひとつで札幌に向かった。

病院では持っているものだけで半年過ごした。病状は波子が延命治療を拒否するまでもなかった。手の施しようがなくなった体を引きずり、波子は毎日必ず玄関が見える窓辺に足を運んだ。そこへ行けば二分間、電車を降りた息子が歩いて病院へやってくる姿を見ることができるのだった。

「最期まで頭がしっかりしているのが、あの病気の特徴なんだそうです。痛み止めじゃあ抑えられなくなって、神経を切る手術を承諾させました」

痛みのなくなった体を、波子は「最高の贈り物」と言って喜んだ。病室にいてもやはり波子は波子のままだった。自分のことは一切語らず、人の話を聞いては涙し、笑い、怒った。時には看護師の相談にも乗っていたという。純がそんな話を聞いたのは、母親が息を引き取ったあとだった。

波子は十年にわたり、成績表や絵や作文、受験の結果、就職と、息子の成長を片桐に報告し続けてきた。片桐も、義務でも負い目でもなくその報告を楽しみ、受け取ってきた。

純にビールを注いでもらいながら、カウンターの隅で片桐は思った。

子供の成長を挟んでそのときどきを懸命に生きた月日をふり返れば、自分たちは父と母だったのではないか。

「俺は、純と貢君が一緒に湿原に行ったことを知ってた」

比呂は驚かなかった。胸奥に重く抱えていた「もしかしたら」という思いが、すっと胃の腑《ふ》に落ちて行くのを感じただけだ。


よっこいしょとかけ声を掛けながら立ち上がった凜子の、甲高い声が響く。

「片桐さん、今日は非番でしたよね」

「ええ、まぁ」

さすがの彼も凜子のペースには敵わない。

「うちにご飯を用意してあるの。片桐さんも一緒に食べましょう」

いや、と手を振りかけた片桐を凜子が制する。

「駄目です、行きましょう」

「はぁ」

助けを求めてうなずく片桐と目が合う。眉尻が下がりきっている。あの乳くさい助産院の片隅で、所在なくしている姿を想像するだけで笑いがこみ上げてくる。比呂はへへっと片桐を真似て笑いながら海へと向き直る。

春に見た苺《いちご》の株から数本の新株が伸びていた。冷たい海風を受けながらもしぶとく生き延びているようだ。このぶんだと来年は花をつけ、ちいさい実を結ぶかもしれない。

片桐も凜子も、そして比呂も、与えられた水の中でひたむきに泳ぎ続けるしかなかった。たとえふたりになるために生まれ、ひとりで死んでゆくとしても。

目の前に広がる景色をぐるりと視界に入れる。

虹の消えた弁天ヶ浜で、太陽の光を受けた波の鱗《うろこ》がうねった。

解説

河崎秋子（小説家）

『下を向いても上を向いてもこの街は銀鼠《ぎんねず》色だ』

作中で、釧路《くしろ》をそう評した一文がある。実際の釧路を鋭く現したその表現に、私は深く頷いた。北海道の太平洋岸東部は冬期を除いて日照時間が短い傾向で、さらに釧路は目の前に北太平洋が広がっているため、どうしても灰色の印象が強くなる。近年は美しい夕日が見られる街として知られてきているが、それは橙《だいだい》色の輝きが灰色の海と空を貫くからこそ美しい。そう、灰色だからこそ、小さく地を這う苺の蔓《つる》や人の心の灯火がやけに目に鮮やかに感じられることがあるのだ。

その釧路の街で、一九九二年夏に物語は始まる。

一学期の終業式が終わり、明日から夏休みだという日に、小学四年生の水谷貢《みずたにみつぐ》少年が行方不明になる。北国の短い夏を満喫できる長期休暇の始まりに、子ども達はみんな心躍らせる。そんな日に、帰宅した貢は家を出たまま忽然《こつぜん》と姿を消した。

しかも釧路は海のほか、大きな川に加えて中心部近くには小さな湖まであり、郊外には国内屈指の広大な湿地帯、釧路湿原が広がっている。子どもが行方不明になった場合、誰もが水に関する最悪のケースを想定するであろう地形だ。

本作の主人公である比呂《ひろ》は、行方不明になった貢の姉だ。弟の失踪時には中学一年生で、出かける貢を最後に見た人物でもある。

懸命の捜索が行われるも、湿原近くのグラウンド横で貢少年の自転車が見つかったのみで、遺体も発見されないまま捜索は打ち切られる。

痛ましい結末だ。それと同時に、本文ではこの種の事故が「ありうること」としても説明される。

湿原というのは平坦で見晴らしのいい景観に反して、その下には深い泥炭《でいたん》の層をたたえている。泥炭とは寒冷などの条件で植物が上手に朽ちることなく年月を重ねた果てに堆積した地層だ。これが大量の水分を含み、また、その表面にはしばしば谷地眼《やちまなこ》という落とし穴のような壺状の穴を形成することがある。

そこにひとたび動物や人間が足を踏み入れればもがけばもがくほど出られない。底なし沼のような存在だ。だからこそ、貢の失踪は悲しむべき事故と思いつつ、比呂を含めた家族はある意味では地に足をつけたまま、後悔と傷を抱き続けねばならなくなる。

悲劇の冒頭から、物語は一九四五年、終戦直前の樺太《からふと》に飛ぶ。ソ連兵に家族を殺された少女キクは、従兄の耕太郎《こうたろう》と二人で樺太脱出を目指す。島ではあるが山がちで、乾いた風に喉も心をもからからに乾かされつつ、キクは南下を試みる。

その道中は過酷だ。ソ連兵に見つかれば殺されるという脅威の中、足の皮を破き血を流しながら、人々は足手まといとなる老人や赤ん坊を置き去りにしていかねばならない。キクも他の引揚者同様、善悪の境も友愛の心も儚《はかな》く薄れ、その逃避行はキク本人も他人も傷つけながら引揚船へ、そして北海道へと続いていく。

血に塗《まみ》れた別れを繰り返し、ようやく留萌《るもい》の地に足を踏み入れた後も、キクの苦難は続く。そんな中でも、引き揚げの運命を共にした克子《かつこ》、そして居を借りた家の嫁つや子との仄《ほの》かな繋がりは、厳寒の留萌で互いに手をさすり合うような温かさで心に残る。

しかし終戦や引き揚げという区切りを迎えても、過去の行いは消せない形となってキクの運命を苛み苦しめていく。禍福をあざなって畢竟《ひっきょう》悲しみの縄にしかならないのなら、誠実さに意味はあるのだろうか。そんなことをキクの生きざまは感じさせる。

そして物語の主軸である二〇〇九年の釧路。少女時代に弟を亡くした比呂は、警察官となって釧路に帰ってくる。弟の失踪が遠因で両親は離婚し、亡くなった弟とは異なる松崎《まつざき》姓で、今度は人が亡くなるような事件を捜査する側に回る。心に暗く影を抱きつつ、よほど強くなければこの選択はできないだろう。決して主張は大きくなく、愛想も可愛げも乏しいと自覚さえしている比呂だが、声高な主張も卑屈さも武器として有効ではない地方の組織において、強《したた》かさというものを十全に理解している。それゆえに、札幌にいた頃に体の関係があった青年リンとの関わりが、彼女の輪郭に複雑さとある種の人間臭さを与えている。

比呂の相棒となる先輩警部補、片桐周平《かたぎりしゅうへい》も、また外見《そとみ》だけで判断できるような人物ではない。

大柄でもなければ肩肘張ったところもなく、人に「キリさん」と呼ばれて慕われる姿は、地方特有の強張った人間関係の隙間にするりと入るには最適なありかただろう。『青空の似合わない男だ』と比呂に評されるその姿に、釧路の霧はよく似合う。灰色の街の裡《うち》に潜り込む者は、白にも黒にも馴染《なじ》み切れないぐらいが丁度いい。

組み合わせこそ異性であるが、比呂と片桐の間にその種の湿っぽさや、ましてや父性の仮託はないため、余計な意識を払うことなく二人の捜査に没頭できる。

彼らは貢少年が姿を消した釧路湿原で発見された死体の捜査に挑むことになる。発見場所は塘路《とうろ》湖の近くを流れる川の中。釧路の市街地から内陸に入った自然豊かな地域だ。遺体は地元の人間ではなく、ディーラーで営業をしている若い男、鈴木《すずき》洋介《ようすけ》。ただ一点、被害者の両目が青いという特徴が、切れなかった、切れてくれなかった糸として、この事件と先に述べた二つの過去を繋いでいく。

札幌、江別《えべつ》、留萌、室蘭《むろらん》。比呂と片桐が辿る道内各都市は、そのまま入植者や引揚者が根を下ろす場所として探し続けた地でもある。そして釧路。市街地と郊外、近い距離でありながら人が肩を寄せ合い暮らす場所との落差に、その小さな溝に、謎の断片は集積している。それらを拾い集めた果てに、単調な灰色と思われた釧路の街や、静かにたたずむ釧路湿原の向こう側に、思わぬ景色が浮かび上がってくるのだ。

捜査の途中で比呂と片桐が事件に関係するとして話を聞く、十河《そごう》キクという老人が非常に印象的だ。

市長選に出馬するような息子を持ち、湿原近くにあるログハウスで小さな染め物工房を営む。庭の植物を愛で、来訪者には必ずハーブティーを出すような、その暮らしは美しい。

人生の清濁を呑み干してなお穏やかな生き方をしているように見える十河キクは、湿原の植物を使って染め物をして言う。「染め直せばいい」と。

ままならない人生に困難を感じ、泥に足首までとられて生きている人ほど、この言葉は深く響くだろう。十河キクのもとには多くの女たちが集まってくる。十河キクと彼女の工房は、まるで湿原に深く杭を打ち、決して沈下しないように建てられたセーフハウスのようだ。

小屋の近くのワタスゲが広がる原野にたたずむ十河キクの描写は、何らの穢《けが》れとも関わりがないかのように美しい。湿原といういかにも湿度の高い名前に対して、そこに吹き付ける風は存外乾いていることが多い。湿った泥から抜け出して、ひとしきり心も涙も乾かして、しかし湿原は決して乾ききることはない。

乾いた地に立つ十河キクの対極にあるように、谷地眼に呑み込まれた比呂の弟を想う。深い穴に足をとられ、もがけばもがくほどに冷たい水に呑まれた小学生の、数分前まではキタサンショウウオを見つけるべく子どもらしい好奇心に胸を躍らせていた少年の恐怖と絶望はいかばかりか。

湿地の水も泥も冷たい。北の地で大量の水を孕《はら》んで横たわる湿地は多くの動植物のゆりかごであると同時に、何もかもをその冷たい胎《はら》に呑み込んで、腐ることさえままならない。

そして、作中において、谷地眼のような冷たい穴に落ちたのは貢少年だけではない。誰かが落ちる時に他の者の足を摑み、またその誰かも人の服の端を握りしめて、不幸や不運の象徴ともいえる穴に抗えないまま引きずり込まれていく。悲しく、不運で、きっと避けられはしなかったのだ。人々の悲しみが人知れず埋まる地として作中の湿原を思い浮かべた時、その冷たさは体ではなく心をまず鷲摑《わしづか》みにする。

作者・桜木紫乃氏と実際に言葉を交わしたり、インタビューやエッセイなどをみると、氏の朗らかで誠実な人柄に、誰もが親しみを抱かずにいられない。そしてこの方からあのしんと静かな湿原の世界感が生み出されるのだ、と人物像の深さに感じ入る。灰色の世界とそこに差し込む光の鮮やかさ。その両面を描けることこそ、北の地に生きる人々の複雑さと、氏の深い洞察力の証明でもある。

桜木氏は繰り返し北海道の人間はルーツに拘《こだわ》らない、という旨の発言をしている。その言葉は比呂によって「あまり自分のルーツを気にしない」不思議な土地だとして語られてもいる。

そして同時に、自己のルーツを辿ったが故に起きた悲劇こそが今作の主軸でもあった。自分の根に拘らずに生きる方が楽な地で、被害者の鈴木洋介が人に止められ自らの爪を剝《は》ぐような思いをしてでも過去の事実を掘り起こそうとした理由は悲しい。ルーツ、つまり土に張られた己の根を遡《さかのぼ》りながら手繰《たぐ》り寄せることが何を引き起こすか。今作を読み通すたびに、冷たく深い泥の恐ろしさを想う。

■この作品は二〇一二年六月に小学館文庫より刊行された『凍原　北海道警釧路方面本部刑事第一課・松崎比呂』を加筆修正し改題したものです。

|著者|桜木紫乃　1965年北海道釧路市生まれ。2002年「雪虫」で第82回オール讀物新人賞を受賞し、'07年同作を収録した単行本『氷平線』でデビュー。'13年『ラブレス』で第19回島清恋愛文学賞、『ホテルローヤル』で第149回直木賞、'20年『家族じまい』で第15回中央公論文芸賞を受賞。ほかの著書に『硝子の葦』『起終点駅《ターミナル》』『霧《ウラル》』『裸の華』『氷の轍』『ふたりぐらし』『緋の河』『ヒロイン』『谷から来た女』などがある。

凍原《とうげん》

桜木紫乃《さくらぎしの》

© Shino Sakuragi 2024

2024年5月15日第1刷発行
2024年11月5日第3刷発行

発行者──篠木和久
発行所──株式会社　講談社
東京都文京区音羽2-12-21　〒112-8001
電話　出版（03）5395-3510
　　　販売（03）5395-5817
　　　業務（03）5395-3615

Printed in Japan

講談社文庫
定価はカバーに
表示してあります

KODANSHA

デザイン──菊地信義
本文データ制作──講談社デジタル製作
印刷───株式会社KPSプロダクツ
製本───株式会社KPSプロダクツ

落丁本・乱丁本は購入書店名を明記のうえ、小社業務あてにお送りください。送料は小社負担にてお取替えします。なお、この本の内容についてのお問い合わせは講談社文庫あてにお願いいたします。
本書のコピー、スキャン、デジタル化等の無断複製は著作権法上での例外を除き禁じられています。本書を代行業者等の第三者に依頼してスキャンやデジタル化することはたとえ個人や家庭内の利用でも著作権法違反です。

ISBN978-4-06-533783-7

講談社文庫刊行の辞

二十一世紀の到来を目睫に望みながら、われわれはいま、人類史上かつて例を見ない巨大な転換期をむかえようとしている。

世界も、日本も、激動の予兆に対する期待とおののきを内に蔵して、未知の時代に歩み入ろうとしている。このときにあたり、創業の人野間清治の「ナショナル・エデュケイター」への志を現代に甦らせようと意図して、われわれはここに古今の文芸作品はいうまでもなく、ひろく人文・社会・自然の諸科学から東西の名著を網羅する、新しい綜合文庫の発刊を決意した。

激動の転換期はまた断絶の時代である。われわれは戦後二十五年間の出版文化のありかたへの深い反省をこめて、この断絶の時代にあえて人間的な持続を求めようとする。いたずらに浮薄な商業主義のあだ花を追い求めることなく、長期にわたって良書に生命をあたえようとつとめるところにしか、今後の出版文化の真の繁栄はあり得ないと信じるからである。

同時にわれわれはこの綜合文庫の刊行を通じて、人文・社会・自然の諸科学が、結局人間の学にほかならないことを立証しようと願っている。かつて知識とは、「汝自身を知る」ことにつきていた。現代社会の瑣末な情報の氾濫のなかから、力強い知識の源泉を掘り起し、技術文明のただなかに、生きた人間の姿を復活させること。それこそわれわれの切なる希求である。

われわれは権威に盲従せず、俗流に媚びることなく、渾然一体となって日本の「草の根」をかたちづくる若く新しい世代の人々に、心をこめてこの新しい綜合文庫をおくり届けたい。それは知識の泉であるとともに感受性のふるさとであり、もっとも有機的に組織され、社会に開かれた万人のための大学をめざしている。大方の支援と協力を衷心より切望してやまない。

一九七一年七月

野間省一

講談社文庫　目録

講談社文庫　目録

下村敦史　白　医
九把刀　阿井幸作／泉京鹿 訳　あの頃、君を追いかけた
神護かずみ　ノワールをまとう女
四戸俊成　芹沢政信　神在月のこども
篠原悠希　霊獣紀〈獲麟《かくりん》の書㊤〉
篠原悠希　霊獣紀〈獲麟《かくりん》の書㊦〉
篠原悠希　霊獣紀〈蛟龍《こうりゅう》の書㊤〉
篠原悠希　霊獣紀〈蛟龍《こうりゅう》の書㊦〉
篠原悠希　霊獣紀〈鳳雛《ほうすう》の書㊤〉
篠原美季　古都妖異譚〈玉手箱～シール オブ ザ ゴッデス～〉
潮谷験　スイッチ〈悪意の実験〉
潮谷験　時空犯
潮谷験　エンドロール
潮谷験　あらゆる薔薇のために
島口大樹　鳥がぼくらは祈り、
島口大樹　若き見知らぬ者たち
杉本苑子　孤愁の岸(上)(下)
鈴木光司　神々のプロムナード
鈴木英治　大江戸監察医

鈴木英治　望みの薬種〈大江戸監察医〉
杉本章子　お狂言師歌吉うきよ暦
杉本章子　大奥二人道成寺〈お狂言師歌吉うきよ暦〉
ジョン・スタインベック　齊藤昇 訳　ハツカネズミと人間
諏訪哲史　アサッテの人
菅野雪虫　天山の巫女《みこ》ソニン(1)　黄金の燕
菅野雪虫　天山の巫女《みこ》ソニン(2)　海の孔雀
菅野雪虫　天山の巫女《みこ》ソニン(3)　朱鳥《あけがらす》の星
菅野雪虫　天山の巫女《みこ》ソニン(4)　夢の白鷺
菅野雪虫　天山の巫女《みこ》ソニン(5)　大地の翼
菅野雪虫　天山の巫女《みこ》ソニン　巨山《コザン》外伝〈予言の娘〉
菅野雪虫　天山の巫女《みこ》ソニン　江南《カンナム》外伝〈海竜の子〉
鈴木みき　日帰り登山のススメ〈あした、山へ行こう！〉
砂原浩太朗　いのちがけ〈加賀百万石の礎〉
砂原浩太朗　高瀬庄左衛門御留書
砂原浩太朗　黛家の兄弟
アナ・サリ・デヴィ・スカルノ　選ばれる女におなりなさい〈デヴィ夫人の婚活論〉
砂川文次　ブラックボックス
瀬戸内寂聴　新寂庵説法　愛なくば

瀬戸内寂聴　人が好き［私の履歴書］
瀬戸内寂聴　白道
瀬戸内寂聴　寂聴相談室人生道しるべ
瀬戸内寂聴　瀬戸内寂聴の源氏物語
瀬戸内寂聴　愛する能力
瀬戸内寂聴　藤壺
瀬戸内寂聴　生きることは愛すること
瀬戸内寂聴　寂聴と読む源氏物語
瀬戸内寂聴　月の輪草子
瀬戸内寂聴　新装版 寂庵説法
瀬戸内寂聴　死に支度
瀬戸内寂聴　新装版 蜜と毒
瀬戸内寂聴　新装版 花《か》怨《えん》
瀬戸内寂聴　新装版 祇園女御《ぎおんにょうご》(上)(下)
瀬戸内寂聴　新装版 かの子撩乱
瀬戸内寂聴　新装版 京まんだら(上)(下)
瀬戸内寂聴　いのち
瀬戸内寂聴　花のいのち
瀬戸内寂聴　ブルーダイヤモンド〈新装版〉

講談社文庫　目録

講談社文庫　目録

高杉　良　指名解雇
高杉　良　燃ゆるとき
高杉　良　銀行大合併〈短編小説全集(上)〉
高杉　良　エリートの反乱〈短編小説全集(中)〉
高杉　良　金融腐蝕列島(上)(下)
高杉　良　勇気凜々
高杉　良　混沌《こんとん》　新・金融腐蝕列島(上)(下)
高杉　良　乱気流(上)(下)
高杉　良　小説 会社再建
高杉　良　新装版 懲戒解雇
高杉　良　新装版 大逆転！〈小説 三菱・第一銀行合併事件〉
高杉　良　新装版 バンダルの塔
高杉　良　第四権力〈巨大メディアの罪〉
高杉　良　巨大外資銀行
高杉　良　最強の経営者〈アサヒビールを再生させた男〉
高杉　良　リベンジ〈巨大外資銀行〉
高杉　良　新装版 会社蘇生
竹本健治　新装版 匣《はこ》の中の失楽
竹本健治　囲碁殺人事件

竹本健治　将棋殺人事件
竹本健治　トランプ殺人事件
竹本健治　狂い壁 狂い窓
竹本健治　涙《るい》香《こう》迷《めい》宮《きゅう》
竹本健治　新装版 ウロボロスの偽書(上)(下)
竹本健治　ウロボロスの基礎論(上)(下)
竹本健治　ウロボロスの純正音律(上)(下)
高橋源一郎　日本文学盛衰史
高橋源一郎　5と3/4時間目の授業
高橋克彦　写楽殺人事件
高橋克彦　総門谷
高橋克彦　炎《ほむら》立つ　壱 北の埋み火
高橋克彦　炎立つ　弐 燃える北天
高橋克彦　炎立つ　参 空への炎
高橋克彦　炎立つ　四 冥き稲妻
高橋克彦　炎立つ　伍 光彩楽土〈全五巻〉
高橋克彦　火怨〈北の燿星アテルイ〉(上)(下)
高橋克彦　水壁〈アテルイを継ぐ男〉
高橋克彦　天を衝く(1)～(3)

高橋克彦　風の陣 一 立志篇
高橋克彦　風の陣 二 大望篇
高橋克彦　風の陣 三 天命篇
高橋克彦　風の陣 四 風雲篇
高橋克彦　風の陣 五 裂心篇
高樹のぶ子　オライオン飛行
田中芳樹　創竜伝1〈超能力四兄弟《ドラゴン》〉
田中芳樹　創竜伝2〈摩天楼の四兄弟《ドラゴン》〉
田中芳樹　創竜伝3〈逆襲の四兄弟《ドラゴン》〉
田中芳樹　創竜伝4〈四兄弟《ドラゴン》脱出行〉
田中芳樹　創竜伝5〈蜃気楼都市《ミラージュ・シティ》〉
田中芳樹　創竜伝6〈染血の夢《ブラッディ・ドリーム》〉
田中芳樹　創竜伝7〈黄土のドラゴン〉
田中芳樹　創竜伝8〈仙境のドラゴン〉
田中芳樹　創竜伝9〈妖世紀のドラゴン〉
田中芳樹　創竜伝10〈大英帝国最後の日〉
田中芳樹　創竜伝11〈銀月王伝奇〉
田中芳樹　創竜伝12〈竜王風雲録〉
田中芳樹　創竜伝13〈噴火列島〉

2024年9月13日現在